AR
DRYWYDD
LLOFRUDD

ALUN DAVIES

Am fwy o wybodaeth am y nofel ewch i
www.ardrywyddllofrudd.co.uk

Diolch i'm rhieni am eu cefnogaeth, ac yn enwedig i Mam am
ei chyngor a'i chywiriadau. Diolch i bawb yn Y Lolfa sydd wedi gweithio
ar y llyfr, yn enwedig Meleri, sydd wedi bod yn gefnogol
ac yn amyneddgar tu hwnt. Diolch i Catrin am fod yn hyfryd.

Argraffiad cyntaf: 2018
© Hawlfraint Alun Davies a'r Lolfa Cyf., 2018

*Mae hawlfraint ar gynnwys y llyfr hwn ac mae'n anghyfreithlon
llungopïo neu atgynhyrchu unrhyw ran ohono trwy unrhyw ddull ac
at unrhyw bwrpas (ar wahân i adolygu) heb gytundeb ysgrifenedig y
cyhoeddwyr ymlaen llaw*

Cynllun y clawr: Tanwen Haf

Rhif Llyfr Rhyngwladol: 978 1 78461 569 7

Dymuna'r cyhoeddwyr gydnabod cymorth ariannol
Cyngor Llyfrau Cymru

Cyhoeddwyd ac argraffwyd yng Nghymru
ar bapur o goedwigoedd cynaliadwy gan
Y Lolfa Cyf., Talybont, Ceredigion SY24 5HE
e-bost ylolfa@ylolfa.com
gwefan www.ylolfa.com
ffôn 01970 832 304
ffacs 01970 832 782

Prolog

Mae popeth yn llonydd. Yr unig synau yw fy anadl, a thonnau'r môr yn torri ar y traeth. Dwi wedi diosg fy esgidiau eisioes, ac yn gwthio bysedd fy nhraed yn ddwfn i'r tywod. Mae popeth mor llonydd.

Fedra i ddim teimlo fy nwylo. Mae 'ngwallt i'n llawn tywod, a 'nhraed yn gwaedu. Dwi ddim yn gwybod lle mae e. Fedra i ddim ei weld e – mae'r nos yn rhy dywyll. Fedra i ddim ei glywed e dros sŵn fy anadlu trwm, anghyson i. Ond dwi'n gwybod ei fod e yma. Dwi'n galw allan eto trwy'r tawelwch.

Pan deimlaf y gyllell yn erbyn fy ngwddf dwi'n dechrau sgrechian.

Ac yna mae popeth yn llonydd.

Taliesin

Yn oes Fictoria, byddai Aberystwyth yn cael ei adnabod gan rai fel 'The Biarritz of Wales'. Efallai fod y cur yn fy mhen a'r cawl gwin coch ers neithiwr sy'n berwi yn fy stumog yn effeithio ar fy hwyliau, ond ar drothwy mis Gorffennaf, a'r dydd yn fwy llwyd a gwlyb na ddoe hyd yn oed, byddai angen bod yn anghyfarwydd iawn ag Aberystwyth, a Biarritz, i gredu'r gymhariaeth honno.

Dim bod unrhyw un yn poeni am y tywydd yn Aberystwyth ar y foment. Gartre, neu yn y dafarn, mae pawb yn treulio'u nosweithiau'n ddiweddar, yn sgrechian eu hunain yn gryg wrth ddilyn gêmau Cymru yn yr Ewros yn Ffrainc, ac yn cymryd yr un faint o bleser *schadenfreudaidd* ym methiannau tîm Lloegr. Dwi heb deimlo'r angen i wylio un munud o bêl-droed, fy hun, ond mae'n anodd osgoi'r syrcas yn gyfan gwbl, gan taw dyna'r unig destun trafod ymhob man – yr unig beth sydd wedi symud canlyniad Cymru yn erbyn Gogledd Iwerddon bnawn Sadwrn o'r tudalennau blaen yw canlyniad Lloegr yn erbyn Gwlad yr Iâ nos Lun, ac mae'r sylw i hwnnw'n dechrau colli ei dir yn sgil paratoadau'r gêm yn erbyn Gwlad Belg nos Wener. Does dim diwedd ar y peth.

Wrth ddilyn yr un llwybr cyfarwydd i orsaf yr heddlu codaf fy mhen a'u gweld nhw yno, fel bob bore – y siapiau du ym mrigau uchaf y coed sy'n chwifio 'nôl ac ymlaen yn araf yn yr awel. 'Clogynnau gwrach' fyddai Taid yn eu galw nhw ers talwm. Hen fagiau sbwriel ydyn nhw mewn gwirionedd, wedi eu rhwygo ar agor gan y gwylanod uffernol sy'n edrych am sgrapiau o unrhyw beth i'w fwyta, a chyda'u cynnwys wedi ei wasgaru ar hyd y palmant caiff gweddillion y sachau eu chwipio i ffwrdd gan y gwynt. Yn y coed fyddan nhw'n aros wedyn: cysgodion tywyll, llipa yn erbyn awyr lwyd y bore. Fedra i glywed Taid o hyd, a'i straeon am wrachod yn hedfan yn isel wrth chwilio am blant drwg i'w cipio, ac yn cael eu crogi yn y coed, eu clogynnau wedi eu dal rhwng y brigau. Fedra i ddim cerdded y llwybr hwn heb gael fy atgoffa o'r straeon hyn. Hen fastard oedd Taid am godi ofn arnon ni blant.

Wrth dynnu fy llygaid oddi ar frigau'r coed ac edrych ar y llwybr o 'mlaen, gwelaf fod rhywun arall yma. Dyn bach, pum troedfedd o daldra ar y mwyaf, wedi ei wisgo mewn siaced a throwsus, dau dracwisg gwahanol. Mae'n agosáu ar hyd y llwybr, ac er taw dim ond amser brecwast ydy hi, mae ganddo gan o lager yn ei law yn barod. Mae ei drowsus yn llac am ei goesau byrion ac mae'r defnydd ar y gwaelod wedi treulio. Mae'n dangos agwedd orhyderus person heb unrhyw beth i fod yn hyderus yn ei gylch, ond sy'n trio ei orau i guddio'r ffaith honno. Y dillad, y bownsio wrth iddo gamu, y sigarét wedi'i rowlio yn llosgi rhwng ei fysedd. Dwi wedi gweld ei debyg yn dod trwy dderbynfa'r orsaf ddigon o weithiau, wedi hen dderbyn bod treulio amser mewn cell heddlu yn rhan annatod o'u bywydau. Mae'n edrych tuag ataf a dwi'n sylweddoli 'mod i'n syllu arno. Dwi'n gostwng fy llygaid tuag at y llwybr yn syth, ond yn rhy hwyr – mae'n mynd i ddweud rhywbeth. Mae cwlwm yn tynhau yn fy mol wrth iddo agosáu.

'Fuck you looking at?' mae'n rhegi'n floesg wrth gerdded heibio. Alla i'm meddwl am ateb, felly dwi'n cadw'n dawel ac yn cario 'mlaen i gerdded, gan syllu ar y llawr. Mae'n pasio heb stopio, ac wedi eiliad neu ddwy mae'r cwlwm yn fy mol yn dechrau llacio.

Petai Taid yma dwi'n gwybod yn iawn beth fyddai e'n ei wneud – troi ar ei sawdl a gafael am y pwtyn gerfydd coler ei dracwisg, rhoi cic yn ei din a'i fartsio 'nôl i fyny'r llwybr o'r cyfeiriad y daeth, nes cyrraedd gorsaf yr heddlu tu hwnt i'r coed, a'i daflu i gell am y dydd ar ryw esgus ffug. Doeddech chi ddim yn dweud 'fuck you' wrth Ditectif Morris MacLeavy amser brecwast a disgwyl gweld golau dydd nes amser swper.

Rhyw dair blynedd yn ôl, yn angladd Taid, cofiaf rai o'i hen griw gwaith yn rhannu storïau am ei helyntion. Storïau oedd wedi ehangu a datblygu ar ôl cael eu dweud a'u hailddweud, ond a oedd â chnewyllyn o wirionedd ymhob un. Yr un sy'n sticio yn fy nghof ydy'r un am Taid yn arestio dyn lleol ar amheuaeth o ryw ladrad neu'i gilydd, ac yn torri asgwrn un bys ar y tro mewn drôr desg nes iddo gytuno i arwyddo cyfaddefiad. Roedd tro yng nghynffon y stori. Tra ei fod wrthi, a heb yn wybod i Taid, roedd y lleidr go iawn wedi cael ei ddal â llond sach o ysbail ac eisoes wedi cael ei gyfweld, wedi cyfaddef, ac wedi mwynhau swper cynnes yn ei gell. Roedd y dagrau'n powlio i lawr bochau crychlyd coch y criw wrth ail-fyw'r hanes. Hyd yn oed heddiw, hanner canrif a mwy ers digwyddiad y torri bysedd, mae llawer o'r ditectifs dwi'n gweithio gyda nhw o ddydd i ddydd yn ysu am gael dychwelyd i'r dyddiau hynny.

Cerdded i'r gwaith yw'r unig ymarfer corff dyddiol dwi'n ei gael ac felly teimlaf reidrwydd i sticio ati. Mae meddwl am fod yn dew yn gwneud i mi deimlo'n anghyffyrddus er taw un eithaf tenau fues i erioed. Yn amser Taid, ac yn amser fy nhad o ran hynny, roedd gorsaf yr heddlu ar un o'r ffyrdd cul sy'n arwain o'r Prom, felly fydden nhw ddim yn cael llawer o esgus i ddefnyddio'r llwybr yma'n aml. Mae'n rhywfaint o gysur i mi, er 'mod i wedi dilyn y ddau i yrfa yn yr heddlu, 'mod i ddim yn dilyn olion eu traed yn llythrennol.

Heb edrych, dwi'n gwybod bod y watsh ar fy ngarddwrn yn dangos bod gen i ddigon o amser i gyrraedd yr orsaf cyn naw o'r gloch. Fydda i'n cyrraedd ddeng munud yn gynnar bob bore, dwi'n gwneud yn siŵr o hynny. Dwi'n hoff o gymryd fy amser ar hyd y daith hon. Fydda i'n aml yn gweld yr un hen wynebau wrth gerdded i mewn, ond yn ofalus i'w hanwybyddu. Y peth diwethaf dwi eisiau yw creu disgwylgarwch am sgwrs foreol rhyngdda i a'r fam-gu a'i hŵyr ar y ffordd i'r ysgol, neu'r hen foi yn cerdded y ci bach â'r ffon daflu pêl yn ei law. Fe fyddai hynny'n sbwylio'r siwrne i gyd. Dwi heb weld y naill na'r llall heddiw. Efallai ei bod hi'n wyliau ysgol ar y bachgen bach, a bod yr hen foi wedi cymryd rhagolygon y tywydd o ddifri ac wedi penderfynu aros gartre. Yr unig berson ar y llwybr heddiw oedd perchennog y dracwisg yn gynharach, ac mae'n rhyddhad na wnaeth honno ddatblygu'n sgwrs hirach.

Mae'r llwybr cerdded yn dod i ben ar y briffordd, gyferbyn â gorsaf yr heddlu. Dydy'r traffig ddim mor drwm nes bod croesi'r ffordd yn anodd, ond mae'n well gen i ddefnyddio'r groesfan rhyw hanner canllath yn nes ymlaen ar hyd y palmant. Wedi croesi dwi'n cerdded yn ôl at orsaf yr heddlu, trwy'r maes parcio ac i mewn drwy'r prif ddrws. Er gwaetha'r tywydd tu allan mae'n gynnes, bron yn glòs yn y dderbynfa. Mae'r ffenestri a'r drysau mawr yn troi'r rhan hon o'r adeilad yn rhyw fath o dŷ gwydr. Mae yna jôc barhaol yn y swyddfa fod y sarjant ar y dderbynfa yn tyfu tomatos o dan y ddesg.

I gael mynediad i weddill yr orsaf, y tu hwnt i'r fynedfa, mae yna ddrws trwm wrth ochr y brif ddesg, sy'n cael ei agor trwy gyffwrdd pàs plastig â blwch bach ar y wal. Mae fy mhàs i ar linyn o gwmpas fy ngwddf, a rhaid i mi blygu i lawr dipyn er mwyn i'r ddau gyffwrdd yn erbyn ei gilydd, cyn rhoi gwth gweddol i agor y drws.

Ambell waith fe wna i fwmian 'Helô' wrth ambell un dwi'n ei adnabod wrth symud i lawr y coridor, ond fydda i ddim yn oedi'n ormodol cyn cyrraedd fy nesg. Wedi eistedd, arhosaf yn amyneddgar i'r cyfrifiadur ddihuno, a hanner gwrando ar sgwrs rhwng tri ditectif ym mhen draw'r swyddfa agored ynglŷn â pham yn union wnaeth Lloegr golli i Wlad yr Iâ echnos.

'O'dd rhaid i Hodgson fynd – *tactically naive* iawn.'

'Wel ydy, ma fe, ond sdim yr un *team spirit* 'da nhw â sy gyda ni, dyna'r broblem. Ma'n bois ni 'di bod yn whare gyda'i gilydd ers blynyddoedd.'

'Dwi ddim yn deall sut 'naethon ni golli iddyn nhw yn Lens, dylen ni fod wedi rhoi cosfa iddyn nhw.'

Dwi wedi dioddef sawl sgwrs ar yr un pwnc dros y dyddiau diwethaf. Cyn hir mi fyddan nhw'n diflasu ar drafferthion Lloegr ac yn cychwyn trafod beth yn union fydd angen i Gymru ei wneud i guro Gwlad Belg nos Wener.

O'r diwedd mae'r dudalen login yn fflachio ar sgrin y cyfrifiadur a dwi'n teipio fy manylion yn frysiog. Mae rhai o'r ditectifs eraill yn defnyddio cyfrineiriau amlwg, a hyd yn oed yn eu hysgrifennu ar Post-it a'u glynu wrth ochr y sgrin, ond bydda i'n gwneud yn siŵr fy mod yn defnyddio un cymhleth bob tro, ac yn ei newid bob mis.

Ychydig cyn naw o'r gloch, wedi sganio'n gyflym trwy'r e-byst gyrhaeddodd dros nos a gweld nad oes unrhyw beth angen sylw ar frys, dwi'n gadael fy nesg ac yn cerdded i'r brif ystafell gyfarfod yn barod am y Sgrym, neu'r cyfarfod adrannol dyddiol. Ystafell blaen, lwyd, fel pob ystafell arall yn yr orsaf ydy hi, ond am un peth bach – mae cwpan coffi plastig wedi cael ei dapio dros y *smoke detector* ar y nenfwd. Fe esboniwyd ei bresenoldeb i mi unwaith. Pan fydd angen gair anffurfiol â rhywun o dan amheuaeth, fyddan nhw'n cael eu harwain i'r ystafell hon, yn hytrach nag i un o'r ystafelloedd cyfweld, ac yn aml mi fyddan nhw'n gofyn am gael smygu. I arbed eu tywys tu allan bob tro, mae'r cwpan yn eu galluogi i ysmygu tu mewn heb i'r larwm tân ganu. Mae wedi cael cartre parhaol, ar yr amod nad oes neb yn defnyddio'r ystafell i smygu y tu hwnt i gyfweliadau. Mae rhyw ddigrifwr hyd yn oed wedi tynnu llun wyneb hapus ar y cwpan erbyn hyn.

Dim ond dau dditectif arall sydd wedi cyrraedd hyd yn hyn. Mae'r ddau'n rhannu desg, yn eistedd yn isel yn eu cadeiriau a'u coesau wedi'u hymestyn o'u blaenau. Mae'r un hynaf yn pwyso 'nôl yn ei sêt, fel petai'n arddangos ei fol crwn yn falch i weddill yr ystafell, y crys na fu ar gyfyl bwrdd smwddio ers tipyn wedi ei dynnu'n dynn dros y bloneg. Sylwaf fod y carrai ar un o'i esgidiau'n rhydd, ac mae'r fath flerwch yn gwneud i mi ochneidio'n fewnol. Mae'n dal cwpan cardfwrdd o'r ffreutur yn ei ddwy law, tra bod y ditectif arall yn chwarae â sigarét electronig, yn tynnu arno nawr ac yn y man cyn chwythu colofn o fwg gwyn, trwchus trwy ei drwyn wrth siarad. Yn amlwg mae'n ystyried sigarét electronig yn eithriad i'n rheol dim smygu.

'A fyset ti'm yn credu pa mor glir yw'r llun, MJ,' meddai'r ditectif – Greening yw ei enw, dwi'n meddwl – yna'n pwffian fel hen injan stêm. 'Pan o'n i'n gwylio Lloegr nos Lun o'dd e fel bod yna ar y cae. 'Nest ti weld y gêm, MJ? Sai'n deall beth yn y byd o'dd ym mhen Hodgson...'

Wedi cael llond bol o drafod pêl-droed am un bore, eisteddaf wrth ddesg bron yng nghefn yr ystafell. Mae Directifs Greening ac MJ yn codi eu llygaid bob tro mae'r drws yn agor, ac yn cydnabod rhai o'r newydd-ddyfodiaid, ond mae eu sgwrs yn parhau heb oedi, ac yn uno â'r sgyrsiau eraill sy'n raddol lenwi'r ystafell nes i Saunders gyrraedd a chychwyn y cyfarfod yn ei ffordd watwarus arferol.

'Bore da, 'merched bach i. Reit, dewch i ni gael dechre.'

MJ

Mae'r cloc yn y car 'ma'n anghywir ers y galla i gofio. Wnes i drio gweithio mas pa fotymau oedd yn ei osod un tro, cyn gorfod derbyn yn y diwedd bod y dasg honno y tu hwnt i 'ngalluoedd i. Yn hytrach, nawr ac yn y man, fe wna i drio amcangyfrif a yw'r cloc yn gyflym neu'n araf, ac o faint, a gwneud y syms yn fy mhen i gael yr amser iawn pan dwi angen. Bydda i'n sticio at hynny nes i fi gyrraedd rhywle yn rhy gynnar neu'n afresymol o hwyr, ac wedyn yn amcangyfrif o'r newydd. Byddai'n tynnu tipyn bach o *stress* o 'mywyd bob dydd petawn i'n gallu cael y cloc yna i weithio'n iawn, ond dwi'n derbyn na wneith hynny fyth ddigwydd.

Dwi'n parcio'r car yn y lle arferol y tu allan i orsaf yr heddlu ac yn cerdded trwy'r drysau mawr gwydr.

'Shwd ma'r tomatos yn dod mla'n, Tom?' holaf y sarjant tu ôl i'r ddesg gyda gwên (dim ymateb), gan gymryd munud neu ddau i deimlo pocedi fy nhrowsus a fy nghot ac i ffeindio'r pàs i agor y drws. Wrth i mi ddechrau amau 'mod i wedi ei adael gartre eto mae rhywun yn cerdded heibio – boi tal, tenau â gwallt fel tase'i fam yn ei dorri. Dwi wedi ei weld o gwmpas y lle o'r blaen – y ditectif newydd, Mac-rhywbeth. Mae'n agor y drws â phàs ar linyn am ei wddf (trefnus iawn) ac wedi iddo gamu trwyddo manteisiaf ar y cyfle ac ymestyn i ddal dolen y drws ar agor cyn iddo gau. Stopiaf a sefyll i'r ochr wrth i'r drws gau tu ôl i mi, ac yna'n cario 'mlaen â'r helfa lletchwith, ac mae'r pàs yn dod i'r golwg o'r diwedd, wedi ei guddio yng nghanol yr hen nodiadau a'r derbynebau yn fy mhoced gefn. Rhaid i fi ddod i drefn a thaflu'r hen dderbynebau hyn.

Heddiw mae cloc y car rhyw ddeng munud yn gyflymach na'r disgwyl, felly dwi'n cyrraedd fy nesg yn gynnar, sy'n rhoi dau ddewis i mi:

1. Taro golwg cyflym dros unrhyw e-byst newydd.
2. Cael gafael ar gwpanaid o goffi cyn y Sgrym.

Wnes i'm cysgu'n dda neithiwr eto – yr un hen freuddwyd eto – felly dwi'n dewis yr ail opsiwn ac yn mynd am dro i'r ffreutur. Mae yna beiriant coffi iawn yna nawr, sy'n golygu bod y pris wedi codi a'ch bod chi'n cael caead ar y cwpan. Yr unig beth sydd ar ôl nawr yw i'r rhai sy'n gweithio yn y ffreutur ddysgu sut mae defnyddio'r peiriant yn iawn a fyddwn ni i gyd ar ein hennill. Tra 'mod i'n aros, mae'r sŵn berwi, hisian ac arllwys dŵr yn llenwi tawelwch y ffreutur wag, nes yn y diwedd mae'r ddynes bwdlyd yn estyn cwpan o ewyn brown tuag ata i. Wrth gyfri fy newid, neu ddiffyg newid, yn siomedig, dwi'n ystyried y posibilrwydd y bydd rhywun yn gallu gwneud coffi da rhyw ddydd, ac mi fydda i'n gallu setio cloc y car yn iawn, ac wedyn bydd rhaid i fi ddod o hyd i rywbeth arall i gwyno amdano. Rhywsut, dwi ddim yn meddwl y bydd hynny'n broblem.

Does gen i ddim awydd mynd 'nôl at fy nesg, felly dwi'n cerdded yn syth i stafell y Sgrym. Mae'n wag heblaw am Pete Greening, yn chwarae â'i sigarét electronig. Dwi'n casáu'r pethau – yn rhannol am i fi dreulio misoedd mewn tymer waeth na'r arfer rai blynyddoedd yn ôl, a gorfod rhoi'r gorau i'r cwrw am dipyn, er mwyn rhoi'r gorau i'r ffags. Ymdrech i stopio Lucy rhag cwyno am y peth drwy'r amser oedd hynny – dyna wastraff amser ac ymdrech. Roedd hynny cyn bod y teclynnau yma'n ffasiynol. Erbyn hyn mae yna siop yn eu gwerthu nhw ar gornel pob stryd –

a dwi'n eithaf chwerw tuag at unrhyw un sy'n eu defnyddio i'w helpu trwy'r wythnosau cyntaf uffernol wnes i orfod eu dioddef.

Byddai'n well gen i gymryd sêt ar fwrdd gwag ond byddai hynny'n amlwg o anghwrtais, felly dwi'n eistedd yn y sêt nesaf at Pete. O fewn eiliadau mae'n dod i'r amlwg taw camgymeriad oedd hyn. Mae Pete wedi bod yn aros yn amyneddgar am unrhyw un sy'n barod i wrando arno'n siarad am ei deledu newydd. Tra 'mod i'n ceisio creu'r argraff fy mod i'n gwrando, heb wrando o gwbl, mae'r boi newydd – yr un agorodd y drws yn y dderbynfa – yn cerdded i mewn â'i bàs am ei wddf o hyd ac yn eistedd ar ei ben ei hun, wrth ddesg tua'r cefn. Doeth iawn.

Yn raddol mae'r ystafell yn llenwi a lefel y sŵn yn cynyddu. Mae rhai'n llenwi'r cadeiriau gwag, tra bod eraill yn sefyll, gan bwyso yn erbyn y wal, neu'n eistedd ag un foch tin ar gornel bwrdd. Mae'n dechrau cynhesu, ac mae rhywun yn gwthio heibio i agor ffenest. Er taw hon yw'r ystafell gyfarfod fwyaf yn yr orsaf, mae'n teimlo'n llawn iawn unwaith y bydd pawb yma.

Wrth barhau i anwybyddu Pete, sy'n dal i draethu'n ddigon hapus, clywaf dameidiau o sgyrsiau eraill yr ystafell – y pêl-droed yw'r prif bwnc, ond mae yna hefyd drafod ar raglenni teledu neithiwr a chlecs am ddihirod Aberystwyth a'r cyffiniau. Dyna yw pynciau poblogaidd heddiw, fel bob dydd, ymhob gorsaf yr heddlu ar hyd a lled y wlad. Dwi wedi clywed yr un sgyrsiau bob bore am 30 mlynedd. Ar y cychwyn fe fyddwn i'n ymuno o bryd i'w gilydd, ond erbyn hyn mae'r un hen drafodaethau yn mynd ar fy nerfau.

Dwi'n gadael i Pete, ac i bawb arall, barablu ac yn tiwnio allan. Yn fy meddwl dwi'n llunio adroddiad byr ynglŷn ag achos llys ddoe, yn barod i'w gyflwyno pan ddaw fy nhro. Erbyn i mi gael popeth mewn trefn mae Saunders wedi cyrraedd, pentwr o ffeiliau a phapurau yn ei breichiau, ac yn cychwyn y Sgrym.

'Bore da, ferched bach. Reit, dewch i ni gael dechre.'

Mae hi'n dweud hynna bob dydd. Bob dydd.

Taliesin

Doedd adroddiadau'r tîm heb newid rhyw lawer ers y cyfarfod ddoe – y cyfweliadau â thystion y lladrad arfog yn swyddfa bost Waunfawr yn mynd yn eu blaen, achos llys y lladrad o'r tŷ ar Heol y Gogledd wedi gorffen gyda dedfryd garchar o 5 mlynedd. Popeth yn symud ymlaen yn raddol gyda chamau bach, gofalus.

Mae yna wyth ditectif yn yr ystafell, pob un yn gwisgo siwt. Cymysgedd o liwiau, a chyflwr pob un yn wahanol. Pum siwt lwyd, dwy las tywyll ac un yn rhyw fath o frown golau. Un las tywyll sydd gen i, a'i chyflwr hi'n well na rhai pawb arall, gan taw dim ond rhyw fis oed ydy hi.

'Nesa – MacLeavy,' meddai Saunders, gan sortio trwy'r pentwr o bapurau o'i blaen a fy nhynnu i 'nôl i'r ystafell. Dwi'n cyflwyno adroddiad manwl ar sut y gwnes i orffen y gwaith papur a ffeilio achos y car a gafodd ei ddwyn o Lanilar ddydd Sul diwethaf. Does dim llawer i'w ddweud – y perchennog wedi gadael am ei waith un bore a gweld man gwag lle bu car y noson gynt. Ychydig wedi hynny daeth adroddiad fod y car wedi ei losgi'n ulw ar drac fferm tu allan i'r pentref. Pawb yn amau pwy oedd yn gyfrifol – Madog 'Mad Dog' Dixon – ond heb unrhyw lygad-dystion na thystiolaeth fforensig ar ôl yn y car doedd dim byd pellach y gellid ei wneud am y peth. Y perchennog yn ddigon hapus i gymryd yr arian yswiriant ac anghofio am y peth, felly dyna ddiwedd arni.

'OK, iawn,' mae Saunders yn ateb wedi i mi orffen, gan

roi'r argraff nad oedd hi'n gwrando rhyw lawer. Yn amlwg, mae hi'n awyddus i ddirwyn y cyfarfod yma i ben.

'Iawn, dewch i ni drio gorffen cyfweliadau'r lladrad arfog yna heddi, er mwyn Duw... A, Pete, cer ar ôl adroddiad fforensig yr ymosodiad rhywiol ddydd Sadwrn... Ac un peth arall – ry'n ni wedi cael adroddiad am berson coll bore 'ma, dynes yn ei phumdegau heb ddychwelyd ar ôl noson allan.' Mae'n codi ffeil frown, denau yr olwg yn yr awyr. 'MJ, un i ti dwi'n meddwl.' Heb aros am ateb mae'n gollwng y ffeil ar y ddesg wag o'i blaen i'r ditectif ei chasglu. 'A cer â MacLeavy gyda ti. Iawn, wel – os nag oes dim byd arall, dyna ni am heddi – unrhyw gwestiynau?' Mae'n oedi am eiliad a llygadu'r criw o'i blaen mewn ffordd sy'n awgrymu taw'r peth doethaf fyddai cadw'n dawel. 'Hyfryd – wela i chi 'nôl fan hyn bore fory, 'te.' Ac ar hynny mae'n casglu'r papurau o'i blaen a ffwrdd â hi, gan ddiflannu i lawr y coridor a throi'r gornel cyn i'r drws gau tu ôl iddi.

Mae'r awyrgylch yn yr ystafell yn llacio tipyn wedi i Saunders adael. Er na fyddai'r un o'r ditectifs yn yr ystafell yn cyfaddef y fath beth, mae yna deimlad cyffredinol o hanner ofn a hanner edmygedd tuag ati. O beth dwi'n ddeall mi gafodd blentyn yn ei harddegau a'i fagu ar ei phen ei hun, ac mae hwnnw erbyn hyn wedi derbyn ysgoloriaeth i Gaergrawnt, tra'i bod hithau wedi brwydro i greu gyrfa lwyddiannus yn yr heddlu. Fel y dywedodd un o'r ditectifs eraill (ar ôl gwneud yn siŵr nad oedd Saunders o gwmpas), 'tase hi'n cicio nhin i o fore gwyn tan nos, fyddwn i'n gwneud yn siŵr 'mod i'n cael lle yng Nghaergrawnt hefyd'.

Mae gweddill yr ystafell yn codi fesul un – y sŵn wrth i goesau'r cadeiriau grafu'r llawr yn mynd drwydda i – ac yn symud yn swnllyd tuag at y drws, heb fod yn agos i adlewyrchu brys Saunders. Am ryw reswm, byddai'n well gen i petai hi heb fy mhartneru i mewn ffordd mor gyhoeddus.

'Taliesin, ie?' Daw'r cwestiwn wrth y ditectif a fu'n dangos ei fol ac yn magu coffi, un o'r pump oedd yn gwisgo siwt lwyd. Mae wedi cyrraedd ochr fy sêt heb i mi sylwi, er nad yw'r teiar o floneg o gwmpas ei ganol yn awgrymu rhywun mor ysgafn draed. Wrth ei weld yn agos sylweddolaf nad yw ei wyneb mor hen ag o'n i'n feddwl yn wreiddiol. Mae'r gwallt yn britho ond dwi'n siŵr nad yw e ddim ond rhyw flwyddyn neu ddwy dros ei hanner cant. Mae'n estyn ei law tuag ataf.

'Dy'n ni ddim 'di cael cyfle i gwrdd yn iawn eto. Ben. Ben Morgan-Jones, ond ma rhai yn fy ngalw i'n MJ. Wedi setlo mewn yn OK?'

Rhai yn ei alw'n MJ? Dim ond ers mis dwi wedi bod yn rhan o'r tîm ditectifs, ond dwi erioed wedi clywed unrhyw un yn yr orsaf yn ei alw'n unrhyw beth arall ond MJ. Tybed ai gwahoddiad oedd y 'rhai' yna – efallai y byddai'n well ganddo petai rhywun yn ei alw wrth ei enw iawn am unwaith? Dwi'n ysgwyd ei law, gan geisio cofio gafael yn dynn, ond ddim yn rhy dynn, fel y byddai Nhad yn dangos i mi.

'Ydw, yn iawn diolch. Neis i gwrdd â chi, Ben.'

'Plis, galwa fi'n MJ.'

Damia. Alla i deimlo fy hun yn cochi ychydig am fod yn orgyfeillgar, ond mae Ben – MJ – yn siarad eto.

'Ma Taliesin yn dipyn o lond pen. Beth ma pobol yn dy alw di? Tal?'

'Na, Taliesin fel arfer,' atebaf, cyn ychwanegu. 'Talcen teg, dyna mae e'n olygu.' Sylweddolaf 'mod i'n gafael yn ei law o hyd, a dwi'n ei ollwng yn frysiog. Mae'r llaw yn teimlo'n llaith, a dwi'n stopio fy hun rhag ei sychu ar fy nhrowsus.

Mae MJ'n gwenu'n ansicr, cyn agor y ffeil a mynd ati i'w darllen.

'OK… wel, 'te, Taliesin, der i ni weld beth sy gyda ni…'

Arhosaf wrth iddo ddarllen cynnwys y ffeil. Tu ôl iddo galla i weld y cwpan coffi cardfwrdd ar y ddesg lle roedd MJ'n eistedd yn ystod y Sgrym, ac yntau heb drafferthu ei daflu i'r bin cyfagos. Am ryw reswm mae hyn yn fy mhoeni. Teimlaf yn lletchwith yn sefyll yma yn y tawelwch a dwi'n ystyried eistedd eto, ond a fyddai hynny'n rhy anffurfiol? Yn y diwedd dwi'n cyfaddawdu trwy bwyso'n ysgafn ac yn anghyffyrddus ar y ddesg. Ymhen munud mae MJ wedi pasio'r ffeil i mi ac wedi eistedd a gorwedd yn ôl yn y gadair. Wrth barhau i hanner pwyso, hanner sefyll, dwi'n troi fy sylw at yr unig dudalen yn y ffeil.

Yn ôl yr adroddiad person coll, y tro diwethaf y cafodd Bet Goldsmith – dynes 52 mlwydd oed, 5' 1" o Gapel Bangor gyda gwallt hir du – ei gweld oedd ar noson allan gyda chriw gwaith echnos, nos Lun y 27ain. Dyddiad heddiw, y 29ain, sydd ar yr adroddiad, felly ar ôl iddi fod ar goll am ryw 36 awr daeth ei gŵr, Osian Goldsmith, i'r orsaf i adrodd am ddiflaniad ei wraig. Diddorol.

Esboniodd fod Bet Goldsmith yn gweithio i gwmni yswiriant Brownleigh Carter ar Heol-y-wig, ac iddi drefnu i fynd allan gyda chriw o'r swyddfa i ddathlu pen blwydd un o'i chyd-weithwyr. Roedd ei gŵr yn ei disgwyl hi 'nôl yn hwyr nos Lun, ond pan na ddychwelodd cofiodd iddi hanner sôn ei bod yn ystyried aros dros nos gyda ffrind o'r gwaith, a mynd yn syth i'r swyddfa oddi yno, fel y byddai'n gwneud o dro i dro. Ceisiodd Osian Goldsmith ei ffonio fore Mawrth, ond aeth ei alwadau'n syth i'r peiriant ateb a chymrodd fod batri ei ffôn yn fflat. Doedd e ddim yn siŵr beth i'w wneud, ond roedd yn poeni o ddifrif erbyn bore Mercher ac fe ddaeth i'r orsaf a riportio bod ei wraig ar goll.

Codaf fy llygaid i edrych ar MJ ac mae hwnnw'n edrych yn ôl yn ddisgwylgar.

'Does dim llawer fa'na,' meddaf.

'Na, ti'n iawn,' mae'n ateb. 'Fel arfer, mewn achosion fel hyn, ma'r person sy ar goll yn dod i'r golwg yn ddigon clou. Falle'i bod hi gatre'n barod, pwy a ŵyr. Ond ma 'da fi ddiddordeb gwbod pam fod ei gŵr heb ei riportio hi ar goll neithiwr. Ma'n well i ni fynd draw 'na i'w weld e, i glywed be sy gyda fe i ddweud am y peth. Capel Bangor, ontefe? Dy gar di neu un fi?'

'Does dim car i gael gyda fi, MJ.'

'O. Wel, fy nghar i, 'te. Ewn ni'n syth – gad i fi fynd i ôl yr allweddi.'

Gobeithio nad yw MJ'n gyrru'n wyllt, meddyliaf. Dwi ddim eisiau gorfod esbonio 'mod i'n mynd i deimlo'n sâl, yn gywilyddus o gyflym, wrth deithio.

Ar hynny mae MJ'n codi a cherdded allan o'r stafell gyfarfod i gyfeiriad y swyddfa. Dwi'n oedi am eiliad neu ddwy, yn codi'r cwpan coffi cardfwrdd a'i daflu i'r bin, yna'n dilyn yn sydyn ar ei ôl.

MJ

Taliesin – enw anarferol. Dim ond yn ddiweddar yr ymunodd e â'r tîm, a wnes i sylweddoli bore 'ma fod dim syniad gyda fi beth oedd ei enw cyntaf. Roedd yn rhaid i mi ofyn i un o'r bois eraill wrth i bawb adael y Sgrym. 'Taliesin or something,' meddai hwnnw. Dwi erioed 'di cwrdd â neb o'r enw Taliesin o'r blaen. Boi braidd yn stiff a ffurfiol, o beth wela i, yn trio fy ngalw i'n Ben. Wedi meddwl, falle na ddylwn i fod wedi ei gywiro; dwi 'di hen flino ar MJ, a does neb wedi fy ngalw i'n Ben ers tro. Ond dyna ni, sdim ots.

Estynnaf allweddi'r car o'r ddesg a throi i weld Taliesin yn sefyll yn lletchwith wrth ddrws y swyddfa. Wrth i mi wisgo fy nghôt dwi'n sylwi ar y pàs yn hongian o gwmpas ei wddf, ac yn cofio stwffio fy un innau i 'mhoced gefn, gan daflu'r hen dderbynebau i'r bin ar yr un pryd.

'Reit – ffordd yma,' meddaf yn ddiangen. Mae'n rhaid aros tra'i fod e'n cau botymau ei got at y top, er gwaetha amser y flwyddyn, cyn i mi arwain y ffordd i'r maes parcio. Mae'r car mewn tipyn o stad – wrth i mi glirio'r pacedi creision gwag a'r hen bapur newydd o'r sêt flaen dwi'n ystyried gwneud jôc am y peth, ond dwi'n fawr o foi dweud jôcs, a dydy Taliesin ddim i weld yn foi sy'n hoffi eu clywed. Wedi i'r sêt gael ei chlirio mae'n eistedd, ac yn gwisgo'i wregys yn syth. Gwelaf ei lygaid yn edrych ar gloc y car a dwi'n aros am sylw fod yr amser yn anghywir, ond yn lle hynny mae'n eistedd yn ôl yn dawel ac yn syllu'n amyneddgar drwy'r ffenest flaen. Dwi'n tanio'r injan ac yn gyrru allan o'r maes parcio a thuag at y briffordd.

Mae'r siwrne i Gapel Bangor yn cymryd rhyw chwarter awr, ond mae'n teimlo'n hirach yn y tawelwch llethol. Ar ôl rhyw bum munud gwasgaf 'Play' ar y chwaraewr CD ac mae 'Hotel California' gan yr Eagles yn llenwi'r car. Dydy'r sŵn ddim yn arbennig o uchel ond mae'n teimlo'n aflafar o gymharu â'r tawelwch cynt, felly dwi'n ei droi i lawr dipyn. Dydy Taliesin ddim yn ymateb i'r gerddoriaeth o gwbl.

Lle cymharol fach yw Capel Bangor, ac mae'n ddigon hawdd dod o hyd i'r tŷ – 10, Bryn-glas. Does dim byd arbennig o anghyffredin amdano:

- Dau lawr.
- Pebble dash.
- Lawnt i'r blaen ar y chwith.
- Dreif ar y dde, yn arwain i lawr ochr y tŷ ac yn gorffen o flaen garej fach.
- SmartCar bach gwyrdd wedi ei barcio ar y dreif, a Volvo Estate du i'w weld yng nghysgod y garej agored – ceir Sion a Siân.

Parciaf ar y stryd dawel a sylweddoli nad oes arwydd o fywyd yn unman – dim un person o gwmpas, dim cathod allan am dro, dim aderyn yn hedfan yn yr awyr lwyd uwchben. Anghyffyrddus o dawel.

Petai unrhyw ansicrwydd ein bod ni yn y lle iawn, mae'n cael ei ysgubo o'r neilltu yn ddigon buan. Cyn gynted â'n bod ni wedi dringo o'r car mae drws 10, Bryn-glas yn agor a chawr o foi yn brysio allan ac i fyny'r dreif tuag atom. Sylwaf ei fod yn symud yn lletchwith, ei gefn yn syth a'i fraich chwith yn anystwyth.

'Ai'r heddlu y'ch chi? Chi yma ynglŷn â Bet?' gofynna ar frys, cyn peswch yn swnllyd i'w law dde. 'Oes yna unrhyw newyddion? Dwi wedi cael gafael ar swyddfa Bet o'r diwedd, ond dyw hi heb fod yn y gwaith ers echdoe. Lle yn y byd allith hi fod? Oes yna unrhyw newyddion?'

Wel dyna ddiwedd ar y theori 'falle ei bod hi gartre erbyn hyn'.

'Ditectif MacLeavy,' mae Taliesin yn cyhoeddi, mwy fel datganiad na chyflwyniad. Edrychaf i'w gyfeiriad a gweld ei fod yn osgoi edrych i lygaid Osian Goldsmith – mae ei lygaid ymhobman heblaw am y dyn o'i flaen. Dwi'n sylwi wedyn ar y tawelwch. Dydy Taliesin ddim yn bwriadu fy nghyflwyno i.

'Ditectif Morgan-Jones. Does dim newyddion pellach gyda ni eto, syr. Wedi dod yma i ofyn cwestiwn neu ddau ydyn ni. Ewn ni mewn, Mr Goldsmith?' Dwi'n hebrwng y gŵr, sy'n peswch eto, yn bwyllog yn ôl i lawr y dreif ac i mewn i'r tŷ. Mae Taliesin yn dilyn cam neu ddau tu ôl i ni, yn syllu trwy ffenest y SmartCar wedi ei barcio ar y dreif.

'Nôl yn y tŷ mae Osian Goldsmith yn gollwng ei hun yn ofalus i gadair freichiau ag ôl digon o ddefnydd arni, golwg boenus yn fflachio ar ei wyneb ac yna'n diflannu yr un mor sydyn, tra ein bod ni'n eistedd ar ymyl y soffa ddofn, ymysg y casgliad o glustogau, pob un o faint a lliw gwahanol.

'Oes yna unrhyw newyddion?' gofynna eto'n bryderus.

'Dim eto, Mr Goldsmith,' atebaf yn bwyllog. 'Fel ddwedes i, ry'n ni yma i drio cael gwell syniad o beth sy wedi digwydd. Beth am i chi gychwyn o'r cychwyn yn eich geiriau eich hunan?'

Taliesin

Wrth i Osian Goldsmith fynd drwy'r stori o'r cychwyn cyntaf, ac ailddweud popeth sydd eisoes yn yr adroddiad person coll gwreiddiol, dwi'n manteisio ar y cyfle i edrych o gwmpas yr ystafell fyw. Argraff o ofal yn fwy na chyfoeth sydd yna – y teledu yn y gornel yn hen fodel, y dodrefn yn gyfforddus er eu bod wedi treulio yma ac acw. Yn gyffredinol mae'r ystafell yn lân, yn gysurus, ac yn hynod o daclus. Mae'r dyn yn y gadair freichiau o'n blaenau yn adlewyrchu hyn, wedi ei wisgo yn gyffyrddus, ond yn daclus, mewn pâr o drowsus loncian llac, crys rygbi rhyw dîm lleol a phâr o sliperi am ei draed. Mae'n tynnu llawes chwith ei grys i lawr dros ei law, nes taw dim ond pen ei fysedd sydd i'w gweld.

Mae yna luniau wedi eu pentyrru ar y silff ben tân, ac wedi eu gosod mewn grwpiau mewn sawl lle ar y waliau: Osian Goldsmith a'i wraig, dwi'n cymryd, gyda'i gilydd ar wyliau yn yr haul, neu mewn priodas. Mae un llun yn fwy o faint na'r lleill – cofrodd o fordaith mae'n amlwg, a'r ddau'n gwisgo'u dillad gorau, yn edrych fel petaen nhw'n barod i wledda wrth fwrdd y Capten. Mae yna ambell lun o Osian Goldsmith mewn gwisg dyn tân – un yn derbyn gwobr gan ddyn swyddogol yr olwg, ac un arall yn rhan o griw o ddynion tân yn gwenu o flaen adeilad cyfarwydd gorsaf dân Aberystwyth.

Mae yna blentyn gyda'r Goldsmiths yn nifer o'r lluniau eraill. Mae'r un cynharaf ohoni fedra i ei weld yn dangos merch tua phum mlwydd oed â gwallt hir euraid yn

24

eistedd ar feic, gydag Osian Goldsmith iau, ysgafnach yr olwg, yn penlinio ar ei phwys, y ddau â gwên fawr ar eu hwynebau.

Er ei fod yn ddyn mawr, cryf yr olwg, sy'n edrych fel y byddai'n ddigon cyfforddus mewn sgrym rygbi, mae'r blynyddoedd ers tynnu'r llun wedi gadael eu hôl. Mae'r lliw haul iach ar ei wyneb wedi mynd, a rhwydwaith o wythiennau bach coch yn ei le, tra bo'r croen ger ei lygaid wedi llacio ac yn gorwedd fel dwy sach lo hanner gwag ar ei fochau. Mae'r llygaid eu hunain yn goch ac yn flinedig, fel petai heb gysgu.

Wrth edrych trwy weddill y lluniau galla i weld y ferch ar y beic yn tyfu ac yn aeddfedu – yma tua saith oed wedi gwisgo fel tywysoges, yna tua 12 oed mewn gwisg dennis ac yn dal cwpan. Yn raddol mae'r plentyn yn y lluniau'n datblygu'n ferch letchwith yr olwg, yn ei harddegau cynnar, wedyn yn ferch ifanc brydferth, cyn iddi ddiflannu yn raddol o'r lluniau teulu a dechrau ymddangos mewn lluniau ar ei phen ei hun – yn graddio o brifysgol, neu'n gwenu o dan gysgod cap pig â bacpac anferth ar ei chefn.

Daw Osian Goldsmith i ddiwedd ei stori. Mae'n pwyso 'mlaen yn ei sedd erbyn hyn, ei lais yn llawn emosiwn a'i ddwylo crynedig yn agored o'i flaen fel petai'n erfyn arnom ni i gynnig atebion. Mae'r llawes chwith yn symud i fyny i ddangos llosgiadau ar groen cefn ei law, cyn iddo ei thynnu i lawr eto â symudiad cyflym iawn.

'Ac felly pan ddihunais i bore ddoe a gweld ei bod hi ddim yma gymres i ei bod hi wedi mynd yn noson hwyr a bod Bet wedi aros 'da Shelley o'r gwaith – mae'n neud hynny o bryd i'w gilydd, mae'n haws na dod 'nôl fan hyn. Wnes i drio'i ffonio hi yn ystod y dydd, ond dim ond y *voicemail* ges i, felly feddylies i falle fod y batri wedi darfod. Ddylen i fod wedi ffonio'r swyddfa i siarad â hi, ond o'n i ddim eisie ffysian –

ond *dylen* i fod wedi ffonio, dwi'n gweld hynny nawr. Damia fi, pam na wnes i ffonio!'

Ar hynny mae Osian Goldsmith yn gwthio cledrau ei ddwylo i'w lygaid mewn rhwystredigaeth, ond yn dal i siarad yn frysiog.

'Wedyn o'n i'n siŵr y bydde hi'n dod adre ar ôl gwaith neithiwr, a phan oedd dim sôn amdani, o'n i ddim yn gwbod beth i neud. Pan ddaeth hi ddim 'nôl bore 'ma chwaith oedd raid i fi neud rhywbeth. Dries i'r swyddfa ond doedd neb yna eto, ond o'n i ffaelu aros mwy, felly neidies i yn y car a dod i riportio ei bod hi ar goll. Ar ôl cyrradd 'nôl nes i ffonio'r swyddfa 'to – dim ond yr hen beth ffroenuchel 'na yn y dderbynfa oedd 'na, ond fe ddwedodd hi nad oedd Bet wedi bod yn y gwaith ddoe. Wel, lle ma hi, 'te, er mwyn Duw?'

Mae'n stopio i anadlu, ac yn ddioed mae MJ'n manteisio ar y saib yn y sgwrs i dorri ar ei draws.

'Ydy'ch gwraig wedi neud unrhyw beth fel hyn o'r blaen? Mynd i ffwrdd am gyfnod o amser heb ddweud wrthoch chi?'

Mae'r gŵr yn edrych yn syn.

'Wel, blydi hel, naddo – ydy'ch gwraig chi? Na, erioed. Dyw hyn ddim fel Bet o gwbl, ddim o gwbl.'

'Oes yna aelodau o'r teulu, neu ffrindiau agos lle y gallai hi fod?' gofynna MJ eto.

'Na – wel, ma'n merch ni, ond ma hi'n teithio yn Awstralia ar y foment. Ei ffrind agosa hi yw Shelley o'r gwaith, ond hyd yn oed petai hi'n aros gyda hi fe fydden i wedi clywed wrthi erbyn hyn.'

Codaf ar fy nhraed.

'Tra eich bod chi'n ateb cwestiynau Ditectif Morgan-Jones, fyddai ots gyda chi taswn i'n cymryd cip sydyn ar eiddo eich gwraig?'

Mae'r olwg ar wyneb Osian Goldsmith yn dangos nad oedd

yn disgwyl i mi gyfrannu i'r sgwrs mor sydyn, ond mae'n cytuno.

'Iawn, os oes rhaid i chi – lan staer, y drws cynta ar y dde yw'n stafell wely ni.'

Fedra i deimlo llygaid MJ'n syllu arna i wrth i mi adael yr ystafell. Dringaf y grisiau a gwthio drws yr ystafell wely ar agor. Fel yr ystafell fyw mae'n daclus a chysurus – gwely dwbl mawr â dwfe trwchus gwyn a dwy glustog bob ochr. Mae yna ddau gwpwrdd bychan ar y naill ochr i'r gwely a'r llall, a lamp fach ar y ddau. Mae un o'r cypyrddau'n wag heblaw am nofel dditectif a haen o lwch. Mae'r llall yn llawn potiau a thiwbiau o eli gwahanol, a sawl potel o dabledi. Estynnaf un o'r poteli a darllen y label: Tramadol – rhai cryf hefyd – yn enw Osian Goldsmith gan fferyllfa yn Aberystwyth. Dwi'n cyfri dwy botel arall yn y cwpwrdd. Mae'r eli gan yr un fferyllfa a chanllawiau ar pryd a sut i'w roi ar y croen. Dwi'n rhoi'r cwbl 'nôl yn y cwpwrdd ac yn cau'r drws cyn troi i edrych ar weddill yr ystafell.

Ar un wal, yr ochr bellaf i'r gwely, mae yna ffenestri mawr sy'n edrych i lawr ar ardd flaen y tŷ a'r stryd tu hwnt. Wedi ffitio i'r wal gyferbyn mae yna ddau gwpwrdd dillad mawr, y dolenni'n sgleinio. Mae'n amlwg wrth edrych yn y cyntaf fod Bet Goldsmith yn ddynes hyderus ei gwisg – lliwiau llachar a phatrymau bras yn llenwi'r cwpwrdd. Mae esgidiau o bob lliw a llun wedi'u pentyrru'n driphlith draphlith ar lawr y cwpwrdd – yr unig awgrym o flerwch yn y tŷ hyd yn hyn. Tybed ai Osian Goldsmith sy'n gyfrifol am y taclusrwydd felly? Mae yna un silff yn ymestyn led y cwpwrdd uwchben y rheilen ddillad, ac arni mae yna gasgliad o fagiau llaw o feintiau gwahanol, pob un yn wag oni bai am feiro ac ambell dderbynneb. Dwi'n mynd trwy bopeth yn fanwl cyn rhoi'r cwbl 'nôl yn ei le.

Osian Goldsmith yw perchennog yr ail gwpwrdd. Dydy

hwn ddim hanner mor llawn, a dydy'r un hyder ddim wedi ei adlewyrchu yn y dillad hyn – siwtiau eithaf plaen a syml yr olwg, crysau a siwmperi tywyll a dau neu dri pâr o jîns wedi eu plygu'n daclus yn y gornel. Dwi'n treulio rhyw bum munud yn mynd trwy weddill yr ystafell heb weld unrhyw beth o ddiddordeb, cyn sicrhau fod popeth yn ôl yn ei le, ac yn cau'r drws ar fy ôl ac yn mynd i lawr y grisiau.

Wrth i mi ddychwelyd i'r ystafell fyw gwelaf MJ'n derbyn llun oddi wrth Osian Goldsmith – llun diweddar, mae'n rhaid, i ni ei rannu, rhag ofn bod rhywun wedi ei gweld ers nos Lun. Mae'n troi ac yn fy ngweld.

'A, dyma Ditectif MacLeavy nawr. Wel, fe fyddwn ni mewn cysylltiad, Mr Goldsmith,' meddai. 'A thrïwch beidio â phoeni'n ormodol. Yn aml iawn mae'r cymar yn dod adre'n ddiogel.'

Mae Osian Goldsmith yn ein harwain at y drws ffrynt ac yn ei agor.

'Gyda llaw Mr Goldsmith,' gofynnaf, cyn i ni adael y tŷ, 'eich merch chi – ai wedi ei mabwysiadu mae hi?'

Mae'n edrych arna i'n syn, a dwi'n medru teimlo MJ yn gwneud yr un peth tu ôl i mi.

'Wel ie, fel mae'n digwydd, wedi'i mabwysiadu mae Emma – do'n ni ddim yn gallu cael plant 'yn hunen... Ond shwt o'ch chi'n gwbod?' Mae'n tynnu'n ddifeddwl ar ei lawes chwith eto. 'Pa fusnes yw hynny?'

'Dim, mwy na thebyg. Diolch am eich amser, Mr Goldsmith.'

Dydy drws y tŷ ddim yn cau nes i ni fynd i mewn i'r car, felly mae MJ yn aros nes i ni eistedd cyn troi ata i.

'Wel? Beth oedd hynna, 'te? Y stwff mabwysiadu 'na?'

'Eisiau cadarnhau rhywbeth, dyna i gyd.'

Mae MJ yn parhau i edrych arna i'n dawel. Yn amlwg mae'n disgwyl mwy o esboniad.

'Y lluniau. Dwsinau ohoni'n tyfu fyny, ond dim byd cyn ei bod hi'n bum mlwydd oed. Wrth gwrs, mae'n bosib bod y lluniau wedi mynd ar goll rhywffordd, ond roedd hi'n werth gwneud yn siŵr.'

'Bod y ferch wedi cael ei mabwysiadu?'

'Eu bod nhw'n methu cael plant.'

Tawelwch eto, MJ yn disgwyl mwy. Dwi'm yn hoff iawn o esbonio'n hun fel hyn.

'Yn un o'i bagiau yn y stafell wely – derbynneb â dyddiad dechrau wythnos diwetha, o'r fferyllfa. Condoms.'

Mae MJ'n dawel am dipyn yn hirach y tro hwn, ond dwi'n siŵr ei fod yn meddwl nawr, yn hytrach nag aros.

'Ma'n bosib bod rhesymau eraill,' meddai o'r diwedd.

'Falle. Er enghraifft ei bod hi'n cael perthynas gyda rhywun arall,' atebaf.

'Wel, ie... Neu falle fod gan Osian Goldsmith rhyw fath o... ti'n gwbod... afiechyd.'

Mae'r sgwrs yn dechrau mynd yn anghyffyrddus braidd.

'Mae'n bosib – ond o beth welais i doedd dim golwg o'r condoms yn y stafell wely,' atebaf.

Mae MJ yn cymryd ei amser i wisgo ei wregys diogelwch.

'OK,' meddai o'r diwedd. 'So, os y'n ni'n derbyn mai'r bwriad yw eu defnyddio 'da rhywun arall, ti'n meddwl falle mai gyda'i ffansi man ma hi nawr? Os yw ei gŵr yn amau hynny, alle hynna esbonio pam ei fod e wedi aros tan bore 'ma i dynnu'r peth i'n sylw ni. Digon gwael bod dy wraig yn gweld rhywun arall, heb dy fod ti'n llusgo'r heddlu mewn i bethe.'

'Fyddai hynny'n un esboniad. Gwerth chwilio ymhellach falle?'

'Gwerth ystyried, ody. Unrhyw beth arall o ddiddordeb lan 'na?'

'Dim ond fod gan Osian Goldsmith gwpwrdd yn llawn

poenladdwyr cryf ac eli croen. Oedd ei law chwith wedi ei llosgi'n eitha gwael, er ei fod e'n ceisio cuddio'r peth... '

'Do, weles i hynna,' mae MJ'n rhoi'r allwedd yn y car, ond yn oedi cyn tanio'r injan. 'Doedd e ddim yn edrych fel anaf diweddar chwaith.'

'Na – o ystyried faint o eli a phoenladdwyr oedd ganddo fe, mi fyswn i'n dyfalu ei fod yn un hirdymor, ac yn llawer gwaeth na dim ond cefn ei law.'

'Diddorol... ond sai'n siŵr bod 'da fe lawer i neud â hyn. Reit, well i ni fynd nôl i'r dre, 'te. Cer di i'r swyddfa i gael sgwrs gyda'r ffrind – Shelley? – gweld oes ganddi unrhyw beth i ddweud, yn enwedig os oedd yna drefniant i Bet aros gyda hi nos Lun. Ac os oedd Bet Goldsmith yn cael perthynas 'da rhywun arall falle'i bod hi wedi rhannu ei chyfrinach â ffrind... os ddim, yna o leia roedd Shelley allan gyda Bet nos Lun, yn ôl y gŵr. Falle'i bod hi'n cofio rhywbeth allai fod o ddiddordeb.'

'Iawn – beth y'ch chi'n mynd i wneud?'

'Fe ffonia i'r cwmnïau tacsi, i weld a oes unrhyw un yn cofio ei gyrru hi i rywle – tra bo ti yn y swyddfa, hola os oes rhywun yn cofio gweld Bet yn dal tacsi, pa gwmni falle... Fydde hynny'n help mawr. Ac fe ranna i'r llun a chysylltu 'da'r ysbyty, jyst rhag ofn.'

Mae MJ'n aros fel petai'n disgwyl ymateb pellach. Fedra i ddim meddwl am unrhyw beth arall i'w ddweud, ac yn y diwedd mae'n tanio'r injan ac yn cychwyn ar y siwrne 'nôl i'r dref. Diolch byth ei fod yn gyrru'n gall – fydda i'n iawn os ca i lonydd i eistedd yn dawel.

MJ

Mae'r daith 'nôl i'r dref mor dawel â'r un gynharach, ond tawelwch naturiol, meddylgar yw hwn, o'i gymharu â'r un lletchwith ar y ffordd allan. Dwi'n edrych ar Taliesin, yn eistedd yn ei sedd a'i ddwylo yn ei gôl, yn syllu trwy'r ffenest flaen. Boi rhyfedd, sdim amheuaeth, a braidd yn anghwrtais, ond yn amlwg yn glyfar iawn. Os ydy Bet Goldsmith yn cael perthynas yna fe allai hynny esbonio'r cwbl, ond eto efallai fod dim sail i'r syniad hwn. Fe allai fod wedi prynu'r condoms i rywun arall, ond dydy hynny ddim yn fy nharo i'n debygol iawn. Efallai fod gan Osian Goldsmith ryw afiechyd, ond dwi ddim yn edrych mlaen i grybwyll hynny wrtho fe, a dweud y gwir.

Ar ôl cyrraedd Aberystwyth, ac ar ôl gyrru trwy'r system unffordd, dwi'n stopio i ollwng Taliesin gerllaw swyddfeydd Brownleigh Carter, ac yn trefnu i'w weld yn ôl yn yr orsaf yn hwyrach. Wrth iddo fe fynd allan o'r car dwi'n sylweddoli nad oes gen i rif ffôn ar ei gyfer, felly rydyn ni'n cyfnewid rhifau rhag ofn bod rhywbeth pwysig yn codi yn y cyfamser. Nodaf ei rif yn fy ffôn o dan yr enw 'Taliesin'. Wrth edrych draw galla i weld ei fod e'n nodi fy rhif i fel 'Ditectif Ben Morgan-Jones'.

Wedi hynny, dwi'n gyrru 'nôl i'r orsaf, ac yn gorfod ffeindio man parcio gwahanol i'r arfer gan fod car cyfarwydd wedi cymryd fy sbotyn arferol i. Ar ôl cyrraedd y swyddfa, taflaf fy nghôt dros gefn y gadair, gollwng allweddi'r car a phàs y drws ar y ddesg a dihuno'r cyfrifiadur. Wrth aros i'r peiriant lwytho, gwaeddaf draw ar Pete Greening wrth ddesg gyfagos.

'Ti 'di parcio'r hen jalopi 'na yn fy lle i eto!'

Mae Greening yn troi i fy wynebu i, ei sigarét electronig yn ei law o hyd a gwên ar ei wyneb.

'Jalopi ddiawl, ma'n well na'r lwmp o rwd 'na sy gyda ti. A neith les i ti gerdded 'mbach, ta beth 'ny.'

Mae'n gwneud ystum bol mawr, ac yn troi i wenu ar rai o'r ditectifs eraill sy'n amlwg yn gwrando ar y sgwrs.

'Ti isie gweld os alli di smocio'r peth 'na trwy dy din, Pete?' atebaf.

Mae'r ditectifs yn chwerthin, a Pete yn codi un bys arna i cyn dychwelyd at ei waith.

Dwi'n troi 'nôl at y cyfrifiadur. Yn gyntaf trefnaf i anfon y llun o Bet Goldsmith at yr iwnifforms i gyd, a'r gorsafoedd eraill yn yr ardal, gyda'r cais eu bod yn rhoi gwybod os oes unrhyw un wedi ei gweld.

Nesaf, codaf y ffôn a deialu rhif Ysbyty Bron-glais. Dwi'n esbonio pwy ydw i ac yn rhoi disgrifiad manwl o Bet Goldsmith, ond dwi'n canfod yn ddigon clou nad oes yna gofnod o ddynes debyg yn cael ei derbyn i'r ysbyty yn ystod y tridiau diwethaf.

Yna dwi'n troi at y brif dasg o dan fy ngoruchwyliaeth i, ac yn dechrau mynd trwy restr cwmnïau tacsi Aberystwyth, gan ffonio pob un yn ei dro i ofyn a oes unrhyw un o'u gyrwyr yn cofio codi dynes sy'n cyfateb i'r disgrifiad o Bet Goldsmith nos Lun neu yn ystod oriau mân bore Mawrth. Mae'n waith diflas, ond yn ffodus dim ond llond llaw o gwmnïau mawr sydd yna, yn gweithredu dan sawl enw gwahanol, ac wedyn rhyw ddwsin o gwmnïau llai. Mae pob galwad yn cymryd tipyn o amser, wrth i mi esbonio pwy ydw i, beth dwi ei angen, a chael addewid y byddan nhw'n gofyn i bawb oedd yn gweithio'r shiffts perthnasol. Ar ôl rhyw ddwy awr o siarad ar y ffôn does dim sôn am unrhyw un tebyg i Bet Goldsmith yn dal tacsi nos Lun na bore Mawrth. Nid fod hynny'n golygu'n bendant na wnaeth hi hynny, wrth gwrs – does dim disgwyl i yrrwr tacsi gofio pob cwsmer – ond am y tro dyw'r trywydd yma ddim yn arwain i unman.

Eisteddaf 'nôl yn fy nghadair, a phenderfynu mynd am ginio i'r ffreutur. Fe wnes i fethu brecwast bore 'ma – bydda i'n methu brecwast bron bob bore, trwy ddiogi fel arfer, yn hytrach nag unrhyw ymdrech i golli pwysau. Cyn i Lucy a'r plant fy ngadael, byddwn i'n ysu am dipyn o dawelwch yn y bore i fwynhau cwpaned o goffi a gwrando ar y newyddion heb orfod brysio i baratoi bocsys bwyd a dod o hyd i ddillad ysgol, ond ar ôl cael fy nymuniad dwi wedi dod i sylweddoli nad oes yna ffordd mwy digalon o gychwyn eich diwrnod na bwyta brecwast ar eich pen eich hun.

Gwthiaf yr atgof hwnnw o fy meddwl cyn i mi suddo i ddiflastod dyfnach, a cheisio codi fy nghalon wrth edrych 'mlaen am blât mawr o rywbeth â sglodion o'r ffreutur. Wrth adael y swyddfa dwi'n sylweddoli 'mod i wedi gadael fy mhàs ar y ddesg eto, ac yn dychwelyd i'w nôl. Cyn i mi adael am yr eildro mae'r ffôn yn canu, yn swnllyd ac yn annisgwyl, a dwi'n neidio.

'Ditectif Morgan-Jones yn siarad,' atebaf, a gwrando'n ofalus.

Taliesin

Fe ges i'r teimlad fod MJ yn flin am y cwestiynau ynglŷn â'r mabwysiadu. Roedd y siwrne 'nôl i'r dref o Gapel Bangor yn un dawel, heb gerddoriaeth nac unrhyw beth arall – er, dwi ddim yn cwyno am hynny. Wrth iddo fy ngollwng i wrth swyddfa Bet Goldsmith fe wnaethon ni gyfnewid rhifau ffôn. Gan gofio i mi ei alw'n 'Ben' yn gynharach fe wnes i'n siŵr iddo fy ngweld i'n storio ei rif o dan ei enw llawn, er mwyn chwarae'n saff.

I fod yn fanwl gywir, nid ar Heol-y-wig mae swyddfa Brownleigh Carter, ond yn un o'r hen adeiladau trillawr ar Stryd y Porth Bach, sy'n arwain oddi ar y brif stryd. Dwi'n gwneud cofnod meddyliol i gywiro hyn yn yr adroddiad. Wrth ochr y drws mawr pren i'r adeilad mae yna flwch metel, gyda dau fotwm, uchelseinydd a meicroffon oddi tano. Gyferbyn â'r botwm uchaf mae enw'r cwmni sydd, dwi'n cymryd, ar lawr uchaf yr adeilad – Wavelength Media. Gwasgaf y botwm arall ar gyfer swyddfeydd Brownleigh Carter. Er i mi baratoi i gael sgwrs gyda'r blwch metel i gyflwyno fy hun, mae yna saib am eiliad neu ddwy ac yna clywaf sŵn *buzz*, a chlic y clo. Dwi'n gwthio'r drws ar agor, ac yn gweld fy mod i mewn coridor llwyd. Mae yna ôl traul ar y carped, a marciau du ar y waliau – olion y rhai sy'n seiclo i'r gwaith ac wedi dod â'u beiciau i mewn i'w cysgodi rhag y tywydd, a rhag unrhyw ddwylo blewog tu allan.

Mae yna risiau i'r lloriau uchaf o'm blaen, a drws ag arwydd 'Reception/Derbynfa' ar y chwith. Cnociaf yn ysgafn, a'i agor heb aros am ateb. Mae yna ferch ifanc, a golwg wedi syrffedu arni, yn eistedd tu ôl i'r ddesg. Mae'n codi ei golygon o allweddfwrdd ei chyfrifiadur.

'Bore da,' dwi'n ei chyfarch.

'Good morning, how can I help you?' mae'n ateb.

'Detective Taliesin MacLeavy,' newidiaf i'r Saesneg i'm cyflwyno fy hun. 'I'm here to speak to Shelley...' Sylweddolaf yn sydyn nad ydw i'n cofio ei hail enw, a dwi'n gadael i'r frawddeg hongian yn yr awyr.

Mae'r syniad o heddwas yn sefyll o'i blaen yn amlwg yn cyffroi diddordeb y ferch.

'I'll call and see if she's available. What's it regarding?' mae'n gofyn yn eiddgar.

'Please just say that I'm here to speak to her,' atebaf yn ffurfiol.

'Of course.' Mae ei hwyneb yn sur am gael ei chadw rhag rhannu'r gyfrinach, 'And it was Detective Tal-yes...?'

'Taliesin MacLeavy,' dwi'n ei hatgoffa, gan ychwanegu, 'Taliesin means "fair brow".'

Fedra i weld ei bod hi'n ansicr sut i ymateb i'r wybodaeth ychwanegol.

'Right,' meddai yn y diwedd, cyn codi'r ffôn a chael sgwrs fer, dawel. Ymhen munud clywaf sŵn traed ar y grisiau ac mae dynes ganol oed, gwallt llwyd at ei hysgwyddau a wyneb caredig yn ymddangos wrth y drws.

'Good morning – Shelley?' gofynnaf.

'Bore da, Ditectif... MacLeavy, ie?' mae'n ateb mewn acen ogleddol drwchus – Ynys Môn ddwedwn i. 'Dach chi'n siarad Cymraeg, ydach? Ddowch chi fyny?' Heb aros am ateb mae hi'n troi ac yn arwain y ffordd, yn ôl i fyny'r grisiau, ar hyd coridor llwyd arall ac i mewn i'w swyddfa.

Mae'r ystafell yn ferwedig o gynnes a sŵn gwresogydd trydan yn dod o dan y ddesg. Mae yna blanhigion ymhob man

– ar y ddesg, y sil ffenest, ar ben y cwpwrdd ffeilio. Rhwng y gwres a'r gwyrddni waeth i ni fod mewn jyngl ddim.

'Eisteddwch, plis,' mae'n cynnig, gan ddisgyn i'w sêt ei hun a gwthio cudyn o wallt o'i llygaid â chefn ei llaw. 'Sut fedra i eich helpu chi?'

Eisteddaf a chroesi fy nghoesau. Galla i deimlo ei llygaid yn edrych yn ddwfn i'm rhai i, a dwi'n teimlo rywsut 'mod i ar y droed ôl yn syth.

'Ydych chi'n adnabod Bet Goldsmith?' gofynnaf, fel ffordd o agor y sgwrs.

'Ydw, mae Bet yn gweithio yma, rydan ni'n ffrindiau. Ond dydy hi ddim yma heddiw, mae arna i ofn. Na ddoe chwaith, o ran hynny.'

Fedra i weld y gofid yn fflachio yn ei llygaid wrth iddi roi dau a dau at ei gilydd.

'Mae'n iawn, ydy? Does dim byd wedi digwydd iddi?' gofynna, â phryder sydyn yn ei llais. 'Ddwedodd Siân wrth y ddesg flaen fod gŵr Bet wedi ffonio'n gofyn amdani bora 'ma, wnes i'm deall fod o'n fater difrifol y tro yma...'

'Y tro yma?'

Mae Shelley'n osgoi fy llygaid.

'Ia, wel... mae Osian yn ffonio'r swyddfa'n weddol aml os ydy o'n methu cael gafael ar Bet ar ei ffôn symudol – neu mi oedd o, cyn i Bet ofyn iddo fo beidio. Mi oedd o'n ddyn tân, welwch chi, ac mi gafodd o anaf yn y gwaith rhyw bedair blynadd 'nôl – bu'n rhaid iddo ymddeol... Mae o mewn tipyn o boen o hyd, poenladdwyr, ac – wel, mae hyn yn swnio'n beth ofnadwy i ddeud ond... mae o'n gallu bod braidd... yn *needy* o bryd i'w gilydd.'

Dwi'n nodi hyn i gyd yn fy llyfryn nodiadau.

'Wela i. Wel, mae'n ddrwg gen i ddweud i Mr Goldsmith riportio bod ei wraig ar goll. Allwch chi ddweud wrtha i pryd y gwelsoch chi Mrs Goldsmith ddiwetha?'

Mae Shelley'n codi ei llaw i'w cheg, ei bysedd yn cyffwrdd â'i gwefusau a phob ysgafnder yn diflannu ar unwaith.

'O, na! O, Osian druan... Ymmm – tro diwetha i mi weld Bet... echnos fydda hi, nos Lun. Doedd hi ddim yn y gwaith ddoe dach chi'n gweld – nesh i gymryd ei bod hi wedi ei gorwneud hi'r noson gynt, ac yn diodda ddoe. O, gobeithio bod dim byd wedi digwydd iddi!'

Mae Shelley yn oedi ac yn edrych arna i, ond dwi'n aros yn amyneddgar iddi barhau.

'Mi roedd hi 'di cael tipyn i'w yfad, ylwch. Roeddan ni i gyd wedi'i dal hi braidd, erbyn diwadd, i ddeud y gwir. Un o'r genod yn dathlu ei phen blwydd yn dri deg, felly aeth hi'n noson fawr braidd. Mi roedd pawb o'r swyddfa allan. Mi aethon ni i'r Pier Hotel yn syth o'r gwaith – y cynllun oedd i fynd am fwyd ar ôl hynny ond mi oedd sawl un am wylio gêm Lloegr a Gwlad yr Iâ – pawb 'di mynd yn wyllt am y pêl-droed yn ddiweddar, wir i chi. Felly, ymlaen â ni i'r Llew Du yn lle'r bwyty, ac yna i'r Academi. Genna i go o Bet yn gada'l – pryd oedd hi, dudwch? Tua 11.30 ella? Ar ei ffordd i ddal tacsi adra i Gapel Bangor. Mi arhoshis i ac ambell un arall allan am ryw hannar awr cyn ei throi hi. Dyna'r tro diwetha welish i hi... Chi'm yn meddwl bod yna ddim byd 'di digwydd iddi, nagdach?'

'A doedd dim trefniant i Mrs Goldsmith aros gyda chi nos Lun?' Dwi'n osgoi ei chwestiwn. 'Roedd ei gŵr yn meddwl iddo'i chlywed hi'n sôn am y peth wythnos diwetha?'

'Na – wel, sori, do... mi wnaethon ni drafod y peth. Ond mi ddywedodd Bet cyn gadael dydd Gwener y byddai hi'n mynd adra yn lle hynny.'

Dwi'n ysgrifennu nodyn byr yn fy llyfryn.

'Wela i. Felly mi oedd pawb allan, oedden nhw? Pawb o'r swyddfa?' gofynnaf.

'Oeddan. Wel, ar y cychwyn be bynnag. Chwara teg, mi

wnaeth pawb yr ymdrech er ei bod hi'n nos Lun. Ar ôl rhyw awr dyma Thomas – hynny yw, Mr Carter, y perchennog – yn mynd adra, ac un neu ddau arall o be gofia i. Ond mi wnaeth pawb arall aros allan.'

'Felly pwy yn union aeth allan, yn ôl yr hyn y'ch chi'n cofio?'

'Wel, mi oedd Bet a fi, yn amlwg, a Helen oedd yn dathlu ei phen blwydd, Siân welsoch chi ar y ddesg gynna, y ddwy Nerys, Rhiannon – a'i chariad wnaeth ymuno â ni'n hwyrach – a Dafydd Gruff a Rhys. A Thomas, fel ddudish i, yn gadael yn gynnar, ac Ellis Wyn, Bryn a Barri tua'r un pryd, dwi'n meddwl – mae gen Barri fabi newydd, felly does fyw iddo aros allan yn hwyr, welwch chi.'

Dwi'n nodi'r enwau i gyd yn fy llyfryn wrth iddi eu rhestru nhw.

'A does dim syniad gyda chi lle allai Mrs Goldsmith fod wedi mynd ar ôl eich gadael chi? Dim ffrindiau neu unrhyw un lle gallai hi fod?'

Yr oedi yna eto.

'Na, dim neb sy'n dod i 'meddwl i. Mae'n ddrwg gen i.'

Dwi'n aros yn dawel gan obeithio y bydd Shelley'n llenwi'r bwlch yn y sgwrs, yn sôn bod gan Bet Goldsmith gariad yn rhywle efallai, ond ar ôl tipyn mae'n amlwg nad oes dim pellach ganddi i'w ddweud ar y mater. Yn y diwedd fi sy'n torri ar y tawelwch.

'Sut oedd Mrs Goldsmith nos Lun, ddwedech chi? Unrhyw beth yn ei phoeni hi?'

Mae Shelley'n cnoi ei gwefus tra'i bod hi'n meddwl yn ôl.

'Na, dwi'm yn meddwl – roedd hi'n hapus, fel yr oedd hi o hyd. Mae pawb yn hoff o Bet, mae'n ddynes garedig iawn, yn ffrind i bawb. O, gobeithio ei bod hi'n iawn, wir. Dydy Bet ddim yn un i ddiflannu fel hyn – ella ei bod hi wedi cael damwain ar y ffordd adra neu rwbath? Mae rhai o'r gyrrwyr tacsi 'ma yn gyrru'n wyllt, tydan?'

'Rydyn ni'n edrych ar bob posibiliad er mwyn dod o hyd iddi, ond os fedrwn ni gadw at nos Lun am y tro, Mrs...'

'Chapell. Shelley Chapell.'

Rydyn ni'n trafod manylion y noswaith am ddeng munud arall ond mae'n dod yn amlwg nad oes ganddi unrhyw wybodaeth newydd i'w gyfrannu.

'Diolch yn fawr i chi, Mrs Chapell. Rydych chi wedi bod yn help mawr. A fyddai modd i mi gael siarad â phawb arall oedd allan nos Lun tra 'mod i yma, rhag ofn fod gan unrhyw un arall rywbeth i'w ychwanegu? Un ar y tro – fyddai hynna'n bosib?'

'Ia, wrth gwrs,' meddai, gan godi ar ei thraed yn syth. 'Mi gewch chi ddefnyddio'r swyddfa hon. Fe gewch chi lonydd yma. Gadewch i mi hel pawb i chi rŵan.'

Bob yn un ac un mae gweithwyr Brownleigh Carter yn dod i'r swyddfa.

Yn gyntaf daw Helen – yr un a fu'n dathlu ei phen blwydd – yn cyfaddef ei bod hithau wedi ymroi yn frwdfrydig i'r dathlu ac felly bod ei chof hi'n niwlog wedi tua naw o'r gloch, ond mae'n cofio bod Bet Goldsmith yno tan yn weddol hwyr ac i weld fel petai'n mwynhau ei hun.

Mae Barri, y tad newydd, yn edrych yn flinedig tu hwnt, ac yn esbonio iddo yfed un peint cyn gadael am adre tua saith o'r gloch, a disgyn i gysgu o flaen y teledu cyn naw.

Nesaf daw Siân o'r ddesg i lawr grisiau, y Nerys gyntaf, a Rhiannon, un ar ôl y llall, y tair yn edrych yn hynod o debyg i'w gilydd, gyda'u gwalltiau hir, melyn, syth a'u hewinedd ffug. Mae'r tair yn adrodd stori debyg i'w gilydd, am rannu sawl potel o win a hel clecs, o leiaf nes i gariad Rhiannon ymuno â nhw, pan ddechreuodd hithau, yng ngeiriau Nerys, 'snogio'i wyneb e i ffwrdd' am weddill y noswaith.

Mae'r ail Nerys, yn ogystal â Dafydd Gruff a Rhys, yn dweud iddyn nhw dreulio'r noson yn yfed cwrw ac yn gwylio'r pêl-droed. Mae Nerys, yn arbennig, yn wawdiol iawn o berfformiad Lloegr.

Yn ôl Shelley Chappell, oni bai am Thomas Carter a Barri, dau arall wnaeth adael y grŵp yn gynnar, sef Bryn ac Ellis Wyn.

Mae Ellis Wyn yn gwisgo cyfuniad rhyfedd o grys a thei smart, a hen gardigan flêr. Wedi edrych yn fanylach, dwi'n weddol siŵr fod gen i'r union un dei yn hongian yn y cwpwrdd gartre. Petai gen i gardigan debyg, dwi'n meddwl i mi fy hun, mi fyddai hi wedi mynd i'r bin ers tipyn.

Mae'n esbonio iddo wneud trefniadau â'i gariad nos Lun, felly mi ffarweliodd â'r criw tua saith o'r gloch a mynd i gwrdd â hi. Trwy gydol y sgwrs mae'n chwarae â'r sip ar ei gardigan ac yn edrych ar ei oriawr sawl tro, fel petai'n ysu i fynd 'nôl at ei waith. Wedi cadarnhau nad oes ganddo unrhyw wybodaeth newydd i'w hychwanegu, diolchaf iddo a gadael iddo fynd yn ôl at ei ddesg.

Yr olaf o'r gweithwyr i mi ei gyfweld yw Bryn, sydd yn ei saithdegau, aelod hynaf y criw yn hawdd. Mae'n esbonio ei fod yn byw yn y Drenewydd, rhyw awr o Aberystwyth, felly mi adawodd y dafarn erbyn tua 6:30 er mwyn mynd adre. Treuliodd weddill y noswaith yn yfed gwin a gwylio'r pêl-droed ar y teledu, gan sibrwd ei fod wedi cefnogi Lloegr, fel petai'n cyfaddef i ryw drosedd echrydus.

Eisteddaf am dipyn wedi iddo adael, a darllen trwy'r nodiadau yn fy llyfr. Mae storïau'r grŵp yn disgyn i ddau bentwr clir – y rhai a ffarweliodd yn gynnar ac a oedd yn cofio gweld Bet Goldsmith yn mwynhau gyda'i ffrindiau, a'r rhai oedd allan yn hwyr, ac a oedd yn cofio Bet yn gadael tua 11.30, yn feddw ond mewn hwyliau da, ar ei ffordd i ddal tacsi adre. Doedd neb wedi sylwi ar unrhyw beth o'i le, neb â gair drwg i'w ddweud am Bet, ac roedd pawb yn poeni wrth glywed ei bod hi ar goll ac yn gobeithio y bydden ni'n dod o hyd iddi'n fuan. Er nad ydw i'n gofyn yn uniongyrchol, does neb yn awgrymu bod Bet yn cael perthynas tu ôl i gefn ei gŵr, na bod unrhyw beth o'i le yn ei bywyd o gwbl.

Ymhen tipyn daw'r pennaeth ei hun, Thomas Carter, i'r ystafell. Mae'n fy atgoffa o rywun enwog ond fedra i ddim meddwl pwy.

'Mi oeddwn i yno am ryw awr nos Lun,' mae'n esbonio. 'Rôl y perchennog ar noswaith allan ydy dangos ei wyneb, prynu diod i bawb a ffarwelio'n gymharol gynnar. Does neb yn gallu ymlacio'n llwyr gyda'r bòs o gwmpas.'

Does dim byd ganddo i'w ychwanegu at yr hyn ydw i wedi ei glywed yn barod ynglŷn â Bet, ond sawl gwaith yn ystod y sgwrs mae'n dweud y bydd y cwmni cyfan yn fwy na pharod i helpu mewn unrhyw ffordd bosib. Fel pob dyn busnes gwerth ei halen, mae'n rhoi ei gerdyn busnes i mi cyn ffarwelio.

Wedi iddo ddiflannu 'nôl i'w swyddfa ei hun, rhoddaf y cerdyn busnes yn fy llyfryn, a'r llyfryn 'nôl yn fy mhoced, cyn diolch i Shelley a'i dilyn 'nôl i lawr y grisiau at y drws.

'Plis, gwnewch eich gorau i ddod o hyd i Bet yn fuan,' yw ei geiriau olaf wrth i mi gerdded allan i'r awyr iach, sy'n teimlo'n hyfryd ar ôl y swyddfa glòs, gynnes.

Cyn i mi fedru troi i ateb teimlaf y ffôn yn dirgrynu yn fy mhoced – 'Ditectif Ben Morgan-Jones' yw'r enw sy'n fflachio ar y sgrin. Dwi'n ateb ac yn gwrando'n astud wrth gerdded yn araf, ac yna'n fwy brysiog, i gyfeiriad yr orsaf.

MJ

Dwi'n gwneud yn siŵr fod Taliesin ar ei ffordd 'nôl ar frys cyn gorffen yr alwad. Dwi wedi anghofio am ginio, y chwant bwyd wedi diflannu ar ôl yr alwad gan heddlu Llanelli.

Yn y twyni, ar draeth Parc Gwledig Pen-bre, y tu allan i Lanelli, fe ddaeth rhywun o hyd i gorff Bet Goldsmith bore 'ma. Am ddeg o'r gloch y cafwyd yr adroddiad cyntaf, gan ddyn yn mynd â'i gi am dro – tua'r un adeg ag yr oedden ni'n cyfweld Osian Goldsmith. Yn ôl heddlu Llanelli, roedd y corff wedi bod yno dros nos o leiaf, ac roedd hi wedi marw ymhell cyn i ni wybod ei bod hi ar goll hyd yn oed.

Yn ôl Ditectif Harries o Lanelli, y bues i'n siarad ag e ar y ffôn, does dim yn swyddogol nes i'r tîm fforensig orffen yr ymchwiliad cyntaf ar y corff, ond mae e'n sicr i Bet Goldsmith gael ei llofruddio – 'ei phen bron â chael ei dorri oddi ar ei hysgwyddau'. Roedd newydd gyrraedd 'nôl i'r orsaf i greu'r adroddiad cyntaf pan ddaeth y llun o Bet wnes i ei rannu at ei sylw – tipyn o gyd-ddigwyddiad, ac yn help mawr iddyn nhw allu ei henwi, gan nad oedd bag nac unrhyw eiddo arall wedi cael eu darganfod mor belled. Roedd Ditectif Harries yn sicr taw'r corff ar y traeth oedd y ddynes yn y llun 'er gwaetha'r anafiadau', ond pan ofynnais i am fwy o fanylion ynglŷn â hynny yr unig ateb oedd addewid i anfon lluniau fforensig o'r corff cyn gynted â phosib. Oni bai am hynny doedd ganddo ddim mwy i'w rannu am y tro, ond addawodd gysylltu yn fuan.

Es i i weld Saunders yn syth, iddi hi gael deall bod achos y person coll wedi troi'n un o farwolaeth amheus. Fe gynigiodd hithau help un o'r ditectifs eraill, rhywun â mwy o brofiad na Taliesin, ond ar ôl ei berfformiad y bore 'ma roeddwn i'n teimlo ei fod e'n haeddu cyfle i gario 'mlaen. Roedd Saunders braidd yn amheus, ond mi gytunodd yn y diwedd.

Dwi ar fin ffonio Taliesin yr eilwaith i weld lle mae e pan mae'n brasgamu trwy ddrws y swyddfa yr eiliad honno, yn fochgoch ar ôl prysuro 'nôl drwy'r dref. Mae ei gôt wedi ei botymu at ei wddf o hyd. Daw yn syth draw at fy nesg a gwrando, heb ddweud dim, wrth i mi ailadrodd manylion yr alwad gan heddlu Llanelli. Ar ôl i mi orffen mae'n eistedd yn dawel am funud gyfan, yna'n neidio ar ei draed ac yn hongian ei got ar ei fachyn. Ar ôl dychwelyd mae'n siarad am y tro cyntaf ers cyrraedd 'nôl i'r swyddfa.

'Deg o'r gloch ddaeth yr adroddiad cynta, ddwedsoch chi? Gan ddyn oedd yn mynd â'i gi am dro?'

Dwi ddim yn or-hoff o'r busnes 'chi' yma.

'Ie, tua deg o'r gloch.'

'Ac roedd y corff wedi bod yna dros nos?'

'Do, dros nos o leia, dyna ddwedodd e. Pam?'

'Rhaid fod dwsinau o bobol wedi mynd â'i cŵn am dro ar y traeth peth cynta bore 'ma. Pam ei bod hi'n ddeg o'r gloch cyn i unrhyw un ddod o hyd i'r corff?'

Dwi wedi bod yn edrych ar fap o'r ardal ar y we, a dwi'n troi'r sgrin fel ei fod yn wynebu Taliesin.

'Mae'n barc mawr, Taliesin. Falle fod y corff wedi cael ei guddio mas o'r ffordd yn rhywle.'

'Wel ie, a dyna sy'n ddiddorol. Yn hytrach na lladd Bet Goldsmith a chael gwared ar y corff yn gyflym, mae'r llofrudd wedi mentro mynd â hi yr holl ffordd o Aberystwyth i Lanelli – yn fyw neu'n farw – ac wedyn i barc cyhoeddus. Ar ben hynny, mae'n ei chuddio fel bod neb yn dod o hyd iddi am sawl awr o leia. Beth mae hynny'n awgrymu?'

Dwi'n dechrau teimlo fel disgybl mewn ysgol, yn cael ei arwain i ateb y broblem gan athro.

'Fod y person eisie gadael y corff yn y lle arbennig hwnnw?'

'Yn union – mae'r traeth yma'n bwysig iddo mewn rhyw ffordd, ac mae'n teimlo'n ddigon cyfarwydd â chyffyrddus yno i feddwl ei fod yn lle diogel i adael y corff, er gwaetha'r risg amlwg. Efallai ei fod yn werth ystyried y posibilrwydd fod gan y llofrudd gysylltiad o ryw fath â'r ardal?'

Galla i weld taw cwestiwn iddo fe'i hun, yn hytrach nag un mae'n disgwyl i mi ei ateb yw'r frawddeg ddiweddaraf yna, ond dwi'n cynnig gair o gyngor, er gwaethaf hynny.

'Ma'n gynnar braidd i ni ofyn cwestiynau fel'na. Der i ni aros am yr adroddiad fforensig o leia cyn i ni fynd dim pellach.'

Ar y gair, a chyn i ni gael amser i drafod ymhellach, mae e-bost newydd yn fflachio ar sgrin y cyfrifiadur, oddi wrth orsaf yr heddlu yn Llanelli. Dwi'n ei agor, ac mae Taliesin yn symud yn nes at y ddesg i'w ddarllen. Does dim llawer o gynnwys yn y neges, dim ond llinell neu ddwy yn crynhoi barn gychwynnol y patholegydd, Dr Angharad Rush:

- Achos marwolaeth: Llofruddiaeth, yn benodol anaf dwfn i'r gwddf gan gyllell neu ryw fath o offeryn miniog arall.
- Amser marwolaeth: 24–36 awr yn ôl.
- Nodiadau ychwanegol: Dim awgrym o drosedd rywiol. Patrwm o farciau cyllell ar yr wyneb.

'Dim awgrym o drosedd rywiol'. Wel, mae hynny'n un darn o newyddion da, beth bynnag. Ond y frawddeg olaf sy'n denu fy sylw i – 'patrwm o farciau cyllell ar yr wyneb'. Dwi'n clicio i agor y lluniau atodol wrth y neges ac yn aros iddyn nhw lwytho.

Mae'r cyntaf yn dangos lleoliad y corff – llun o rywbeth

sy'n ymddangos o bell fel pentwr o ddillad wedi hanner ei orchuddio gan wair llifr, mewn pant bach yng nghanol y twyni tywod. Dim syndod i'r corff fod yno ers tipyn cyn i unrhyw un ei ddarganfod, fe fyddai'n guddiedig o bob cyfeiriad bron. Mae'r lluniau nesaf yn symud yn nes, a'r pentwr o ddillad yn raddol droi'n siâp corff yn gorwedd wysg ei gefn ar y tywod gwlyb.

Ond y lluniau olaf, agosaf, sy'n gwneud i fy ngheg fynd yn sych, ac i fy stumog dynhau. Mae'r hollt waedlyd, o un ochr y gwddf i'r llall, yn erchyll – mae'n rhaid fod y gyllell wedi torri bron mor ddwfn â'r asgwrn cefn. Mae'r pen yn pwyso 'nôl gan achosi i'r clwyf ymagor, a dangos y cnawd gwaedlyd â thywod gwlyb yn gymysg yn ei ganol. Ond os ydy'r anaf angheuol yn ffiaidd, cyflwr yr wyneb sy'n codi arswyd arna i.

Y llun olaf sy'n ei ddangos yn fwyaf clir – wyneb Bet Goldsmith, yr un wyneb oedd yn gwenu gyda'i merch yn y lluniau ar wal yr ystafell fyw yng Nghapel Bangor, nawr wedi ei greithio bron y tu hwnt i adnabyddiaeth. Mae'r toriadau cyllell main, dieflig yr olwg, yn teithio dros yr wyneb i'r ddau gyfeiriad, fel patrwm cris-groes manwl, didrugaredd, gan rannu'r wyneb yn sgwariau bychain. Gan gychwyn o'r aeliau a gorffen ar y genau, mae'r gyllell wedi hollti'r trwyn, wedi torri sawl gwaith drwy'r ddau lygad agored ac wedi mynd yn ddigon dwfn i gnawd meddal y bochau nes bod modd gweld i mewn i'r geg drwy'r briw.

Dwi erioed wedi gweld na chlywed am unrhyw beth fel hyn o'r blaen. Alla i wneud dim byd ond syllu ar y llun.

Yn annisgwyl, ar ôl munud o dawelwch llethol, Taliesin sy'n siarad gyntaf.

'Ffyc mi.'

Taliesin

Syllaf ar y sgrin, ar y creithiau a'r gwaed a'r croen gwyn a'r tywod gwlyb, yn ceisio prosesu'r hyn dwi'n ei weld. Yn sydyn dwi'n dod yn ymwybodol o'r tawelwch annifyr sy'n cael ei greu gan y lluniau hunllefus. Mae bwrlwm y swyddfa swnllyd wedi pylu i'r cefndir, fel petaen ni mewn swigen, ar wahân i bawb arall. Beth ddylwn i ddweud? Beth fedra i ddweud? Dwi ddim yn gallu meddwl.

Beth fyddai Taid yn ei ddweud?

'Ffyc mi.'

Dwi erioed wedi rhegi yn y gwaith o'r blaen.

'Union beth o'n i'n meddwl,' mae MJ'n ymateb ar ôl rhai eiliadau. 'Ffyc mi.'

Mae MJ yn fflicio 'nôl i'r llun cyntaf ac rydyn ni'n mynd trwy bob un eto yn fwy pwyllog, yn edrych yn ofalus am y manylyn lleiaf – sut mae'r corff wedi ei drefnu, a oes unrhyw beth yn gorwedd yn agos ato, unrhyw beth allai fod yn berthnasol? Mae'n oedi cyn clicio i'r llun diwethaf eto, ac er bod y sioc yna, mae'r arswyd wedi colli ychydig o'i fin yn barod. Mae'n syndod sut mae'r meddwl yn dod i delerau â'r fath erchylltra, er ei fod tu hwnt i mi sut all meddwl unrhyw un ddychmygu'r fath beth yn y lle cyntaf, heb sôn am ei gyflawni.

Ar y trydydd tro trwy'r lluniau dwi'n gweld rhywbeth yn y coed yn y cefndir, ac yn gofyn i MJ ganolbwyntio yn agosach ar y darn hwnnw o'r sgrin. Wedi ei chwyddo, gwelaf fy mod i'n gywir.

'Hen fag sbwriel,' meddai. "Di mynd yn styc yn y coed.'

Clogyn gwrach fyddai Taid yn ei alw.

'Chi'n iawn. Dim byd pwysig,' atebaf.

'Reit,' meddai MJ'n ddisymwth, gan ddiffodd y sgrin yn sydyn. 'Dere. Ma eisie i ni fynd i ddweud wrth Osian Goldsmith, cyn iddo fe glywed wrth rywun arall. A thra'n bod ni yno ma eisie i ni ffeindio mas a oedd Bet yn cael perthynas 'da rhywun arall. Ma hynna'n hollbwysig nawr.'

Mae'n oedi, yna'n ychwanegu,

'Wna i dorri'r newyddion iddo fe.'

Doeddwn i ddim wedi ystyried y posibilrwydd y byddai disgwyl i mi orfod esbonio i Osian Goldsmith beth sydd wedi digwydd i'w wraig. Mae'r syniad yn creu teimlad o banig llwyr y tu mewn i mi, sydd ddim ond yn gostegu pan dwi'n sylweddoli bod MJ wedi cymryd y fantell ar ei ysgwyddau ei hun. Dwi'n ystyried diolch iddo – y foment hon fedra i ddim cofio bod mor ddiolchgar i unrhyw un erioed – ond yn lle hynny casglaf fy nghôt a'i ddilyn i'r car, gan ddweud dim.

MJ

Yn y car ar y ffordd 'nôl i Gapel Bangor, mae Taliesin yn fwy tawel nag erioed yn y sêt wrth fy ochr. Does bosib ei fod e'n pwdu am i fi ddweud wrtho fe i aros yn dawel yn nhŷ Osian Goldsmith? Mae'r boi yn fwy o *weirdo* nag o'n i'n meddwl os ydy e mor awyddus i ddweud wrth rywun fod ei wraig wedi marw. Ond o ystyried hynna, sut uffern ydw i'n mynd i dorri'r newyddion? 'Flin gen i ddweud bod eich gwraig yn gelain, a na, chewch chi ddim ei gweld hi am fod rhywun 'di sleisio'i hwyneb hi'n stribedi. A chyda llaw, oeddech chi'n gwbod unrhyw beth amdani'n cael affêr?'

Cyn i mi sylweddoli rydyn ni wedi cyrraedd Capel Bangor, ac yn parcio tu allan i rif 10, Bryn-glas. Mae'r geiriau o gysur yn anhrefnus yn fy meddwl i o hyd pan ddaw Osian Goldsmith allan ar frys trwy'r drws ffrynt fel o'r blaen, yn brysio yn ei ffordd anystwyth, anghyffyrddus. Mae'n amlwg wedi bod yn edrych allan drwy'r ffenest ers i ni adael, yn cadw llygad am ei wraig. Mae Taliesin yn eistedd yn gwbl lonydd yn y car, yn syllu trwy'r ffenest flaen, yn amlwg yn pwdu o hyd.

'Reit, dere,' meddaf, a chymryd anadl ddofn cyn dringo o'r car. Mae Taliesin yn agor ei wregys diogelwch yn araf ac yn camu allan hefyd.

'Oes yna unrhyw newyddion?' mae Osian Goldsmith yn gofyn wrth i ni gerdded i'w gwrdd, ei anadl yn ei ddwrn. Sylwaf fod Taliesin yn edrych i'w lygaid y tro hwn.

'Mr Goldsmith, ewn ni i'r tŷ i siarad?' meddaf, mor garedig ag y medra i.

'Ond oes yna unrhyw newyddion?'

'I'r tŷ, Mr Goldsmith, ie? Gawn ni siarad yn iawn fan honno.'

Mae Osian Goldsmith fel petai ar fin gofyn yr un cwestiwn am y trydydd tro, ond mae'n ufuddhau a gadael i mi ei arwain 'nôl i'r tŷ, ac i'w gadair yn yr ystafell fyw. Mae'n chwarae gyda'i lewys chwith fwy nag erioed. Dwi'n hanner disgwyl i'r cwestiynu ailgychwyn, ond wrth edrych arno, mae'n amlwg erbyn hyn ei fod yn ofni clywed yr ateb. Dwi'n hynod o ymwybodol o lygaid Bet Goldsmith yn edrych arna i o'r holl luniau ar waliau'r ystafell fyw, sy'n teimlo'n fwy cyfyng na chysurus o'i gymharu â bore 'ma.

'Mr Goldsmith,' dechreuaf heb unrhyw oedi pellach. Yn gyflym ac yn syml, fel tynnu plastar. 'Mae gen i newyddion drwg, ma arna i ofn. Yn gynharach heddiw fe wnaeth heddlu Llanelli ddod o hyd i gorff dynes, ac ry'n ni'n amau'n gryf taw corff eich gwraig yw e. Mae'n ddrwg iawn gen i.'

Tawelwch llethol. Y plastar wedi ei dynnu, a'r briw yn dod i'r amlwg. Mae Osian Goldsmith yn parhau i syllu, ei lygaid yn symud yn sydyn oddi wrtha i at Taliesin ac yn ôl eto.

'Oes unrhyw un...' dwi'n cychwyn, ond mae'r gŵr galarus yn torri ar fy nhraws.

'Llanelli?'

'Ie, Mr Goldsmith. Heddlu Llanelli wnaeth...'

'Ond dyw Bet ddim yn nabod neb yn Llanelli. Pam fydde hi yn Llanelli? Na, camgymeriad yw hyn, siŵr i chi, nid Bet yw hi, rhywun arall...' Mae'r geiriau'n disgyn yn afreolus o'i geg.

'Ma arna i ofn ein bod ni'n eitha sicr...'

'Eitha sicr? Dyw "eitha sicr" ddim yn golygu unrhyw beth. Dim Bet yw hi, ddweda i hynna wrthoch chi nawr.'

'Ma arna i i ofn...'

'DIM BET YW HI, DY'CH CHI DDIM YN...' mae Osian Goldsmith yn codi ei lais, gan gychwyn codi o'i gadair ar yr un pryd. Llais tawel, annisgwyl Taliesin, y sŵn cyntaf iddo ei yngan ers cyrraedd y tŷ, sy'n ei ddarbwyllo.

'Mae eich gwraig wedi marw, Mr Goldsmith. Hi yw hi.'

Mae'r geiriau syml hyn yn gwthio Osian Goldsmith yn ôl yn gorfforol i'w gadair. Mae'n parhau i syllu ar Taliesin. Mae'n llonydd am ddeg eiliad a mwy, yna'n codi'n simsan ar ei draed eto ac yn camu draw at gwpwrdd yng nghornel yr ystafell. Mae'n tynnu potel wisgi hanner gwag a gwydr ohono, ac yn arllwys joch gweddol hael. Mae'n ei lyncu mewn un, yna'n arllwys un arall yn syth. Ar ôl y trydydd gwydraid dwi'n clirio fy ngwddf.

'Mr Goldsmith, mae'n ddrwg iawn gyda ni amharu arnoch chi mewn sefyllfa mor anodd, ond yn anffodus mae 'na gwestiwn neu ddau mae'n rhaid i ni eu gofyn. Ddewch chi 'nôl i eistedd lawr os gwelwch yn dda?' Edrychaf ar Taliesin. 'Ditectif MacLeavy, efallai allech chi fynd i neud dishgled i Mr Goldsmith.'

Dwi'n gobeithio y bydd cwpanaid o de melys yn helpu gyda'r sioc, ac yn rhoi rhywbeth iddo wneud â'i ddwylo hefyd, yn hytrach na meddwi'n dwll cyn i ni gyrraedd diwedd y sgwrs.

Mae Taliesin yn codi'n syth, ac o fewn munud clywaf sŵn tegell yn berwi a llwy yn clincian mewn cwpan o gyfeiriad y gegin. Yn araf, fel dyn yn cwsg-gerdded, mae Osian Goldsmith yn dychwelyd i'w gadair, y botel a'r gwydr yn dynn yn ei law, ei lawes yn rhydd a'r ôl llosgi ar ei groen yn amlwg.

'Sut... Beth ddigwyddodd?' mae'n gofyn yn betrusgar. 'Damwain?'

Dydy hyn ddim yn mynd dim haws.

'Na. Mae'n ddrwg gen i ddweud, ond ry'n ni'n trin marwolaeth eich gwraig fel achos o lofruddiaeth.'

Mae'n syllu arna i am oes, ac yna yn hirach ar Taliesin, sydd newydd ddychwelyd o'r gegin. Mae tawelwch Taliesin fel petai'n gadarnhad o'r hyn dwi newydd ei ddweud. Dwi'n rhoi amser iddo brosesu'r wybodaeth newydd hon. Mae'n cymryd y cwpan te sy'n cael ei estyn iddo a'i osod ar y bwrdd wrth ei ymyl heb ei gyffwrdd, cyn cymryd dracht ddofn arall o'i wisgi.

'Beth ddigwyddodd?' gofynna o'r diwedd, cyn oedi, a gofyn, 'alla i ei gweld hi?'

'Mae'r profion fforensig yn mynd yn eu blaenau, a byddwn ni'n gwbod mwy pan fydd yr adroddiad yn barod,' atebaf. 'Ond fe gafodd eich gwraig ei thrywanu gan gyllell. Cafwyd hyd iddi yn y twyni ym Mharc Gwledig Pen-bre, yn agos i Lanelli. Ynglŷn â'i gweld hi, mae 'na rywbeth y dylsech chi ei ystyried. Mae yna… niwed i'w hwyneb hi…'

'Beth chi'n meddwl, niwed? Pa fath o niwed?'

'Mae yna greithiau, marciau cyllell. Falle y byddai'n well i chi…'

'Dwi eisie ei gweld hi,' mae Osian Goldsmith yn torri ar fy nhraws yn bendant ac yn heriol eto. 'Sdim ots 'da fi am unrhyw greithiau.'

'Ie, iawn, fe allwn ni drefnu hynna, unwaith i'r archwiliad fforensig gael ei gwblhau. Ond yn y cyfamser, Mr Goldsmith, mae gen i gwestiynau fydd rhaid i mi eu gofyn ma arna i ofn. Yn gynta, oedd gan eich gwraig unrhyw elynion? Unrhyw un fyddai eisie achosi niwed iddi?'

Mae'n anodd dweud a yw Osian Goldsmith wedi clywed y cwestiwn, gan iddo wneud dim ond syllu yn ddiymadferth dros fy ysgwydd chwith, ei lygaid yn llaith. Alla i ddim â bod yn sicr, a dwi ddim yn troi i weld, ond mae gen i gof bod yna lun o briodas y Goldsmiths tu ôl i mi ac efallai mai dyna sy'n hoelio ei sylw. Mae'r tawelwch trwchus yn llenwi'r ystafell.

'Gelynion? Bet?' mae'n ateb o'r diwedd. 'Na, roedd pawb yn ei charu hi. Pawb.' Mae'n pwysleisio'r gair olaf yn bendant.

'A does dim rheswm i'ch gwraig fod yng nghyffiniau Llanelli? Dim ffrindiau na theulu ganddi yn yr ardal honno?'

'Na, fel ddwedes i, dy'n ni ddim yn nabod neb lawr ffor'na. Dy'n ni ddim wedi bod yn agos i Lanelli ers blynyddoedd. Yr unig deulu agos sy gyda ni yw Emma, ein merch, ac mae hi yn Awstralia... o, bydd raid i fi ei ffonio hi i ddweud...'

Mae'r olwg ar ei wyneb wrth iddo ystyried torri'r newyddion i'w ferch yn gwneud i mi deimlo'n waeth fyth am ofyn y cwestiwn nesaf. Llyncaf yn galed a chlirio fy ngwddf.

'Mr Goldsmith, ydych chi'n meddwl bod yna bosibilrwydd bod eich gwraig yn gweld rhywun arall?'

Mae'r cefn, oedd gynt wedi crymu, yn sythu.

'Beth ddwedoch chi?'

'Mr Goldsmith, mae'n rhaid i ni...'

'Gweld rhywun arall? Ca'l affêr, chi'n meddwl?'

Mae ei lais yn dechrau codi'n fygythiol, a'i dafod yn dew gyda'r wisgi.

'Mr Goldsmith...' dwi'n cychwyn, ond dwi ddim yn cael mynd dim pellach.

'Pwy y'ch chi'n meddwl y'ch chi? Yn dod fan hyn a dweud pethe fel'na a 'ngwraig i newydd farw!' mae Osian Goldsmith yn ffrwydro, a'i lygaid yn fflachio. Mae'n codi o'i gadair eto, yn fwy sigledig erbyn hyn. Gwelaf fod y botel oedd gynt yn hanner llawn bron yn wag. 'Cerwch o 'ma, nawr, y ddau 'noch chi. Cerwch o 'ma a ffeindiwch pwy sy 'di neud hyn i Bet – FFYCIN CERWCH!'

Er 'mod i am holi ymhellach, dwi'n gweld na chawn ni fwy o synnwyr am y tro, felly dwi'n codi gan amneidio ar

Taliesin i wneud yr un peth. Mae'r ddau ohonon ni'n symud tua'r drws, yn ceisio pwyllo Osian Goldsmith wrth iddo ein hebrwng ni allan yn drwsgl.

'Mr Goldsmith, falle y bydd angen i ni gael gair 'da chi eto. Oes unrhyw un all ddod i gadw cwmni i chi? Allwn ni drefnu rhywun i chi siarad â nhw os...'

Ond cyn i fi orffen y frawddeg mae'r drws wedi cau yn glep yn ein hwynebau.

Taliesin

Â chlep drws blaen rhif 10, Bryn-glas yn atsain yn fy nghlustiau, dwi'n troi am y stryd, ac yn cael fy hun yn syllu ar geir y Goldsmiths – y SmartCar ar y dreif a'r Volvo estate yn y garej. Mae yna rywbeth yng nghefn fy meddwl yn fy mhoeni ynglŷn â'r ceir hyn. Edrychaf drwy ffenest y SmartCar bach eto, a cherdded i'r garej i edrych i mewn i'r Volvo.

'Popeth yn OK?' gofynna MJ.

'Ydy,' atebaf. 'Dwi'n meddwl.' Dwi'n gwybod bod hynna'n swnio braidd yn gryptig, ond dydy MJ ddim yn gwthio'r peth dim pellach.

'Nôl yn ei gar, mae'n eistedd yn sedd y gyrrwr heb danio'r injan.

'Roedd e'n mynd trwy'r wisgi 'na,' meddai o'r diwedd.

'Oedd,' atebaf. 'Mi oedd yna botel lawn arall yng nghwpwrdd y gegin. A dwy botel wag yn y bocs ailgylchu hefyd.'

'Dwy botel? Pa ddydd ma'r bins yn cael eu casglu ffor hyn?'

'Roedd taflen ar y wal uwchben y bocs – dydd Llun gafodd yr ailgylchu ei gasglu ddiwetha.'

'Wel, o'r olwg drefnus ar y tŷ yna, ma'n siŵr y byddai bin y gegin wedi cael ei wacáu fore Llun ar yr hwyra. Os felly, ma hynny'n lot o wisgi i'w yfed mewn llai na thridiau, hyd yn oed o ystyried y sefyllfa. Ti'n meddwl bod problem 'da fe?'

'Efallai. Allai hynny esbonio sawl peth,' atebaf yn araf.

Wedi meddwl am funud, codaf fy ffôn symudol a galw'r orsaf.

'Ditectif MacLeavy. Dwi angen hanes troseddu rhywun – Osian Goldsmith, 10, Bryn-glas, Capel Bangor. Yn arbennig troseddau gyrru, fel gyrru yn feddw.'

Clywaf sŵn tapio ar allweddfwrdd ben arall y lein, ac ymhen munud mae'r ateb 'nôl gen i. Wedi gwneud yn siŵr i mi gael hanes cyfan Osian Goldsmith dwi'n diolch ac yn diffodd y ffôn, ac yn eistedd yn ôl yn disgwyl i MJ gychwyn y daith i Aberystwyth.

'Wel?' mae'n gofyn, heb wneud unrhyw symudiad i gychwyn y car. Yr angen yma i mi esbonio eto. Mae hyn yn rhan o weithio gydag MJ, mac'n amlwg.

'Cafodd Osian Goldsmith ei ddal yn yfed a gyrru ddeunaw mis yn ôl – deirgwaith dros y *limit*, yn gyrru'r Volvo yna sy'n y garej. Colli ei drwydded am flwyddyn, newydd ei chael hi 'nôl mae e. Mae hynny'n esbonio'r ceir.'

'Beth am y ceir?'

Dwi'n ei chael hi'n anodd deall nad yw plismyn eraill – ditectifs, neb llai – yn sylwi ar y manylion bach hyn. Yn dewis a dethol pa gwestiynau sy'n bwysig cyn gwybod beth yw'r atebion.

'Ceir y Goldsmiths. Y SmartCar a'r Volvo.'

'Ie, ceir Sion a Siân. Beth amdanyn nhw?'

Mae angen gras.

'Ie, ceir Sion a Siân mewn ffordd. Ond mae sedd gyrrwr y SmartCar wedi ei wthio reit 'nôl, wedi ei osod i berson tal yrru'r car. A sedd flaen y Volvo reit ymlaen, ar gyfer person byr. Ond pam fyddai dyn tal, mawr fel Osian Goldsmith yn dewis gyrru car bach fel SmartCar, a'i wraig lawer llai yn gyrru'r Volvo mawr?'

'Bydd rhaid i ti esbonio.'

'Wel, yr yswiriant. Rhaid fod yswirio'r Volvo yna yn ei enw

e yn gostus iawn, gydag yfed a gyrru ar ei record, a'i fod wedi gorfod newid i gar llai, rhatach.'

Mae MJ yn ystyried hyn am eiliad neu ddwy.

'Ie, OK, falle. Ond beth sy gyda hyn i neud â'r achos?'

Dwi'n troi i edrych arno.

'Wel mae'n awgrymu bod gan Osian Goldsmith ryw fath o broblem alcohol ers tipyn. Mae hefyd yn rhoi rheswm posib pam ei fod wedi aros tan y bore 'ma i'w riportio hi ar goll – efallai ei fod yn gorwedd ar waelod potel ers nos Lun, yn enwedig os oedd e'n cymysgu'r poenladdwyr cryf yna gydag alcohol... Ond tu hwnt i hynny, dim byd mor belled. Dim ond tacluso'r cwestiynau wnaeth godi yn fy meddwl i, dyna i gyd.'

Mae MJ yn agor ei geg i ateb, yna'n ysgwyd ei ben, a throi i gychwyn y car yn lle hynny.

'Iawn,' meddai o'r diwedd. 'Ma hi'n hanner awr wedi tri nawr.'

Tybed os ydy e'n sylweddoli bod yr amser ar y cloc ar y dashfwrdd yn anghywir?

'Ewn ni 'nôl i'r orsaf nawr,' mae'n mynd 'mlaen, gan yrru allan i'r brifffordd. 'Gobeithio bydd yr adroddiad fforensig llawn wedi cyrraedd o Lanelli erbyn hyn, dyna sy eisie arnon ni gynta. Bydd hefyd eisie i'r bois iwnifform fynd o gwmpas y tafarndai yng nghanol dre heno i weld a oes unrhyw un yn cofio gweld Bet nos Lun, a bydd angen iddyn nhw gasglu unrhyw CCTV o'r ardal – er, o beth gofia i, does dim lot o gamerâu i gael yn y rhan honno o'r dre. Bydd rhaid i ni neud datganiad i'r wasg, cyn iddyn nhw ddechre creu storïau eu hunain, a neud apêl am dystion. Peth cynta bore fory ewn ni lawr i Lanelli i weld y *crime scene* ein hunain, ac wedyn bydd eisie i ni fynd i siarad â'i chyd-weithwyr hi eto. Nhw yw'r rhai diwetha i'w gweld hi'n fyw. Ewn ni drwy eu storïau nhw â chrib fân.'

Mae fy nghalon a fy stumog i'n suddo wrth ystyried y siwrne hir i Lanelli ac yn ôl yfory. Bydd yn rhaid i mi gymryd tabled teithio cyn mynd. Ac wrth i hynny chwarae ar fy meddwl, ffwrdd â ni i gyfeiriad y dref, gan adael Osian Goldsmith i gymylu ei alar â wisgi.

MJ

Un peth y bydd Taliesin yn dod i'w ddeall, dwi'n sylweddoli wrth danio'r car a'i yrru 'nôl i gyfeiriad Aberystwyth am yr eilwaith heddiw, yw bod angen canolbwyntio ar y cwestiynau perthnasol. Mae'n iawn i Sherlock Holmes a Poirot dreulio eu hamser yn gwneud y mwyaf o'r manylyn lleiaf, ond mae yna wahaniaeth mawr rhwng dilyn stori wedi ei chrefftio'n ofalus gan awdur, a chael Saunders yn anadlu dros eich ysgwydd chi, yn disgwyl datblygiadau a chanlyniadau. Bosib ei fod yn iawn ynglŷn â'r yswiriant ceir, ond os nad yw'r wybodaeth yn ein helpu ni i ddal llofrudd Bet Goldsmith yna mae'n wastraff amser. Symud yn gyflym a dilyn y broses, dyna yw gwaith ditectif yn y byd go iawn. Chwilio am dystion, casglu DNA, edrych am olion bysedd – dyna sy'n rhoi pobol yn y carchar. Os ydych chi'n disgwyl i safle sedd gyrrwr ddatgloi achos cyfan yna cer 'nôl at dy nofelau ditectif.

O fewn chwarter awr rydyn ni 'nôl yn yr orsaf, wedi parcio'r car yn ei le arferol unwaith eto nawr fod Pete wedi symud ei racsyn o gar. Tra bod Taliesin yn mynd i weld os ydy'r adroddiad fforensig wedi cyrraedd dwi'n anelu'n syth am swyddfa Saunders. Rhannaf grynodeb o'r sgwrs ag Osian Goldsmith, ein hamheuon ynglŷn â'i yfed a'r posibilrwydd fod ei wraig wedi bod yn cael perthynas gyda rhywun arall. Dwi ddim yn sôn am y drafodaeth am yswiriant y ceir. Mae hithau'n rhoi ei chaniatâd i ddefnyddio rhai o'r bois mewn iwnifform i fynd o gwmpas tafarndai'r dref heno, i gasglu lluniau CCTV o'r ardal dan sylw, ac mae'n gofyn am gael darllen y datganiad cyn iddo gael ei anfon at y wasg. Wrth i mi adael mae yna un cwestiwn ar ôl ganddi, un roeddwn i wedi bod yn hanner ei ddisgwyl:

'Sut ma MacLeavey'n dod 'mlaen?'

'Da iawn, ma'am. Ma fe 'di cyfrannu... mewn ffyrdd diddorol iawn i sawl agwedd o'r achos.'

'OK, 'te,' mae'n ateb, ar ôl saib a chyda nodyn amheus yn ei llais. 'Mae angen i ni symud 'mlaen â hyn, ac yn fuan. Unwaith eith y datganiad i'r wasg fyddan nhw ar ein pennau, yn gofyn cwestiynau, ac mae'n rhaid i ni fod yn barod â'r atebion. Diweddariadau cyson plis.' Ac yna mae ei phen yn ôl yn y gwaith papur ar ei desg, yn arwydd fod y drafodaeth wedi gorffen.

Wrth adael ei swyddfa dwi'n cael fy hun wyneb yn wyneb â Taliesin, sy'n amlwg wedi bod yn aros amdana i yn y coridor, yn dal ffeil yn ei law.

'Mae'r adroddiad fforensig wedi cyrraedd,' meddai, yn ddiangen braidd.

'Iawn, diolch, Taliesin,' atebaf, gan gymryd y tudalennau o'i law, a'u darllen wrth gerdded 'nôl at fy nesg. Mae yna ambell ddarn o wybodaeth newydd yn yr adroddiad sy'n dal fy sylw.

- Yr anaf i'r gwddf wedi ei gadarnhau yn achos y farwolaeth.
- Amser y farwolaeth yn ffenest eithaf eang o 24–36 awr – y cyfnod yn yr awyr agored yn ei wneud yn anodd bod yn fwy pendant.
- Dim byd i awgrymu bod y corff wedi cael ei symud wedi'r farwolaeth.
- Unrhyw olion traed yn y tywod wedi eu hen golli i'r gwynt a'r glaw.

- Marciau ar yr arddyrnau a'r pigyrnau yn awgrymu eu bod wedi cael eu clymu'n dynn am gyfnod cyn ei marwolaeth.
- Yr arf yn gyllell â llafn byr, tua thair modfedd o hyd, a llydan – fel cyllell hela neu bysgota, yn hytrach na chyllell cegin. Ddim yn bresennol.
- Y creithiau ar yr wyneb wedi eu gwneud ar ôl y farwolaeth.

Mae darllen bod Bet Goldsmith heb orfod dioddef yr anafiadau i'w hwyneb yn rhywfaint o gysur o leiaf, ond heb y gyllell a chyda *crime scene* mor agored, does dim llawer i'n helpu yn y manylion fforensig.

'Taliesin,' galwaf yn uchel wrth edrych i fyny, heb sylwi ei fod yn sefyll ar fy mhwys i'n barod. 'Reit, job gynta – alli di gysylltu ag unrhyw siopau lleol fyddai'n gwerthu cyllyll hela? Gofynna iddyn nhw am restr o unrhyw un sy wedi prynu un â llafn tua thair modfedd o hyd yn ystod y mis diwetha.'

Mae'n agor ei geg ond dwi'n ymateb cyn bod y cwestiwn yn dod.

'Odw, fi'n gwbod eu bod nhw ar gael ar y we, a rhaid bod cannoedd o bobol yn yr ardal yn berchen ar gyllyll tebyg, ond ma werth i ni gychwyn â'r siopau lleol rhag ofn.'

Ond agor ei geg mae Taliesin eto.

'Ie, iawn. Ond am ddweud o'n i – dwi wedi gweld rhywfaint o offer pysgota heddiw'n barod. Weles i ddim cyllell, ond mi oedd yna ddillad tywydd gwlyb a rhwyd a bag cynfas. Pnawn 'ma, yng nghar Osian Goldsmith.'

Araf bach, a bob yn dipyn, mae popeth yn dechrau pwyntio i'r un cyfeiriad. Beth sy'n y bag cynfas yna tybed?

'Ma hynna'n ddiddorol,' atebaf, gan feddwl am funud. 'Ond chawn ni ddim gwarant i chwilio eiddo dyn gweddw ar sail hynna. Bydd angen mwy arno ni, rhywbeth lot fwy pendant. Cychwynna di ar ffonio'r siopau, tra 'mod i'n sortio'r datganiad i'r wasg a chael y bois iwnifform mas ar y strydoedd heno.'

Ac am yr awr nesaf rydyn ni'n mynd ati fel lladd nadroedd. Dwi'n trefnu bod dau dîm, o ddau iwnifform yr un, yn mynd o gwmpas tafarndai'r dref, gan gychwyn gyda'r rhai agosaf at yr Academi, lle gwelwyd Bet Goldsmith ddiwethaf. Mae gan bob pâr lun ohoni, a chyfarwyddyd i siarad â phawb y tu ôl ac o flaen y bar, rhag ofn bod rhywun wedi sylwi ar unrhyw beth anarferol nos Lun, neu wedi siarad yn uniongyrchol â Bet. Dwi ddim yn obeithiol iawn y daw unrhyw beth defnyddiol o hyn, ond rhaid holi'n drylwyr mewn ymchwiliad fel hwn – ticio pob bocs. Mae yna un iwnifform arall yn cael y dasg o gasglu'r CCTV o gamerâu'r Cyngor ac unrhyw gamerâu preifat sy'n yr ardal.

Yna dwi'n ysgrifennu'r datganiad i'r wasg – rhywbeth eithaf syml, heb ormod o fanylion a heb ryddhau'r enw. Corff dynes wedi ei ddarganfod ar y traeth ym Mhen-bre, cais i unrhyw un ag unrhyw wybodaeth i gysylltu â'r rhif hwn, mwy o wybodaeth i ddilyn, y math yna o beth. Dwi'n bwrpasol yn osgoi sôn am yr anafiadau i'r wyneb – dwi ddim eisiau creu panig, nac ysbrydoli unrhyw un i wneud rhywbeth tebyg. Mae Saunders yn ei ddarllen yn gyflym cyn rhoi'r OK, ac yna dwi'n ei anfon at swyddog y wasg er mwyn iddo wneud unrhyw newidiadau munud olaf a'i ddosbarthu i'r byd tu allan.

Erbyn i mi gael cyfle i eistedd i lawr gyda Taliesin mae hi wedi pump o'r gloch, ac, fel y disgwyl, does dim byd wedi dod o gysylltu â'r gwerthwyr cyllyll lleol.

'Does dim un yn cadw rhestr o'u cwsmeriaid,' meddai. 'O'r rheini sy'n cadw cofnod o beth sydd wedi cael ei werthu a phryd, mae llawer wedi prynu ag arian parod, felly does dim ffordd o ddod o hyd i'r prynwyr. Mae yna ambell un wedi prynu â cherdyn, felly dwi wedi gofyn i'r cwmnïau cardiau am wybodaeth y deiliaid, ond fyddwn ni ddim yn clywed dim byd pellach tan fory ar y cynhara.'

Dim mwy na'r disgwyl felly. Dwi'n eistedd am funud, ac yn ystyried y cam nesaf.

Taliesin

'Reit,' meddai MJ, gan dorri ar y llonyddwch. 'Sdim mwy i ni neud heddi. Wela i di tu fas fan hyn am wyth bore fory. Gewn ni weld beth sy gyda nhw i ni lawr yn Llanelli.'

A chyda hynny mae'n hel ei gôt, ei allweddi a'i bàs drws, ac yn ffarwelio cyn gadael y swyddfa.

Dwi'n eistedd am dipyn, yn meddwl am ddigwyddiadau'r dydd. Y cyfweliadau gydag Osian Goldsmith, y sgyrsiau â chyd-weithwyr ei wraig, y lluniau o'r corff. Y lluniau o'r wyneb.

Mae'r swyddfa'n wag erbyn i mi hel fy nghôt, gadael trwy'r dderbynfa a mynd allan i'r nos. Dilyn yr un llwybr 'nôl adre y bydda i'n ei wneud. Dwi'n osgoi edrych i gyfeiriad clogynnau'r gwrachod ar frig y coed heno, er 'mod i'n gwybod yn iawn eu bod nhw'n crogi yno'n ddisymud o hyd.

Cyn cyrraedd y fflat, dwi'n pasio siop y gornel ac yn troi mewn trwy'r drws heb feddwl. Dwi'n casglu dwy botel o win coch rhad ar frys a, chan gofio 'mod i heb gael cyfle i fwyta unrhyw beth heddiw, yn mynd i fachu *pasta bake* i'w gynhesu yn y meicrowêf. Wrth gerdded gweddill y ffordd i'r fflat dwi'n diawlio fy hun am y gwin, fel bydda i pob nos. Fedra i ddim cofio'r tro diwetha i mi beidio ag yfed gyda'r nos, yn y fflat ar fy mhen fy hun bob tro. Dwi'n haeddu rhywbeth i wneud i mi ymlacio ar ôl heddiw, dyna'r rhesymu. Wna i ddim mynd yn wyllt heno. Ond dwi'n gwybod, os ydw i'n onest, bod yna esgus bob tro, a gwyllt neu beidio, bydd pob diferyn wedi cael ei yfed cyn i mi gysgu.

Dwi'n datgloi drws ffrynt yr adeilad, yn dringo'r grisiau ac yn agor drws y fflat. Mae'r gwydr gwin yn fy llaw cyn i mi sylweddoli, a dwi'n arllwys gwydraid mawr yn syth, a'i lyncu mewn un, gan ei deimlo'n llosgi wrth fynd i lawr fy ngwddf. Yna dwi'n arllwys un arall. Mae'r *pasta bake* yn cael ei daflu o'r neilltu ar *worktop* y gegin, a dwi'n cario'r gwydr a'r botel at y soffa yn barod am noson o anwybyddu'r teledu, a cheisio, a methu, anghofio'r lluniau erchyll o Bet Goldsmith ar y traeth. Dwi'n yfed llymaid mawr arall o win.

MJ

Y peth cyntaf wela i wrth agor drws y fflat, fel pob noson arall, yw'r lluniau o'r plant ar wal y coridor. Dydy e ddim cystal â'u cael nhw'n rhedeg at y drws i fy nghroesawu i adre, ond mae'n well na dim. Mae gen i ddwsinau o luniau wedi eu gosod driphlith draphlith ar y wal, ond yn eu canol nhw i gyd mae fy hoff lun, yr un mwyaf, y tri ohonon ni – fi, Gwen a Rhodri – yn tynnu wynebau ar y camera. Yn Stadiwm y Mileniwm yr ydyn ni, yn ein crysau coch, sawl blwyddyn yn ôl erbyn hyn, yn gwylio Cymru'n chwarae'r Gwyddelod. Mi wnaethon ni golli'r gêm, a Rhodri'n beichio crio, ac i godi'n calonnau dyma ni'n stopio yn y siop sglodion am swper ar y ffordd adre. Dwi'n ceisio peidio â meddwl sawl mis sydd wedi mynd heibio ers i mi eu gweld nhw bellach.

Mae'r hunllef ges i neithiwr yn dod yn ôl ata i – dwi wedi ei chael hi sawl gwaith o'r blaen, yn union yr un peth bob tro. Dwi'n sefyll y tu allan i dŷ, a hwnnw ar dân. Fedra i weld y fflamau'n codi trwy'r to, a'r mwg trwchus, tywyll. Yn un o'r ffenestri i fyny'r grisiau mae Gwen a Rhodri'n sefyll yn syllu allan arna i. Dwi'n ceisio rhedeg at y tŷ i'w hachub nhw, ond mae pob cam yn cymryd oes, fel petawn i'n rhedeg trwy driog, a does dim sŵn yn dod o 'ngheg i, er i mi geisio pledio arnyn nhw i ddianc. Trwy'r cyfan mae'r ddau'n sefyll wrth y ffenest, yn syllu arna i'n siomedig, fel petaen nhw'n deall 'mod i'n methu eu hachub nhw.

Gwthiaf yr hunllef o fy meddwl ac, i lenwi tawelwch y gegin, dwi'n troi'r radio ymlaen. Wrth i mi ddechrau coginio pasta, a thynnu gweddill spag bol neithiwr o'r oergell i'w dwymo yn y popty ping, dwi'n hanner gwrando ar y bwletin newyddion. Mae yna eitem fer ynglŷn â'r llofruddiaeth tua'r diwedd – 'Daethpwyd o hyd i gorff dynes 52 mlwydd oed y bore yma, ar draeth ym Mharc Gwledig Pen-bre ger Llanelli' – gan fynd ymlaen i adrodd brawddeg neu ddwy o'r datganiad a ysgrifennais i rai oriau ynghynt.

Erbyn gwrando ar ragolygon y tywydd a phenawdau'r chwaraeon, sy'n trafod paratoadau tîm Cymru at y gêm yn erbyn Gwlad Belg nos Wener, mae'r bwyd yn barod. Estynnaf gan o lager o'r oergell a mynd i eistedd yn y stafell fyw i fwyta swper. Dwi'n fflicio trwy'r sianeli teledu, cyn stopio ar raglen am uchafbwyntiau'r Ewros mor belled. Ymhen dim mae'r bwyd wedi ei orffen, a dwi'n gweithio fy ffordd trwy hanner paced o fisgedi siocled, hanes y goliau, a'r drafodaeth am gêmau'r rownd nesaf, yn hoelio fy sylw.

Taliesin

Mae gen i gof o ddihuno ar y soffa yn yr oriau mân, codi i yfed sawl gwydraid o ddŵr a disgyn i'r gwely yn fy nillad. Larwm y ffôn symudol sydd wedi fy nihuno i nawr, y sgrin yn dangos ei bod yn saith o'r gloch. Gan gofio 'mod i angen cyrraedd yr orsaf yn gynnar, dwi'n codi'n syth ac yn baglu'n flinedig i'r ystafell ymolchi. Mae drws y gegin ar agor, a fedra i weld y ddwy botel win wag, a'r *pasta bake* heb ei agor. O ystyried y pethau hynny, dwi ddim yn teimlo'n rhy wael, ond mae'r daith i Lanelli sydd ar y gorwel yn gwneud i fy stumog droi. Cyn dringo i'r gawod dwi'n chwilio yn y cwpwrdd am y tabledi teithio ac yn cymryd dwy yn syth.

O fewn ugain munud dwi wedi gwisgo (siwt lwyd tywyll, crys gwyn) ac yn barod i fynd. Rhoddaf y tabledi teithio yn fy mhoced a'r poteli gwin a'r *pasta bake* yn y bin, gan geisio peidio â sylwi'n ormodol ar y poteli sydd yno'n barod. Dwi'n ystyried gwneud darn o dost i fynd gyda mi, ond does dim bara gen i, a fydda i byth yn llwglyd yn y bore beth bynnag. Yna dwi'n gadael y fflat ac yn dechrau cerdded.

Mae'n ddydd llwyd, gwlyb, tebyg i ddoe. Dwi'n galw yn siop y gornel ar y ffordd ac yn prynu potel o Ribena, ac yn osgoi edrych i gyfeiriad y silffoedd gwin. Dwi'n gwneud yr un addewid i beidio â galw heibio heno, i beidio ag yfed, yn benderfynol fel bob bore, yn hyderus y bydd heddiw yn wahanol i bron bob tro arall dwi wedi gwneud yr un addewid a'i dorri. Mae'r siopwr yn dymuno 'bore da' hwyliog, ac yn gofyn os ydw i'n edrych ymlaen at y gêm nos fory, gan gyfeirio'n gyffrous at lun o Gareth Bale yn rhuo ar dudalen flaen y *Western Mail*. Does gen i ddim amynedd gyda hyn, yn enwedig peth cyntaf yn y bore, felly dwi'n gwenu a nodio, ac yn gadael y siop heb ddweud gair.

Wrth gerdded at yr orsaf, awr yn gynharach na'r arfer, gwelaf griw gwahanol yn defnyddio'r llwybr. Loncwyr yw'r rhan fwyaf, rhai mewn lycra llachar yn gwibio heibio'n bwrpasol a rhai yn tuchan, y chwys yn treiddio trwy eu crysau-T. Dwi'n teimlo fel dieithryn yn eu hamserlen nhw, ac yn cael pwl annisgwyl o hiraeth am y rhai sy'n rhannu fy more i fel arfer – yr hen foi a'i gi a'r ddynes yn mynd â'r plentyn i'r ysgol. Ond nid am y dracwisg annifyr o ddoe, af i ddim mor bell â hynny.

Cyrhaeddaf yr orsaf ychydig cyn wyth. Fedra i weld bod MJ yma'n barod, a dwi'n cerdded yn syth at ei gar ac yn dechrau dringo i mewn, fy stumog yn troi wrth feddwl am y siwrne o'n blaenau. Teimlaf gysur y tabledi teithio yn fy mhoced a dymuno 'bore da' i MJ.

MJ

Dwi ar goll yn fy meddyliau, yn ystyried trefn y dydd a pha gynlluniau sydd angen eu gwneud, pan mae Taliesin yn agor drws y car. Neidiaf mewn braw.

'Bore da,' meddai wrth ddringo i mewn.

'Ffyc! Paid â neud hynna!' atebaf yn flin, fy nghalon yn curo.

Alla i weld Taliesin yn rhewi, hanner i mewn a hanner tu allan i'r car, ei ben ôl chwe modfedd o'r sedd.

'Paid â gwneud beth?' mae'n gofyn yn ansicr.

'Sori, paid poeni,' atebaf ar ôl pwyllo. 'Der mewn, der mewn. Gewn ni siarad ar y ffordd... Ribena?' gofynnaf, wrth weld y botel yn ei law. Mae'n eistedd yn ei sedd ac yn edrych tuag ata i.

'Ie. Ribena.'

Dwi ddim yn siŵr pa ateb oeddwn i'n ei ddisgwyl i'r cwestiwn yna.

Mae taith o ryw awr a thri chwarter o'n blaenau, a dwi eisiau cychwyn ar y ffordd cyn gynted â phosib. Wrth i Taliesin wisgo ei wregys diogelwch dwi'n rifyrsio'r car allan o'i le parcio ac yn troi i'r briffordd, ac yn anelu i gyfeiriad y de.

Fe wnes i gyrraedd yr orsaf ychydig wedi saith y bore 'ma, i mi gael cyfle i ddal i fyny ag unrhyw ddigwyddiadau dros nos. Ddaeth dim byd pellach oddi wrth y cwmni cardiau ynglŷn â phwy brynodd gyllyll o'r siopau lleol, ond doeddwn i ddim yn disgwyl unrhyw beth mewn gwirionedd. Mwy siomedig oedd y newyddion bod dim wedi dod oddi wrth y bois mewn iwnifform oedd yn gwneud ymchwiliadau yn y dref neithiwr – un o staff yr Academi yn cofio gweld Bet Goldsmith ond dyna'i gyd. Dim gwybodaeth newydd, ddefnyddiol. Fe wyliwyd y CCTV sydd wedi cyrraedd hyd yn hyn, ond doedd y lluniau'n dangos dim byd o werth. O'r hyn sydd wedi dod i'r golwg, fe gerddodd Bet Goldsmith allan i'r nos a diflannu mewn dim.

Mae Taliesin yn eistedd yn dawel, fel arfer, wrth i mi wibio trwy'r datblygiadau, neu'r diffyg datblygiadau.

'Felly,' gorffennaf braidd yn gloff, 'dim byd newydd.'

Tawelwch o gyfeiriad Taliesin. Dwi'n edrych arno'n syllu'n syth allan trwy'r ffenest, ei lygaid wedi eu hoelio ar y ffordd. A dweud y gwir, mae yna olwg eithaf gwelw arno bore 'ma.

'Mi fues i'n meddwl neithiwr,' mae Taliesin yn cychwyn yn ddirybudd, heb gydnabod 'mod i wedi dweud unrhyw beth, 'ynglŷn â'r marciau yna. Ar ei hwyneb hi.'

Mae cael fy atgoffa am y creithiau ar wyneb Bet Goldsmith yn troi fy stumog.

'Mi oedden nhw'n ddwfn ac yn syth, yn bwrpasol. Roedd hi wedi marw cyn iddyn nhw gael eu gwneud, felly nid ei harteithio oedd y bwriad. Maen nhw'n bwysig iddo fe, y llofrudd. Maen nhw'n golygu rhywbeth.'

'Fel beth?' dwi'n ei annog yn ofalus, gyda diddordeb.

Saib arall.

'Dwi ddim yn siŵr eto. Ei anharddu hi efallai? Ond mae yna ffyrdd haws, os taw dyna oedd ei fwriad. Mae'r patrwm yna mor bendant, mor hyderus. Fel petai e wedi ei weld neu ei wneud yn rhywle o'r blaen, a'i gopïo.'

''Nes i edrych ddoe, does dim adroddiad o unrhyw beth tebyg ar y system. Dim llofruddiaethau yn dangos yr un nodweddion.'

'Ie, efallai,' mae Taliesin yn ateb yn feddylgar.

'Beth ti'n feddwl?'

'Edrychwch. Mae'r llyfrau seicoleg yn dweud bod lladd rhywun fel hyn yn beth anodd. Mae angen ymarfer i fod yn dda. Fel arfer, mae'r syniad o ladd rhywun yn lot fwy syml na'r weithred ei hun. Pan mae'n dod iddi, mae yna waed a sgrechian ac ymladd, mae yna duedd i banico, i fynd yn wyllt a bod yn flêr.'

Mae'n oedi, yn rhoi trefn ar ei eiriau cyn cario 'mlaen.

'Mae Bet Goldsmith wedi diflannu heb i unrhyw un sylwi, a rhywsut wedi teithio i leoliad dwy awr i ffwrdd.' Mae hi wedi cael ei lladd a'r marciau yna wedi cael eu cerfio'n glir ac yn bendant ar ei hwyneb – wnaeth y llofrudd ddim ymatal rhag torri trwy ci llygaid hyd yn oed. Ac yna, ar ben hynny i gyd, mi wnaeth guddio ei chorff yn dda. Does dim arwydd o banig; roedd popeth yn drefnus ac yn bwrpasol.'

'Felly beth? Oedd y cwbl wedi ei gynllunio?'

'Efallai. Ond mi fyddwn i'n synnu tasai'r llofrudd ddim wedi gwneud hyn, neu o leia wedi ceisio gwneud rhywbeth tebyg i hyn o'r blaen.'

'OK. So, ti'n dweud ein bod ni'n chwilio am rywun sy wedi llofruddio o'r blaen? Rhywun sy wedi bod yn y carchar?'

'Os cafodd e'i ddal.'

Dwi'n ystyried hyn.

'OK. Pan ddewn ni 'nôl pnawn 'ma, wnewn ni chwilio am bobol â chysylltiad ag ardal Aberystwyth sy wedi treulio amser yn y carchar am lofruddio. Ac edrych am unrhyw achosion o lofruddiaeth sy heb gael eu datrys, i weld os oes cysylltiadau posib. Da iawn, Taliesin.'

Does dim ateb, ond wrth edrych draw gwelaf fod yna dipyn o liw wedi dod 'nôl i'w wyneb. Rydyn ni'n pasio'r arwydd yn ein croesawu i Dal-sarn. Mae yna dros awr i fynd cyn cyrraedd Llanelli – amser hir i deithio mewn tawelwch.

'Edrych yn y *glove box*, 'nei di? Dewis CD i roi 'mlaen.'

Galla i weld trwy gornel fy llygad bod Taliesin yn troi i edrych arna i, yna mae'n agor y *glove box* ac yn estyn y CDs i'w gôl. Ar ôl fflicio trwyddyn nhw, mae'n tynnu un o ganol y pentwr a'i roi yn y peiriant, ac mae nodau cyntaf 'Dark Side of the Moon' gan Pink Floyd yn llenwi'r car.

'Hei, dewis da. Wyt ti'n ffan?'

'Roedd Nhad yn gwrando lot ar Pink Floyd pan o'n i'n blentyn.'

'O, ie. Ditectif oedd dy dad hefyd, ie? A dy dad-cu? Ti 'di dewis dilyn yn ôl eu traed nhw?'

'Naddo.'

Roedd yr ateb yn bendant ac yn derfynol, felly dwi'n rhoi'r gorau i'r ymdrech i gynnal sgwrs ac yn canolbwyntio ar y gyrru a'r gerddoriaeth.

Taliesin

Dwi ddim yn gwybod pam wnes i ddewis y CD hwn. Mae'n dod ag atgofion am wyliau teulu, teithiau car hir a finnau'n teimlo'n sâl drwy'r amser, yn mygu ar y mwg o'r sigaréts fyddai Nhad yn eu smocio yn y sedd flaen. Hen feysydd y gad, dyna oedd diddordeb Nhad a byddai'n treulio pob gwyliau haf yn fy llusgo i, fy mrawd a Mam ar hyd a lled y wlad i gerdded trwy gaeau ymhell o bobman. Byddai Gwion, fy mrawd, wrth ei fodd yn clywed y straeon am farchogion dewr a brwydrau gwaedlyd, tra 'mod i'n ysu am gyfle i eistedd yn dawel ar fy mhen fy hun, yn darllen llyfr. Nofelau ditectif fyddwn i'n eu dewis fel arfer, ond roedd hi'n anodd eu mwynhau â fy nhad yn gwawdio'r cymeriadau a'r stori bob cyfle.

'Dyw hynna'n ddim byd tebyg i waith heddlu!' arferai ddweud yn wawdlyd, fy mrawd yn chwerthin wrth ei ochr, heb ddeall pam go iawn. 'Fydda i'n gwbod yn iawn pwy 'naeth e o fewn deg munud. Casglu tystiolaeth a chael conffesion yw'r gwaith, dim casglu cliws fel rhyw fath o jig-so!'

Yna mi fyddai'n rhoi pwniad penelin i Gwion a byddai hwnnw'n chwerthin eto. Gwion oedd ffefryn fy nhad, fe oedd yn mynd i'w ddilyn ef a Taid i'r heddlu. Roedd y ddau yn agos iawn nes i Gwion gyrraedd ei arddegau, pan ddechreuodd gymryd mwy a mwy o ddiddordeb mewn cerddoriaeth, gan esgeuluso'r pethau roedd fy nhad yn eu hystyried yn bwysig, chwarae rygbi yn benodol. Asgellwr oedd Gwion, ac un da hefyd. Wrth iddo dyfu'n hŷn mi roddodd y gorau i chwaraeon yn gyfan gwbl, ac fel petai hynny ddim yn ddigon, dechreuodd dyfu ei wallt yn hir. Roedd gwallt hir ar fechgyn yn un o gas bethau fy nhad, yn arwydd o fod yn hoyw neu'n hipi – dau beth fedrai e ddim dioddef. Mi aeth y ddau i ffraeo yn fwy aml ac yn fwy ffyrnig, wrth i Gwion wrthryfela a mynnu dilyn ei lwybr ei hun.

Fedra i ddim dychmygu faint o ddewrder gymrodd hi i Gwion ddweud wrth fy nhad ei fod e'n hoyw. Roeddwn i i ffwrdd yn y coleg ar y pryd, ond hyd heddiw dwi ddim yn sicr ai hynny oedd y gwir, neu ai un ymdrech olaf oedd honno i roi stop ar ymyrraeth fy nhad yn ei fywyd. Beth bynnag oedd y bwriad, mi aeth yn un ffrae fawr, olaf a chafodd Gwion ei erlid o'r tŷ. Y peth diwethaf glywais i oedd bod Gwion yn byw yn Llundain, yn gweithio mewn tafarn ac yn chwarae gigs gyda'i fand. Dydy e a Nhad heb siarad â'i gilydd ers blynyddoedd. Ar yr amseroedd prin pan fydda i'n gweld fy nhad fydd enw Gwion byth yn cael ei grybwyll.

Ar ryw bwynt yn ystod y synfyfyrio yma dwi'n syrthio i gysgu yn y car cynnes ac yn dihuno wrth i ni gyrraedd cyrion Llanelli. Mae'r botel Ribena yn fy llaw o hyd a 'ngheg yn sych, felly dwi'n yfed hanner yr hylif melys mewn un ac yn eistedd i fyny'n syth yn y sedd.

'Yna mewn rhyw bum munud,' meddai MJ.

Dwi'n treulio gweddill y siwrne yn meddwl am ystyr y marciau ar wyneb Bet Goldsmith, ond dydy'r Ribena ddim yn cael yr un effaith â'r gwin neithiwr wrth lacio fy nychymyg a helpu i greu cysylltiadau.

Mae MJ'n parcio y tu allan i orsaf yr heddlu Llanelli – adeilad hyll, diflas yr olwg. Wrth gerdded trwy'r maes parcio gwelaf ddyn canol oed yn eistedd mewn car, yn teipio ar liniadur – y wasg leol, mae'n siŵr, yn cymryd diddordeb mewn llofruddiaeth yn yr ardal. Rydyn ni'n cerdded trwy brif fynedfa'r adeilad ac yn gofyn wrth y ddesg am Dditectif

Harries. Mae tu mewn yr adeilad yn hyllach fyth ac yn fwy diflas na'r tu allan os rhywbeth.

O fewn dau funud daw Ditectif Harries i'r fynedfa – dyn tenau â golwg rhedwr marathon arno, mewn siwt frown golau sydd angen ei smwddio. Mae'n ysgwyd llaw â ni'n frwdfrydig a fedra i deimlo asgwrn yn clicio wrth iddo wasgu fy llaw innau'n galed, cyn troi a'n tywys ni i'w swyddfa. Erbyn hyn fedra i weld bod hyll a diflas yn themâu sy'n rhedeg trwy'r orsaf hon i gyd a dwi eisiau gadael yn barod.

MJ

Er gwaethaf y croeso cynnes a'r cynnig coffi dwi'n cymryd yn erbyn Ditectif Harries ('galwch fi'n Iwan') yn syth. Jac-y-baglau o foi ydyw, yn benliniau miniog i gyd, a phan mae'n mynd i eistedd yn ei gadair dwi'n cael fy atgoffa o *deckchair* yn cael ei hagor. Boi tebyg iawn i Stephan, *'life-partner'* newydd Lucy, meddyliaf wrthyf fy hun yn flin. Y tro cyntaf (a'r unig dro) i mi gwrdd â fe, roedd yntau'n groeso ac yn goffi i gyd hefyd – nes i fi esbonio wrtho sut yn union allai e fynd i ffwcio'i hun, ac i Lucy ofyn i fi adael. Gofyn i fi adael y tŷ wnes i dalu amdano fe am flynyddoedd! Galla i deimlo'r chwerwder yn codi y tu mewn i mi, ond dwi'n ei wthio 'nôl i lawr cyn iddo gael gafael ynof, ac yn canolbwyntio ar roi gwrandawiad teg i'r ditectif o Lanelli.

Ar ôl eistedd yn ei swyddfa atebaf ambell gwestiwn am ein siwrne ni'r bore yma, yn ogystal â thrafod gobeithion tîm Cymru yn erbyn Gwlad Belg nos fory, rhan annatod o unrhyw sgwrs yn ystod y dyddiau diwethaf hyn. Mae'n awyddus i ni ddeall y bydd yn gwylio'r gêm yn y dafarn.

'Peint 'da'r bois, ontefe, a gadel i'r wraig watsho'i rhaglenni cwcan yn y tŷ. A falle mas i'r dre wedyn, i weld beth yw beth,' meddai â winc awgrymog. 'Os chi'n deall be sy 'da fi.'

Yn amlwg mae'n ystyried ei hun yn dipyn o foi. Dydy Taliesin ddim yn dangos tamaid o diddordeb yn y bêl-droed nac anturiaethau cymdeithasol y ditectif, ac mae'n treulio'i amser yn syllu o gwmpas y swyddfa o'i gadair.

'Wel, ma'n well i ni droi at y mater dan sylw, 'te, bois,'

meddai'r ditectif o'r diwedd, a braidd yn orgyfeillgar. Mae'n chwilio drwy'r pentyrrau papur ar ei ddesg ac yn tynnu ffolder frown o'u canol a'i basio ata i. 'Dyma beth chi wedi gweld yn barod – yr adroddiad fforensig, a chanlyniadau'r *tox screen* hefyd – tipyn o alcohol yn ei system ond dim byd mwy na hynny. Co'r llunie wnes i anfon draw atoch chi, gydag un neu ddau arall ychwanegol, ond dwi ddim yn meddwl bo nhw'n dangos unrhyw beth yn wahanol. Beth y'ch chi'n feddwl hyd yn hyn, 'te, bois?'

Dwi'n pasio'r ffolder i Taliesin wrth i mi dywys y ditectif trwy bopeth rydyn ni wedi ei wneud, gan gynnwys rhoi braslun o bob sgwrs a rhyw syniad o'n amheuon ni. Erbyn i mi orffen mae Taliesin yn pasio'r ffolder 'nôl i mi, ac mae'r olwg ar ei wyneb yn dweud nad oes unrhyw beth newydd o ddiddordeb.

'Felly'r gŵr y'ch chi'n amau, ife?' gofynna Ditectif Harries, yn ei acen orllewinol gref, gan nodio ei ben yn ddoeth. 'Neud sens. Alcoholig, ffeindio mas fod ei wraig e'n cario mla'n 'da rhywun arall a fffffft...' Mae'n tynnu un bys hir, main o un ochr o'i wddf i'r llall i gyfeiliant y gair olaf, gan orffen â'i dafod yn hongian o ochr ei geg a'i lygaid yn rowlio yn ei ben.

Mae yna gyfnod o ddistawrwydd lletchwith yn yr ystafell ar ôl yr ymdrech flêr at hiwmor, a dwi'n ymwybodol iawn o'r lluniau mae'r ditectif yn eu gwatwar yn y ffolder ar fy nghôl.

'Ewn ni i weld lle daethoch chi o hyd i'r corff, ie?' mae Taliesin yn ateb yn syml, gan ymuno â'r sgwrs am y tro cyntaf. Mae'r wên yn cilio oddi ar wyneb y ditectif, ond cyn iddo fedru holi ymhellach, mae Taliesin yn codi ar ei draed, ei gôt amdano o hyd.

'Yyy – ie, iawn,' mae'r ditectif yn neidio ar ei draed, yn amlwg yn ansicr o'r newid sydyn yn y sgwrs dan arweiniad y dyn tawel. Mae'n hel ei gôt ddenim o'r peg ar gefn drws y swyddfa ac yn ychwanegu, 'Dyw e ddim yn bell – ewch chi â'ch car chi, a gallwch chi ddilyn fi.'

A chyda hynny, mae'r tri ohonon ni'n cerdded trwy'r orsaf mewn tawelwch, finnau'n gwerthfawrogi diffyg cwrteisi Taliesin am unwaith, yna'n dringo i'n ceir i wneud y siwrne fer i draeth Parc Pen-bre.

Taliesin

I gyrraedd Parc Gwledig Pen-bre mae angen gyrru rhyw chwarter awr i'r gorllewin o Lanelli, yna troi o'r briffordd i groesi pont fetel gul, a dilyn ffordd dawel, unig, i brif fynedfa'r parc. Yno, mae dwy giât wen yn ymestyn dros led y ffordd, un yn atal ceir rhag dod i mewn ac un i'r ceir sy'n gadael. Yng nghanol y ffordd mae cwt y gofalwr, sy'n gofalu am godi a gostwng y ddwy giât. Mae car Ditectif Harries o'n blaenau yn agosáu at y cwt ac mae'n dangos ei fathodyn heddlu i'r gofalwr, cyn dweud gair neu ddau a phwyntio tuag at ein car ni. Mae'r gofalwr yn nodio, codi'r giât a gadael car y ditectif trwyddo. Mae hi'n aros yn agored wrth i MJ agosáu, ond cyn iddo basio heibio gofynnaf iddo stopio, ac agor ei ffenest.

'Excuse me,' pwysaf ar draws MJ i holi'r gofalwr, sy'n sefyll a'i gefn mor syth â'r giât sydd o dan ei reolaeth. 'These gates – are they closed at night?'

'Absolutely, sir. Nine o'clock, I lock 'em myself,' mae'r gofalwr yn cyfarth 'nôl. Cyn-filwr mae'n debyg. Byddai Taid wedi cymryd ato.

'Including Monday night?' gofynnaf.

'Absolutely, sir. Locked 'em myself,' mae'n ailadrodd.

'And this is the only way in and out?'

'There's another gate for maintenance vehicles, sir, but that's locked too. You can walk in, of course – can't stop that – but no vehicles get through these gates after nine o'clock.'

'OK, thank-you for your help.' Dwi'n hanner disgwyl

saliwt wrth i ni yrru ymlaen, ond mae'r gofalwr yn aros yn ddisymud, yna'n gostwng y giât wedi i ni fynd heibio.

Mae Ditectif Harries yn aros wrth ochr y ffordd hanner canllath o'n blaenau, ond wrth i ni agosáu mae'n ailgychwyn eto, ac yn ein harwain ni rhyw hanner milltir drwy'r parc i faes parcio rhif chwech.

'Rhyw ddeg munud i'r cyfeiriad yma, trwy'r twyni,' meddai wrth i'r tri ohonon ni ddringo allan o'n ceir, ac i ffwrdd â ni. Ymhen dim rydyn ni'n tuchan wrth ddringo'r llwybr dros y twyni serth, y tywod yn llithro o dan ein traed gyda phob cam. O'r diwedd rydyn ni'n cyrraedd y brig, ond yn hytrach na dringo i lawr ochr arall y twyni i gyfeiriad y môr rydyn ni'n troi oddi ar y llwybr ac yn cerdded yn gyfochrog â'r traeth, gan wthio trwy'r gwair sy'n mynd yn fwy trwchus fesul cam. Ar ôl munud neu ddau rydyn ni'n agosáu at stribedi o dâp heddlu plastig, wedi eu dal gan ffyn metel, ac yn amgylchynu pant bychan. Mae amlinelliad y corff fu'n gorwedd yno wedi hen ddiflannu yn y tywod.

Gan oedi i ddal fy anadl, dwi'n troi 'nôl gan edrych i'r cyfeiriad ddaethon ni. Mae'r ymdrech o ddringo wedi gadael chwys yn diferu o dalcen MJ.

'Os cofiwch chi,' mae Ditectif Harries yn cychwyn, 'ma'r adroddiad fforensig yn gweud taw rhwng tua chanol nos Lun ac amser cinio dydd Mawrth ga'th Mrs Goldsmith ei lladd. Ond ma'n anodd credu na fydde neb wedi ei gweld hi rhwng y maes parcio a fan hyn yng ngole dydd, felly ni'n cymryd taw yn yr orie mân, cyn i'r parc agor, y da'th hi 'ma.'

'Os cafodd Bet Goldsmith ei chipio ar ei ffordd 'nôl o'i noswaith allan,' dwi'n ymateb, 'yna mi fyddai hi'n oriau mân y bore ar y llofrudd yn cyrraedd, ac mi fyddai'r gatiau wedi cau. Mae hynny'n golygu fod y llofrudd wedi parcio tu allan, a cherdded yr holl ffordd yma. Ac oni bai ei fod e'n arbennig o gryf a ffit, digon cryf a ffit i gario Bet Goldsmith i fyny'r twyni, yna mae'n rhaid ei bod hithau wedi cerdded yr holl ffordd yma hefyd.'

Er nad ydw i'n dweud hynny ar lafar, mae'r tri ohonon ni'n sylweddoli fod hynny'n golygu bod Bet Goldsmith yn ymwybodol tan iddi gyrraedd y pant yma o'n blaenau, lle cafodd ei lladd. Mae'n gas gen i ddychmygu beth oedd yn mynd trwy ei meddwl yn ystod oriau olaf ei bywyd.

'Ydy hi'n bosib taw dod yma o'i gwirfodd wnaeth hi? Heb sylweddoli beth oedd yn mynd i ddigwydd?' gofynna MJ, wedi cael ei anadl ato.

'Teithio bron i ddwy awr yng nghanol nos i gerdded trwy barc tywyll a dringo twyni serth o'i gwirfodd?' mae Ditectif Harries yn gofyn, ôl gwatwar yn ei lais. Er y byddai'n well gen i beidio, mae'n rhaid i mi gytuno ag e.

'Yn ôl yr adroddiad fforensig, roedd ei thraed a'i dwylo yn gaeth am beth amser cyn ei marwolaeth. Cafodd Bet Goldsmith ei rhwymo ar y daith i lawr i'r traeth, yna ei rhyddhau yn ddigon hir i'w gorfodi i gerdded yma.'

Codaf fy mhen i edrych o gwmpas, ac mae rhywbeth yn dal fy llygad. Yr un clogyn gwrach ag a welais yn y llun, yn hongian yn y brigau yng nghanol y goedwig sy'n ffinio'r traeth. Tybed a oedd e yna nos Lun, yn anweledig yn y cefndir dudew, wrth i Bet Goldsmith ymlwybro trwy'r tywyllwch a stryffaglu i fyny'r twyni llithrig? Mi fyddai hi wedi bod yn ofnus, yn crio mwy na thebyg. Yn pledio efallai. Yn gweddïo, o bosib. Dwi'n troi yn fy unfan, yn araf mewn cylch. Yng ngolau dydd heddiw, a'r goedwig werdd wrth ein cefnau, a'r twyni mawr o'n blaenau yn gwarchod y traeth eang, a'r môr glas yn ymestyn at y gorwel, mi fyddai'n hawdd i rywun ystyried hyn yn nefoedd, a chynnig gweddi o ddiolch i fyd natur, neu i allu'r Hollalluog, gan ddibynnu ar eich safbwynt.

Ond i Bet Goldsmith, a'i gweddi bur wahanol, mi fyddai wedi teimlo fel uffern ar y ddaear.

MJ

Ar ôl gadael y twyni a dychwelyd i'r maes parcio, dwi'n holi Ditectif Harries am y ffordd orau i farwdy Llanelli, ac yn gofyn iddo ffonio'r patholegydd i ddweud y byddwn ni yna'n fuan. Wedi iddo addo cadw mewn cysylltiad a rhannu unrhyw wybodaeth a syniadau newydd, rydyn ni'n ffarwelio â'r ditectif ac yn dechrau ar y ffordd 'nôl tuag at Lanelli.

Unwaith i ni gychwyn ar ein ffordd mae Taliesin yn anarferol o siaradus.

'Roedd Ditectif Harries yn help mawr.'

'Oedd?' atebaf, yn amharod i ganu ei glod. 'Wel, fe fydden ni wedi cael trafferth dod o hyd i'r lle hebddo fe, wna i gytuno â hynna, ond…'

Mae Taliesin yn torri ar fy nhraws.

'Mi oedd e'n ffŵl, wrth gwrs, ond dyna wnaeth fy helpu i i ailedrych ar y ffeithiau. Beth ddwedodd e am Osian Goldsmith, er enghraifft – alcoholig sydd wedi darganfod bod ei wraig yn cael perthynas gyda dyn arall, o bosib. Galla i weld sut y byddai hynny'n gallu arwain at ei lladd hi – colli tymer, cael ffrae, fe'n ymosod arni – mi allech chi ddadlau bod hynny o'n mewn ni i gyd.'

'Felly beth yw dy bwynt di, Taliesin?'

'Wel, mae'n amlwg nad dyna ydyn ni'n ei weld fan hyn. Dim ymosodiad ffyrnig oedd e, a doedd dim awgrym o golli tymer. Mi dorrodd e'i gwddf hi'n lân ar y cynnig cynta, mewn un toriad cywrain. Doedd dim sôn am unrhyw anafiadau eraill ar Bet Goldsmith, oni bai am ei gwddf a'i hwyneb.

A beth am y creithiau yna ar yr wyneb, y patrwm manwl yna? Nid diod a dicter oedd hynny; roedd yna gynllun a rhesymeg tu ôl i'r peth. A pham risgio'i gyrru hi ar hyd y wlad, i rywle does ganddo fe ddim cysylltiad ag e, ac yna ei cherdded hi drwy'r parc ac i fyny'r twyni cyn ei lladd hi?'

Mae Taliesin yn siarad fel pwll y môr, yn gofyn cwestiynau heb aros am ateb. Dwi'n ceisio ei ddarbwyllo rhywfaint.

'Ma beth wyt ti'n ddweud yn neud synnwyr, ond rhaid i ti gofio hefyd fod pobol yn neud pethe rhyfedd o dan bwyse, Taliesin. Fe fyddi di'n sylweddoli hynny gydag amser. Dwi ddim yn anghytuno â ti, ond o beth wela i mor belled, ma'n rhaid i ni ystyried rhan Osian Goldsmith. Arian, cariad a dialedd yw'r tri motif mwya cyffredin dros lofruddio rhywun, ac ma dau o'r tri yna'n rhesymau posib yn ei achos e.'

'Ond beth am y ceir?' mae'n ateb yn syth.

'Y ceir?' atebaf, ar goll am funud.

'Ie, y Volvo a'r SmartCar.'

'Hynna eto.'

'Wel, ie... Edrychwch, os ydyn ni'n derbyn am y tro taw Osian Goldsmith laddodd ei wraig, a'i fod, am ryw reswm, wedi penderfynu mynd â'i chorff hi'r holl ffordd i Lanelli... mae ganddo fe ddewis – cludo'r corff mewn SmartCar bach neu mewn Volvo Estate mawr. Pa un fyddech chi'n ddefnyddio?'

'Y Volvo siŵr o fod...' atebaf yn betrusgar, gan deimlo 'mod i'n disgyn i drap Taliesin.

'Wel, ie, wrth gwrs. Ond roedd y Volvo wedi'i barcio yn y garej pan aethon ni i'r tŷ, a'r SmartCar ar y dreif. Ac mi roedd sedd y gyrrwr yn y Volvo wedi ei osod ar gyfer rhywun bach fel Bet Goldsmith, nid dyn mawr fel Osian. Felly a fydde fe, ar ôl gyrru'r holl ffordd i Lanelli, i barc anghyfarwydd, dringo'r twyni, lladd ac anffurfio ei wraig fel'na a gyrru 'nôl eto, yn cofio bod angen symud y SmartCar i roi'r Volvo 'nôl yn y garej a symud y sedd 'nôl i fel yr oedd hi o'r blaen?'

Dwi'n dechrau blino ar yr obsesiwn â'r ceir, a'r amheuon ansicr yma.

'Wel ie, iawn – falle taw defnyddio'r SmartCar wnaeth e, 'te. Fe fydde fe'n risg iddo ddreifio'r Volvo heb yswiriant beth bynnag.'

Mae Taliesin yn ateb yn syth unwaith eto, a'i lais yn codi erbyn hyn.

'Sut fyddech chi'n herwgipio rhywun mewn SmartCar? Fyddai dim lle i Bet Goldsmith yn unrhyw le ond y set flaen! Mi fyddai hynny'n dipyn mwy o risg na gyrru car heb yswiriant, ddweden i.'

Dwi'n siŵr fod nodyn o watwar yn ei lais nawr, fel Ditectif Harries ar y twyni gynne, a heb i mi sylweddoli codaf fy llais wrth ymateb.

'Nawr gwranda di, Taliesin – dim nofel dditectif sy 'da ni fan hyn. Naw gwaith mas o ddeg, yn y byd go iawn, y person amlwg yw'r llofrudd. Ein job ni yw ei ddal e, dim hel ysbrydion. So gad lonydd i'r blydi ceir 'na, a chanolbwyntia ar beth sy o flaen dy drwyn di. Iawn?'

Cyn gynted ag y mae'r geiriau wedi gadael fy ngheg dwi'n edifar. Y gwir yw 'mod i'n cytuno â Taliesin i raddau – mae yna ddigon o resymau i amau Osian Goldsmith, ond eto digon o bethau bach yn tynnu'n groes i hynny i wneud i finnau deimlo'n ansicr hefyd. Ditectif Harries sydd wedi mynd ar fy nerfau i, nid Taliesin, ond mewn annhegwch, Taliesin gafodd flasu min fy nhafod.

Beth bynnag, dydy Taliesin ddim yn ateb, a thawelwch sy'n teyrnasu yn y car am weddill y siwrne i'r marwdy.

Taliesin

Dim nofel dditectif sy 'da ni fan hyn. Canolbwyntia ar beth sy o flaen dy drwyn.

Geiriau Taid a Nhad, yn dod o geg MJ. Dwi'n teimlo taw fi yw'r unig un sy'n rhoi'r flaenoriaeth i'r gwirionedd dros gyfleustra, sydd eisiau'r canlyniad cywir, hyd yn oed os nad yw o flaen fy nhrwyn i. Dwi ddim yn gwybod pwy yw'r llofrudd, ond po fwya yr ydyn ni'n ymchwilio i bethau, y mwyaf siŵr ydw i nad Osian Goldsmith yw hwnnw.

Ond wrth i ni barcio tu allan i'r marwdy a dringo allan o'r car, mae'r holl ddicter ac anghyfiawnder yna'n diflannu, wrth i mi sylweddoli 'mod i ar fin dod wyneb yn wyneb â chorff Bet Goldsmith. Teimlaf yn reit sigledig wrth i mi ddilyn MJ tua'r fynedfa.

Oherwydd hynny, dwi'n falch pan fod y dyn y tu ôl i'r ddesg yn y dderbynfa yn ein gwahodd ni i eistedd, gan ddweud bod Dr Rush, y patholegydd, ar ei ffordd i lawr. Mae MJ'n prysuro'i hun â'i ffôn tra ein bod ni'n aros mewn tawelwch, a finnau'n ceisio peidio â meddwl am yr holl gyrff marw sydd yn yr adeilad. O fewn dau funud mae dynes yn dod i'r dderbynfa trwy ddrws ag arwydd 'Preifat' arno ac mae'n cyflwyno ei hun fel Dr Angharad Rush. Mae MJ ar ei draed yn syth ac yn ymddangos yn awyddus i fod yn gyfrifol am y cyflwyniadau ar ein rhan ni, felly dwi'n aros yn dawel ac yn gorfodi fy hun i ddilyn y ddau, yn anfodlon, i berfeddion y marwdy.

MJ

Dr Angharad Rush. Pishyn. A hanner. Yn ei thridegau cynnar, gyda gwallt hir, euraid, corff lluniaidd, wyneb prydferth a chwerthiniad ysgafn, chwareus. Wel, dychmygu'r rhan olaf yna ydw i. Roedd fy ngeiriau agoriadol – 'Diolch am ddod mor glou. Gobeithio na fu'n rhaid i chi Rushio!' – yn swnio'n lot fwy doniol yn fy mhen, ond mae'n ennyn hanner gwên gwrtais, a dim mwy na hynny, yn haeddiannol. Dwi'n cymryd cipolwg ar Taliesin i weld a sylwodd arna i'n cochi, ond mae e wedi mynd i'r eithaf arall, ac yn fwy gwelw nag erioed. Efallai taw dyna'i ymateb ef i ferched prydferth.

Dwi'n ymwybodol 'mod i'n parablu braidd yn ormodol o flaen y patholegydd, wrth i ni fynd i lawr y grisiau i brif ystafell y marwdy. Mae arogl yr hylif glanhau yn taro fy ffroenau, a'm llygaid yn crychu yn y golau llachar sy'n dod o bob cyfeiriad yn sydyn. Y bwrdd archwilio yng nghanol yr ystafell, y cypyrddau i gadw'r cyrff yn erbyn y wal bellaf, yr orsaf lendid – pob arwyneb yn disgleirio fel drychau yng ngoleuadau cryf y nenfwd.

Am eiliad dwi'n anghofio'r hyn yr oeddwn i ar ganol ei ddweud, ac mae Dr Rush yn manteisio ar y tawelwch i symud y sgwrs ymlaen.

'Hoffech chi weld y corff gynta?' mae'n gofyn.

'Ie, os gwelwch yn dda,' atebaf, gan geisio dod 'nôl at y mater dan sylw.

Mae'r patholegydd yn cerdded i ben pella'r ystafell, gan dynnu troli at y cypyrddau cadw cyrff. Mae'n agor un o'r droriau ac yn gosod y corff yn ofalus ar y troli, wedi ei guddio mewn sach fawr ddu, cyn ei dynnu 'nôl i ganol yr ystafell. Wedyn, heb oedi na rhybuddio, mae'n agor y sip i lawr canol y bag ac rydyn ni'n dod wyneb yn wyneb â Bet Goldsmith am y tro cyntaf.

Taliesin

O, mam fach.

MJ

Dwi wedi bod mewn marwdy o'r blaen, a gweld cyrff meirw droeon. Dynion, menywod, a hyd yn oed (yn anaml iawn, diolch byth), plant. Mae'r rhan fwyaf yn edrych yn heddychlon, ar ôl i'r patholegydd eu golchi a'u tacluso – bron y gallech chi gredu eu bod nhw'n cysgu. Ambell dro mae'n brofiad ysbrydol bron, o wybod na all y byd eu brifo nhw bellach. Ond does dim byd ysbrydol am y corff sydd o'n blaenau ni nawr. Doedd dim llawer y gallai Dr Rush ei wneud gyda'r creithiau ar wyneb Bet Goldsmith, na'r hollt lydan yn ei gwddf, ac mae beth sydd o'n blaenau yn sgrechian poen, trais a chasineb.

Dwi'n ymwybodol fod Dr Rush yn siarad, ac yn troi i'w gweld yn dychwelyd o swyddfa fechan yng nghornel yr ystafell, ffeil â chlawr brown yn ei llaw.

'Ditectif? Chi wedi darllen yr adroddiad gwreiddiol, dwi'n cymryd?' mae'n gofyn, yn amlwg yn ailadrodd y cwestiwn am i mi ei fethu y tro cyntaf.

'O, do, ma'n ddrwg gen i,' atebaf yn frysiog, gan wthio fy meddyliau o'r neilltu.

'Wel does dim rhyw lawer i'w ychwanegu i fod yn onest.' Mae Dr Rush yn troi tudalennau'r ffeil yn araf. 'Ry'n ni wedi cael y profion gwaed 'nôl erbyn hyn, ond does dim byd anarferol yn ei system. Tipyn o alcohol, ond dim byd mwy na fyddai i'w ddisgwyl ar ôl noson allan yn yfed.'

'Oedd unrhyw beth i awgrymu ei bod yn yfed yn drwm yn aml?' Taliesin sy'n gofyn y cwestiwn, ac mae Dr Rush yn codi ei phen wrth glywed ei lais am y tro cyntaf. Dwi'n edrych i'w gyfeiriad hefyd, ac yn gweld ei fod wedi troi ei gefn ar y corff ar y bwrdd ac yn gofyn ei gwestiwn i wal gefn yr ystafell. Am y tro cyntaf teimlaf don o dosturi tuag ato – boi lletchwith ac anodd i'w hoffi, ond dwi'n cofio fy nhro cyntaf i mewn marwdy, erioed wedi gweld corff marw go iawn o'r blaen. Bu'n rhaid i fi esgusodi fy hun, a chael a chael oedd hi i fi gyrraedd y tŷ bach cyn i mi wagio fy mol. A doedd hwnnw ddim hanner mor erchyll â'r corff sy'n gorwedd ar y bwrdd o'n blaenau ni nawr.

'Problem, chi'n feddwl? Dibyniaeth?' Daw ateb Dr Rush, sy'n ymddwyn fel petai gorfod wynebu'r wal yn ymddygiad cwbl arferol. Mae hithau'n troi tudalennau ei ffeil eto.

'Ie, y math yna o beth.' Mae llais Taliesin yn gwichio rhyw ychydig.

'Dim o edrych ar gyflwr ei hiau, na. O ystyried ei hoedran roedd hwnna mewn cyflwr gweddol – a dweud y gwir, cyn hyn, roedd Bet Goldsmith yn ddynes eitha iach, ag ystyried popeth.'

Am unwaith mi alla i ddeall y rhesymeg y tu ôl i gwestiwn Taliesin – gwneud yn siŵr taw Osian Goldsmith sy'n gyfrifol am y poteli chwisgi gwag yn y gegin.

'O's unrhyw beth o gwbl y gallwch chi ychwanegu at yr adroddiad gwreiddiol?' gofynnaf, gan ailymuno yn y sgwrs.

'Dim llawer, mae arna i ofn. Yr unig beth mor belled yw bod ganddi grafiadau bach ar gledr y ddwy law, rhai main ond dim yn ddwfn. O ystyried lle cafodd hi ei chanfod, dwi'n amau taw ôl gwair y twyni ydyn nhw – efallai ei bod hi wedi gafael yn y gwair rhag llithro?'

Heb ddweud unrhyw beth, dwi'n dod i ddeall bod Taliesin a Ditectif Harries yn gywir – mi wnaeth y llofrudd orfodi Bet Goldsmith i gerdded drwy'r twyni. Mae'r patholegydd yn dal i siarad:

'Ond dyna ni am y tro, mae'n ddrwg gen i. Y broblem yw nad oes llawer o ddim byd i'w brosesu yn yr achos hwn, chi'n gweld – roedd y corff y tu allan am dipyn cyn i mi ei weld am un peth. Ond hefyd, mae'r llofrudd wedi cadw popeth yn eitha syml. Mae bron pob ffordd o ladd – saethu, gwenwyno, hyd yn oed boddi – yn gadael rhywfaint o gliwiau yn y corff sy'n cynnig trywydd i ni ddilyn. Ond dydy defnyddio cyllell fel hyn ddim yn gadael dim byd – wel, dim ond...' Mae'n cyfeirio at y corff heb orffen ei brawddeg, a dwi'n deall taw am y creithiau mae hi'n sôn.

Gofynnaf un cwestiwn olaf, cyn i ni orfod ei throi hi am adre i geisio dal y llofrudd yma.

'Dr Rush, odych chi erioed wedi dod ar draws unrhyw beth tebyg i hyn o'r blaen? Yn benodol, y math yma o niwed?'

Mae'r patholegydd yn oedi, yn cau ei ffeil ac yn edrych arna i'n feddylgar.

'Ddim yn union fel hyn, na. Ond fe wnes i ddarllen am achos tebyg yn yr Eidal, flwyddyn neu ddwy yn ôl. Gyrrwr lorri oedd yn lladd puteiniaid ac yn torri geiriau yn eu breichiau a'u coesau – hwren, bitsh, y math yna o beth – yna'u gadael nhw ar ochr y ffordd. Fedra i ddim cofio ei enw iawn, ond Lo Scultore wnaeth y papurau ei alw – Y Cerflunydd yn Gymraeg. Doedd yr achos yna ddim yn union yr un peth, ond mae yna elfennau tebyg.'

'Puteiniaid?' gofynnaf. 'Mwy nag un?'

'Ie. Fe wnaeth e gyfadde ei fod wedi llofruddio chwech pan gafodd e'i ddal.'

'Chwech? 'Chi ddim yn meddwl bod ein llofrudd ni ar y trywydd yna?'

'Ditectif – patholegydd ydw i, nid seicolegydd, felly nid barn broffesiynol yw hyn o bell ffordd. Ond o weld y ffordd hyderus a chywrain mae'r gyllell wedi cael ei defnyddio, a beth wnaeth e i'r corff, yna mi fyddwn i'n gobeithio'n fawr eich bod chi'n ei ddal yn fuan, ac mi fydden i'n eich cynghori chi i fod yn ofalus tu hwnt.'

Gyda'r posibilrwydd ein bod ni'n delio â'r gyntaf, yn hytrach na'r unig lofruddiaeth, yn pwyso'n drwm ar waelod fy mol, diolchaf i Dr Rush am ei hamser a throi i adael. Dwi wrth y drws cyn sylweddoli nad yw Taliesin wedi symud, a'i fod yn wynebu'r wal o hyd. Galwaf ei enw, ddwywaith, cyn iddo droi yn sydyn i fy wynebu, a brysio trwy'r drws heb ddweud unrhyw beth. Dwi'n troi'n ôl er mwyn ymddiheuro i Dr Rush, ond mae hithau wedi cilio i'w swyddfa a chau'r drws.

Taliesin

Dwi'n sefyll ar bwys y car am dipyn cyn i MJ gyrraedd y maes parcio. Mae'n tynnu'r allwedd o'i boced rhyw ddeg llath i ffwrdd, a chlywaf glo'r car yn agor. Erbyn iddo fe agor drws y gyrrwr dwi'n eistedd yn fy sedd a 'ngwregys amdanaf.

Mae'n eistedd yn llonydd am funud, a'i allweddi yn ei law.

'Ma hyn yn fusnes cas, Taliesin. Wyt ti'n iawn?'

Dwi'n troi i'w wynebu, yna'n troi i ffwrdd eto. Sut fedra i esbonio? Cyn i Dr Rush agor y bag, ro'n i wedi trio paratoi fy hun am y sioc o weld Bet Goldsmith, ond mi darodd yr olygfa yn galed ar fy ngwaethaf – dod wyneb yn wyneb o'r diwedd â'r fenyw yr ydyn ni wedi bod yn ei thrafod a'i gweld yn gorwedd ar y fainc fetel, yn gig a gwaed… a gwaed…

Ro'n i'n disgwyl i fy stumog gorddi, i 'mhen i droi, a phan ddigwyddodd hynny bu'n rhaid i mi droi oddi wrth y corff a wynebu'r wal ar goesau sigledig.

Ond yna mi darodd rhywbeth arall, yn fwy caled fyth. Roedd gweld y corff o 'mlaen i, yn ddigon agos i mi ymestyn allan a'i gyffwrdd, yn gwneud y cwbl yn real rhywsut. Dwi'n deall nawr beth oedd Taid, a Nhad, ac MJ, yn ei olygu wrth ddweud nad nofel dditectif yw hyn. Dwi wedi bod yn trin popeth fel pos, yn canolbwyntio ar y manylion bychain ac yn ceisio eu gwau nhw'n batrwm taclus, fel bod y cwbl yn dod at ei gilydd yn dwt, gan gadw realiti'r sefyllfa led braich. Ond dydy'r llofrudd ddim yn chwarae gêm, neu o leiaf ddim yn dilyn yr un rheolau â fi.

Dwi'n teimlo'n wirion, yn dadlau ag MJ ynglŷn â cheir y Goldsmiths, yn creu rhwystrau pedantig ac yn plannu amheuon yn ei ben, tra'i fod yn torchi ei lewys ac yn ceisio ei orau i ddal pwy bynnag sy'n gyfrifol. Os ydy MJ'n meddwl taw Osian Goldsmith sydd y tu ôl i hyn, yna mae hynny'n hen ddigon da i mi, ac mi wna i weithio gyda fe i sgubo'r amheuon o'r neilltu a dod â'r cwbl i ben.

'Ydw, mi ydw i'n iawn,' atebaf yn dawel o'r diwedd.

Mae MJ fel petai am ddweud rhywbeth arall, er fy mod i'n erfyn arno yn fy meddwl i ddechrau'r car a gadael y lle yma filltiroedd ar ein holau ni, ond yr eiliad honno mae ei ffôn symudol yn canu. Mae'n ateb, yn gwrando'n astud, ac yn cloi'r sgwrs gyda 'Fyddwn ni yna cyn gynted â phosib,' ac yn diffodd y ffôn.

'Yr orsaf,' mae'n ateb heb i mi ofyn cwestiwn. 'Ma Osian Goldsmith wedi cael ei arestio, ma fe yn y celloedd nawr. Wedi gwneud bygythiadau i ladd. Rhaid i ni fynd.'

Clywaf nodyn gwahanol yn ei lais. Ansicrwydd? Syndod? Ond mae'r rhyddhad o feddwl ein bod ni ar drothwy gorffen hyn i gyd yn ddigon i mi wthio unrhyw amheuon o fy meddwl, gan ymlacio ychydig yn fwy yn fy sedd.

MJ

Dwi'n rhoi fy nhroed i lawr. Fedra i weld Taliesin yn dal yn dynn yn nolen y drws, ei fysedd yn wyn a symudiadau cyson ei goes dde yn dangos ei fod yn gwasgu brêc dychmygol gyda'i droed.

Fe ddylen ni'n dau drafod y datblygiad diweddaraf yma ar y ffordd, ond mae angen amser a thawelwch arna i i roi trefn ar fy meddyliau fy hun yn gyntaf. Mae stori Dr Rush, am Lo Scultore, y gyrrwr lorri o'r Eidal, yn fy meddwl o hyd, a dadl Taliesin am y Volvo a'r SmartCar yn atseinio'n gryfach yn y cefndir. Os oes yna bosibilrwydd, hyd yn oed un bychan, taw dyma ddechrau rhyw ddrama erchyll, yna mae'n rhaid i ni fod yn siŵr, yn gwbl siŵr, ein bod ni ar y trywydd cywir o'r dechrau. A yw'r trywydd yna'n arwain at Osian Goldsmith? Yn sydyn dwi'n ymwybodol iawn fod pob cam ar y llwybr hwnnw, o bosib, yn gam i'r cyfeiriad anghywir.

'Beth ti'n meddwl o hyn, 'te? Osian Goldsmith a'r bygythiad yma?' gofynnaf o'r diwedd, i dorri'r tawelwch.

Heb gymryd ei lygaid oddi ar y ffordd o'n blaenau, a heb lacio'i afael ar ddolen y drws, mae Taliesin yn cymryd ei amser i ateb.

'Ydyn ni'n gwbod pwy oedd e'n ei fygwth?'

'Ddim eto. Tipyn bach o'r stori yn unig ges i ar y ffôn, ond ma'n swnio fel petai e wedi bod ar y wisgi eto. Daeth galwad i'r orsaf a phan gyrhaeddodd y bois mewn iwnifform doedd e ddim yn siarad lot o sens, dim ond yn dweud drosodd a throsodd ei fod e'n mynd i ladd rhywun.'

'Ble oedd e?' gofynna Taliesin.

'Yn y dre rywle, tua'r top ddwedon nhw, wy'n meddwl.'

Dwi'n aros am fwy o sylwadau gan Taliesin, ond mae'n dawel am dipyn eto. Penderfynaf leisio beth sydd ar fy meddwl i.

'Ody hyn yn neud sens i ti? Os wnaeth Osian Goldsmith ladd ei wraig mewn ffordd mor gymhleth, mor... sicr, heb adael tystiolaeth o gwbl ar ei ôl, yna ody e'n neud sens ei fod e mor ddifeddwl â throi lan yng nghanol dydd, yng nghanol y dre, yn feddw gaib ac yn bygwth lladd rhywun arall o flaen y byd i gyd? Sdim cysondeb 'na o gwbl.'

'Mae pobol yn rhyfedd. Yn enwedig pobol sy'n gallu lladd fel llofrudd Bet Goldsmith. Pwy a ŵyr beth sy'n gyson neu beidio iddyn nhw?'

Dwi'n troi i edrych ar Taliesin yn syn. Y gwyn sydyn yn ei fysedd a sythni ei goes dde sy'n achosi i mi droi 'nôl at yr hewl, mewn pryd i arafu ar gyfer tro sydyn yn y ffordd.

'Felly beth ti'n ddweud?' holaf, ar ôl cyrraedd darn syth yn y ffordd. 'Dy fod ti'n meddwl taw Osian Goldsmith laddodd ei wraig wedi'r cwbl?'

'Dyna oeddech chi'n ddweud yn gynharach.'

Teimlaf y gwres yn codi i fy mochau.

'Fi'n gwbod beth ddwedes i gynne. Ond beth wyt ti'n ddweud nawr?'

Mae Taliesin yn dawel am funud.

'Os yw popeth yn pwyntio i gyfeiriad Osian Goldsmith, yna dyna'r trywydd y dylen ni ei ddilyn.'

Saib arall, cyn iddo ychwanegu,

'Nid nofel dditectif yw hyn, wedi'r cwbl.'

Dwi'n adnabod fy ngeiriau i o gynne, ac yn ffrwydro.

'FUCKING HELL, Taliesin! Dwi erioed 'di cwrdd ag unrhyw un mor lletchwith, mor afresymol, a chymaint o dwat â ti! Sdim ots beth yw'r sefyllfa, ti'n mynd i'r cyfeiriad arall. Wy'n trio gweithio gyda ti, yn gwrando arnat ti ac yn dy gefnogi di – fe wnei di ffeindio 'mod i'n lot fwy rhesymol na rhai o'r bois eraill yn yr orsaf – ond ti'n mynd allan o dy ffordd i anghytuno, i ddadle ac i greu probleme. Dylet ti gofio ein bod ni i fod i weithio fel tîm. Roedd dy dad a dy ddad-cu yn deall hynny, so beth yw dy broblem di?'

Cyn gynted ag y daw'r geiriau o 'ngheg i dwi'n gwybod na chaf fi ateb pellach oddi wrth Taliesin. Dwi'n ystyried ymddiheuro. Mae e'n haeddu pob gair ddywedais i, ac mae yna fwy y gallwn i fod wedi ei ddweud hefyd. Mae ganddo fwy o feddwl ac o weledigaeth nag unrhyw un y bues i'n gweithio gyda nhw erioed o'r blaen, ac mae ganddo'r gallu i fod yn blismon uffernol o dda, gyda dyfodol disglair, petai e ddim ond yn fwy dynol. Ond dwi'n flin, dwi ddim yn teimlo fel canu clod rhywun sydd mor sicr o'i dalentau â Taliesin, felly dwi'n estyn am y radio, a throi'r gerddoriaeth ymlaen yn annioddefol o uchel.

Rydyn ni 'nôl yn Aberystwyth mewn llai nag awr a hanner, ac yn brysio yn syth trwy fynedfa'r orsaf. Tra 'mod i'n ymbalfalu yn fy mhocedi am y pàs i agor y drws, mae Taliesin yn estyn ei un ef o'r tu 'nôl i fi ac yn agor y drws. Mae Saunders yn aros amdanon ni wrth fy nesg, golwg ddiamynedd ar ei hwyneb.

'Hen bryd. Beth wnaethoch chi, stopio am damaid o ginio?'

Dwi ar fin ymateb, ond mae hi'n mynd ymlaen.

'Iawn, mae Osian Goldsmith gyda ni yn y ddalfa. Fe arestiodd y bois iwnifform e ar Heol-y-wig, tu allan i swyddfeydd Brownleigh Carter. Rhywun o'r swyddfa alwodd ni...' Mae Saunders yn edrych trwy'r adroddiad o'i blaen '... Shelley Chappell – ti'n ei hadnabod hi, wyt ti, MacLeavy? Fe ofynnodd amdanot ti pan ffoniodd hi.'

Tro Taliesin i geisio ymateb nawr, heb lwyddiant, wrth i Saunders gario 'mlaen eto.

'Meddw ac afreolus, trywanu heddwas, a bygwth lladd un...' Edrycha drwy'r daflen eto. 'Gregory Owen o Wavelength Media.'

'Mae Wavelength Media yn rhannu adeilad â Brownleigh Carter.'

Mae Taliesin wedi llwyddo i neidio i'r sgwrs, ond daw edrychiad i lygaid Saunders sy'n dweud nad yw hi'n gwerthfawrogi rhannu'r drafodaeth.

'Ydyn, ma'n nhw'n rhannu adeilad â Brownleigh Carter. Diolch, MacLeavy, dwi'n gwybod. Beth bynnag, o beth rydyn ni'n ei ddeall mi oedd e'n ceisio mynd i mewn i'r adeilad, a dyna pryd ffoniodd Mrs Chappell ni. Roedd y bois mewn iwnifform yn dweud bod Goldsmith yn ailadrodd ei fod e'n mynd i ladd Gregory Owen am beth wnaeth e.'

'A beth wnaeth e?'

Taliesin eto. Ac edrychiad mileinig arall gan Saunders.

'Dim dy job di yw dweud hynny wrtha i?' mae Saunders yn cyfarth ato. 'Cysgu gyda'i wraig, medde fe. Yr un wraig ffeindion ni wedi marw ddoe. Yr un wraig ry'ch chi'ch dau i fod yn ymchwilio i'w llofruddiaeth hi.'

Penderfynaf neidio i'r sgwrs cyn i Taliesin gael ei hun mewn dŵr poethach.

'Odyn, ni'n edrych ar sawl...'

Dyna mor belled ydw i'n cyrraedd, cyn i Saunders dorri ar fy nhraws.

'Gwranda, MJ. Ma amser yn ein herbyn ni. Allwn ni ddim cadw'r manylion am anafiadau Bet Goldsmith yn gyfrinach am byth, ac unwaith fydd y wasg yn clywed, fyddan nhw ar ein pennau ni. Ma'r doctor wedi bod yma ac wedi'n cynghori ni i roi awr neu ddwy i Goldsmith sobri. Unwaith ei fod e'n *compos mentis*, fi isie i ti ei gyfweld e, a chau pen y mwdwl. Heddi. Ydy hynna'n glir?'

Heb fentro dweud gair arall, ac yn y gobaith na fydd

Taliesin yn dod o hyd i'w dafod eto, nodiaf fy mhen. Ar hynny, mae Saunders yn lluchio'r adroddiad ar y ddesg ac yn gadael y swyddfa.

Taliesin

Dwi'n estyn fy llaw i gasglu'r adroddiad, ond mae MJ ar ei ffordd allan o'r swyddfa yn barod.

'Der â hwnna gyda ti. Glywest ti beth ddwedodd hi, ma brys arnon ni.'

Dwi'n codi'r adroddiad ac yn ei ddilyn allan.

'Ble ydyn ni'n mynd?' gofynnaf, wrth i ni frysio i lawr y coridor, tuag at y dderbynfa.

'I Heol-y-wig, i siarad â'r Gregory Owen yma, ac yna gyda dy ffrind di, Shelley Chappell. Os y'n ni'n mynd i gyfweld Osian Goldsmith, yna ma eisie i ni wbod beth yw beth.'

Deng munud yn ddiweddarach, mae car MJ wedi parcio'n anghyfreithlon ar y llinellau dwbl y tu allan i swyddfa Brownleigh Carter. Does dim ateb er gwasgu botwm Wavelength Media, ar y panel nesaf i'r drws mawr pren, droeon.

'Does neb yna,' meddaf.

'Ie, diolch Taliesin, o'n i wedi gweithio 'ny mas,' mae MJ'n brathu yn ôl. 'Der i ni ga'l gair â Shelley Chappell yn lle 'ny, 'te.'

Mae MJ'n gwasgu botwm swyddfa Brownleigh Carter, ac mae *buzz* clo'r drws yn swnio bron ar unwaith i'n gadael ni i mewn. Mae'r un ferch yn eistedd y tu ôl i'r ddesg yn y dderbynfa, ond mae'r olwg ddiflas yn diflannu'n llwyr wrth iddi weld yr heddlu'n dychwelyd.

'Hi, Detective MacLeavy and...' Mae'r ferch – Siân oedd ei henw hi dwi'n cofio – yn aros i MJ lenwi'r bwlch.

'Morgan-Jones,' daw'r ateb. 'Could we speak to Shelley Chappell please?'

'Yes, of course – I'll call her now.'

Does dim pysgota am fwy o wybodaeth y tro hwn. Mae'n siŵr fod Siân wedi gweld digon ar y newyddion i ddeall yn iawn pam ein bod ni yma. Sgwrs gyflym, dawel ar y ffôn a medra i glywed traed Shelley Chappell yn dod i lawr y grisiau. Pan ddaw hi i'r ystafell, mae'r newid ers y tro diwethaf y'i gwelais hi'n syfrdanol. Mae'r ddynes gynnes, befriog wedi mynd ac yn ei lle mae dynes sydd wedi heneiddio ddeng mlynedd dros nos, dynes lygatgoch, yn snwffian i hances, sy'n ein gwahodd ni i'w dilyn i fyny'r grisiau mewn llais crug, sigledig.

Mae'r don o wres cyfarwydd yn ein taro ni wrth i Shelley agor y drws i'w swyddfa, ac er 'mod i'n barod amdani mae MJ'n chwyddo'i fochau, ac yn gadael i'r awyr ollwng o'i geg yn araf wrth iddo yntau groesi'r trothwy. Mae Shelley Chappell yn mynd yn syth i eistedd yn y gadair wrth ei desg. Ar ôl rhai eiliadau yn aros am wahoddiad i eistedd mae MJ a finnau'n gosod ein hunain yn y ddwy gadair wag gyferbyn. Mae Shelley'n ymddangos fel pe bai wedi anghofio ein bod ni yna, felly dwi'n clirio fy ngwddf.

'Mrs Chappell – dyma Ditectif Morgan-Jones. Ydych chi'n gwybod pam ein bod ni yma?'

'Ynglŷn â Bet, ia? Gwnes i weld ar y newyddion – dwi methu credu'r peth. Dwi'm yn gwybod be dwi'n dda yn fa'ma heddiw ond... wel, mae angan gneud rhywbath, 'does? Byddwn i'n mynd allan o ngho adra ar ben fy hun.' Mae Shelley'n parablu'n gyflym.

'Oeddech chi'n ymwybodol bod Osian Goldsmith wedi cael ei arestio y tu allan i'r adeilad yma yn gynharach heddiw?'

Mae Shelley'n snwffian i'w hances eto, ond yn eistedd yn sythach yn ei chadair.

'Oeddwn, fi ffoniodd yr heddlu. Mi wnes i geisio siarad ag Osian ond doedd dim rhesymu efo fo, mi roedd o'n wyllt. Oeddwn i ofn y bydda fo'n brifo'i hun, neu rywun arall.'

'A beth yn union oedd Mr Goldsmith yn neud?' gofynna MJ, gan ymuno yn y sgwrs.

'Ceisio mynd i'r swyddfa fyny'r grisiau, swyddfa Greg Owen. Dydy o ddim yma, mae o ffwrdd ar wylia ers diwadd wythnos diwetha, ond roedd Osian yn gwrthod gwrando.'

'A pham oedd Mr Goldsmith eisie mynd i swyddfa Mr Owen?'

Mae Shelley Chappell yn oedi, ond yn ailddechrau'n araf.

'Mi oedd o... roedd ganddo fo'r syniad... fod yna rwbath yn mynd ymlaen rhwng Bet a Greg.'

'Ac ydych chi'n gwybod os oedd yna rywbeth yn mynd ymlaen?' gofynnaf.

Mae Shelley'n syllu arna i, fel petai'n ansicr sut i ymateb.

'Shelley, ma'n bwysig ein bod ni'n gwbod y gwir am fywyd Bet,' mae MJ'n ei hannog mewn llais caredig.

Mae Shelley Chappell yn ochneidio.

'Oedd. Oedd, ers rhyw fis neu ddau.' Unwaith fod y geiriau cynta allan, mae gweddill y stori yn dilyn. 'Roedd Bet yn anhapus adra ers tipyn – roedd Osian yn yfed, a'i merch ym mhen draw'r byd. Gwnaeth Greg ddechra rhoi tipyn o sylw iddi a... wel, dyma hithau'n ymateb, ac un peth yn arwain i'r llall. Dim ei bod hi'n ystyried gadael Osian – mi oedd hi wir yn ei garu o, er gwaetha popeth, ond mi oedd hi'n berson mor hyfryd. Mae pawb yn haeddu tipyn o hapusrwydd yn ei bywyd, tydyn?' Mae'n edrych i'n cyfeiriad ni wedi'r cwestiwn olaf, fel petai'n edrych am gadarnhad.

'Oedd Osian Goldsmith yn gwbod am y berthynas yma? Cyn heddi, hynny yw?' mae MJ'n holi.

Mae Shelley Chappel yn sychu ei thrwyn yn swnllyd eto.

'Na, dwi'm yn meddwl. Roedd Bet yn eitha gofalus. Roedd

y ddwy ohonon ni'n siarad am y peth ar y noswaith...' Mae ei llais yn torri rhyw ychydig, cyn iddi barhau. '... y noswaith wnaeth hi ddiflannu. Mi wnes i ddeud wrthi i fod yn ofalus, ond dywedodd hi wrtha i am beidio poeni, fod Osian yn rhy feddw ac yn cymryd gormod o boenladdwyr i sylwi os oedd hi adra neu beidio hyd yn oed.'

Yn llythrennol, dwi'n meddwl i fi fy hun, gan gofio ei fod wedi aros am 36 awr i'w riportio hi ar goll.

'O's gyda chi ryw syniad sut ddaeth Mr Goldsmith i wbod am y berthynas heddiw?' mae MJ'n parhau i holi.

'Nac oes, dim syniad. Mae'n wir ddrwg gen i – petawn i wedi deud am hyn y tro cynta ddaethoch chi yma, fyddai hynny wedi bod yn ddigon i achub Bet, druan?' Mae erfyn yn ei llais wrth iddi aros am yr ateb.

'Na fyddai, Mrs Chappell,' ateba MJ. 'Na, fyddai hynny ddim wedi neud unrhyw wahaniaeth. Ond o's yna unrhyw beth arall 'chi'n teimlo y dylen ni wbod? Unrhyw beth o gwbl...'

'Nac oes, wir i chi. Dwi'n bod yn gwbl onest y tro yma.'

Wrth siarad, mae'n gosod ei dwy law yn wastad ar y bwrdd o'i blaen, mewn ystum i ddangos ei bod yn dweud y gwir. Mae awgrym o ryddhad yn ei llais, fod y gyfrinach allan o'r diwedd.

'Iawn, wel diolch am eich amser, Mrs Chappell. Gyda llaw, o's unrhyw syniad 'da chi lle mae Mr Owen? Ac o's unrhyw ffordd y gallwn ni gysylltu ag e?'

'Ar wylia, efo'i deulu – ym Mhortiwgal dwi'n meddwl. Mae Greg yn briod hefyd, welwch chi – roedd hynny'n fwy o reswm i fod yn ofalus am y cwbl. Mae gen i ei gerdyn busnes o yn rhywla...' Mae Shelley Chappell yn twrio trwy'r droriau yn ei desg ac yn pasio cerdyn bach tywyll i MJ.

'Diolch, Mrs Chappell. Ac os y'ch chi'n cofio unrhyw beth arall, hyd yn oed y peth lleia, yna dyma fy ngherdyn i

– ffoniwch unrhyw bryd.' Mae MJ'n pasio ei gerdyn gwyn ar draws wyneb y ddesg. Mae Shelley'n mynd i godi o'i chadair, ond mae MJ yn ei stopio, 'Steddwch chi lawr, ffeindiwn ni'r ffordd mas. A diolch eto.'

Wrth i ni gerdded i lawr y grisiau ac allan i'r awyr iach, fe wela i fod crys MJ yn wlyb gan chwys o wres y swyddfa, ac yn glynu'r holl ffordd i lawr ei gefn.

MJ

Wedi gadael adeilad Brownleigh Carter dwi'n mynd yn syth i'r caffi gyferbyn, ac yn prynu potel o ddŵr o'r oergell. Mae hanner ohono wedi diflannu erbyn i mi gamu allan eto, ac am eiliad dwi'n ystyried tywallt y gweddill dros fy mhen, fel y gwelwch chi redwyr yn ei wneud mewn rasys marathon – allai'm dychmygu y byddai fy nghrys i lawer gwlypach wedi'r cwbl. Yn lle hynny, estynnaf y botel i Taliesin, sy'n edrych arni'n amheus ac yn gwrthod yn gwrtais. Dwi'n ailwisgo fy siaced, gan deimlo defnydd gwlyb fy nghrys yn glynu'n anghyffyrddus at fy nghroen, ac yn cerdded 'nôl at y car, gan orffen y botel ddŵr.

'Beth ti'n feddwl o hynna?' gofynnaf i Taliesin. 'O't ti'n iawn am yr affêr.'

'Oeddwn,' daw ateb syml Taliesin yn ôl. 'Mae hyn yn pwyntio bys at Osian Goldsmith felly.'

'Dyna un ffordd o edrych ar bethe. Ar y llaw arall, ma 'na rywun arall i'w amau,' dwi'n rhesymu. 'Yn amlwg fe ddaeth rhywbeth i'r golwg yn Llanelli, rhyw ddarn o dystiolaeth neu fflach o ddealltwriaeth sydd wedi ei berswadio taw Osian Goldsmith sy'n euog wedi'r cwbl, ond dwi'n stryffaglu i weld beth, ac yn benderfynol o beidio â rhoi'r boddhad iddo o orfod gofyn.

'Gregory Owen?' mae Taliesin yn ymateb. 'Ond sut fedrai e fod yn euog, a fe ar ei wyliau gyda'i dculu? Ac o ran hynny, pa reswm fyddai gyda fe i ladd Bet Goldsmith, heb sôn am wneud y creithiau yna?'

'Ma eisie i ni gadw meddwl agored. Bydd angen i ni gysylltu ag e, neud yn siŵr ei fod e dramor. Ac o ran rheswm i ladd Bet Goldsmith – wel, fe o'dd y ddau yn cael perthynas, ac fe all rhwbeth fel'na ddatblygu'n gyflym, ac mewn ffyrdd annisgwyl. Cred di fi.'

Doeddwn i ddim wedi bwriadu ychwanegu'r darn olaf yna, ond daeth delwedd sydyn o Lucy a Stephan i 'mhen i ac roedd y geiriau allan heb i mi sylweddoli.

'A ta beth,' dwi'n cario 'mlaen ar frys, 'ma Osian Goldsmith yn byw ar boenladddwyr cryf – a fydde fe'n gallu dringo dros y twyni gyda'i anafiadau e? A hyd yn oed petai e, pa reswm fyddai ganddo i achosi'r creithiau yna? Ddwedest ti dy hunan, ti'n cofio – y stwff seicolegol 'na? Fod rheswm i feddwl fod y llofrudd wedi neud hyn o'r blaen? A glywest ti beth ddwedodd Dr Rush, am yr achos tebyg yna yn yr Eidal, y boi yna laddodd chwech o ferched?'

Rydyn ni wedi cyrraedd y car erbyn hyn, ac mae Taliesin yn dringo i mewn heb ddweud gair.

'Drycha,' dwi'n ailgychwyn, wrth i ni yrru 'nôl i'r orsaf, 'wy'n deall yn iawn dy fod ti'n awyddus i ddal y llofrudd yma, a byddai ei neud e'n gyflym yn bluen fawr yn dy het. Ond cred di fi, cyflym iawn y gall pluen yn dy het newid yn albatros am dy wddf petaen ni'n brysio i'r canlyniad anghywir, a fyddai hynny'n neud dim lles o gwbl i dy yrfa di.'

Mae gen i deimlad bod Taliesin wedi troi i syllu arna i am eiliad, ond erbyn i mi droi i'w wynebu mae e'n edrych yn dawel trwy ffenest y car unwaith eto.

Taliesin

'Fyddai hynny'n neud dim lles o gwbl i dy yrfa di.'

Mae hyn yn rhywbeth sydd wedi bod yn chwarae ar fy meddwl i ers i ni adael Llanelli yn gynharach. Pan ymunais i â'r heddlu, wnes i addo i fi fy hun y byddwn i'n torri fy nghwys fy hun, yn hytrach na dilyn yn olion traed Taid a Nhad. Byddwn i'n defnyddio fy nghryfderau i, a datrys achosion trwy feddwl a dadansoddi yn hytrach na bygythiadau a bôn braich. Ond efallai 'mod i wedi drysu rhwng bywyd go iawn ac un o fy nofelau ditectif – ar ôl y bore 'ma mae'n amlwg fod MJ yn meddwl hynny. Felly pa ddyfodol sydd gen i yma? Datblygu i fod yn un arall o'r MacLeavys? Neu dderbyn 'mod i wedi gwneud camgymeriad a chwilio am yrfa arall? Er mor anodd fyddai'r ail ddewis, dwi'n gwybod na fyddwn i'n gallu byw gyda'r un cyntaf.

Ond mae'n well 'mod i'n cadw'r cwbl i mi fy hun am y tro a gwneud beth alla i i weithio gyda MJ a dod â hyn i derfyn cyn gynted â phosib.

Yn lle hynny, dwi'n troi fy meddwl at yr achos Lo Scultore y soniodd Dr Rush amdano wrth MJ yn y marwdy, sy'n amlwg yn pwyso'n drwm ar ei feddwl. Fe ganodd gloch ar y pryd, er taw dim ond hanner gwrando oeddwn i – atgof o adroddiad papur newydd, o bosib yr un adroddiad ag y darllenodd Dr Rush ei hun.

Emilio Abate oedd ei enw iawn. Fc'i ganwyd yn 1981, yn Napoli ar arfordir gorllewinol yr Eidal. Putain oedd ei fam a'i dad yn unrhyw un o blith ei chwsmeriaid. Cafodd blentyndod echrydus, yn cael ei gam-drin gan ei fam, a nifer o'i chariadon dros y blynyddoedd, o dan ddylanwad cyffuriau neu'r ddiod. Bu i mewn ac allan o gartrefi plant dros dro ac roedd sawl cofnod ohono'n anafu ei hun â min rasal, gydag ambell friw yn ddigon gwael i beri iddo aros dros nos yn yr ysbyty. Rhedodd i ffwrdd yn bymtheg oed a, rhywsut, dechreuodd gael trefn ar ei fywyd. Fe fu mewn nifer o swyddi cyn setlo i yrru lorri yn cludo nwyddau o'r de i ddinasoedd mawr y gogledd. Priododd a chael dau o blant, ac roedd yna bosibilrwydd y byddai diweddglo hapus i stori Emilio Abate, y tu hwnt i bob disgwyl.

Yn awyddus i roi'r cyfle gorau i'w blant, roedd Emilio'n gweithio'n galetach fyth, gan olygu ei fod yn aml i ffwrdd o gartre am ddyddiau ar y tro. O ganlyniad i'r cyfnodau o unigrwydd yma cychwynnodd ei wraig sawl perthynas â dynion eraill nes i Emilio gyrraedd adre un noswaith a chanfod bod ei deulu wedi gadael, ac wedi symud i fyw gydag un o'i ffrindiau gorau. Barn y seicolegwyr oedd bod y trawma hwn wedi dod â chreithiau meddyliol ei blentyndod i'r wyneb a bod Emilio Abate wedi disgyn i le tywyll iawn. Dywedodd ei ffrindiau iddo roi'r gorau i gymdeithasu yn gyfan gwbl, ac y byddai'n ymddwyn yn fygythiol petai unrhyw ymdrech i'w dynnu o'i gragen. Byddai ei gymdogion yn aml yn ei weld yn cerdded y strydoedd ar ei ben ei hun ym mherfeddion nos.

Credai'r heddlu iddo ladd am y tro cyntaf rhyw dri mis ar ôl i'w wraig ei adael. Putain o'r enw Rosa Damiani oedd y ddynes, wyneb cyfarwydd mewn meysydd parcio ar gyfer lorris i fyny ac i lawr priffyrdd yr Eidal. Fe'i tagodd hi, crafu *'puttana'* (hwren) a *'cagna'* (bitsh) ar ei choesau a gadael ei chorff mewn gwrych ar ochr y briffordd. Dros y chwe mis canlynol dilynodd yr un patrwm wrth ladd pum putain arall, cyn i'r seithfed ddianc a rhoi disgrifiad manwl o Emilio a'i lorri i'r heddlu. Pan gafodd ei arestio, ei eiriau cyntaf oedd

'*Grazie a Dio sono stato interrotto*' ('Diolch i Dduw eich bod wedi fy stopio'). Yn y llys plediodd yn euog i chwe chownt o lofruddiaeth a chafodd ei ddedfrydu i ysbyty meddwl am weddill ei fywyd. Cyflawnodd hunanladdiad lai na blwyddyn yn ddiweddarach.

Yn bendant mae yna debygrwydd rhwng achos Emilio Abate a llofruddiaeth Bet Goldsmith ac ar yr wyneb mae yna hefyd debygrwydd rhwng Osian Goldsmith a Lo Scultore – y ddau yn wŷr i wragedd anffyddlon. Ond er gwaethaf fy ymdrechion, fedra i ddim peidio â sylwi ar yr anghysondebau rhwng y ddau, yn fwyaf amlwg taw dieithriaid, nid ei wraig ei hun, a ddioddefodd wrth law'r Eidalwr. Er y byddai wedi bod yn haws i'w ddeall petai'n beio ei wraig am ddifa ei deulu, neu ei fam am boen ei blentyndod, roedd rhywbeth dyfnach, mwy elfennol am ddicter Emilio. Roedd yn beio merched yn gyffredinol, neu o leiaf math arbennig o ferched ac roedd y puteiniaid yn cynrychioli hynny.

Yn ail, er ei fod yn amlwg nad oedd Emilio Abate yn ei iawn bwyll, doedd dim dylanwad alcohol na chyffuriau ar y llofruddiacthau – roedd yr adroddiad yn sôn ei fod yn llwyrymwrthodwr cryf, wedi cefnu ar hynny i gyd ar ôl gweld yr effaith ar y rhai o'i gwmpas yn ystod ei blentyndod. Yn ogystal â bod yn ddibynnol ar alcohol, mae Osian Goldsmith ar dabledi cryf. A fyddai'r rheini'n cuddio'r boen yn ddigonol i'w alluogi i groesi'r twyni, tra'i fod yn gallu cadw'i ymwybyddiaeth a'i allu i weithredu cynllun?

Ond yn olaf, y creithiau – roedd y geiriau ysgrifennodd yr Eidalwr ar y chwe merch, meddai rhai, yn adlewyrchiad o'r anafiadau rasal a wnaeth iddo'i hun pan oedd yn blentyn i geisio lleihau poen ei fywyd dyddiol annioddefol. Roedd rhai o'r seicolegwyr yn yr achos yn amau ei fod yn ystyried ei hun yn angel, yn achub y merched hyn o'u bywydau dieflig ac yn lleihau eu poen yn yr unig ffordd y gwyddai amdani. Ac mae hynny'n gadael y cwestiwn amlwg, yr un sydd wedi bod yn fy mhoeni ers y cychwyn: beth oedd bwriad y llofrudd wrth gerfio'r creithiau ar wyneb Bet Goldsmith?

Rydyn ni'n cyrraedd 'nôl i orsaf yr heddlu a dwi'n ystyried rhannu fy amheuon ag MJ, esbonio'r hyn sydd ar fy meddwl: os ydy achos Emilio Abate yn awgrymu unrhyw beth, y ffaith nad Osian Goldsmith laddodd ei wraig yw hynny. Ond yna cofiaf am y ffrae yn Llanelli a bod yr amheuon di-sail hyn ddim ond yn cymhlethu achos sydd, ar yr wyneb, yn eithaf syml. Dwi'n cau fy ngheg ac yn dilyn MJ trwy'r maes parcio ac i mewn i'r orsaf i gyfweld Osian Goldsmith.

MJ

Mae Osian Goldsmith yn eistedd â'i ben yn ei ddwylo a chwpanaid o de yn oeri ar y bwrdd o'i flaen. Wrth i Taliesin a finnau gerdded i'r ystafell mae'n troi i edrych, ei lygaid yn goch. Sylwaf ar gryndod yn ei ddwylo wrth iddo eu gosod ar y bwrdd, ei law chwith yn dal gwaelod ei lewys yn dynn a cheisio sythu yn ei sedd.

'Mr Goldsmith, chi'n cofio ni?'

Mae'n nodio ei ben unwaith, gan syllu yn syth o'i flaen.

'A chi'n gwbod pam eich bod chi yma?'

Nodio ei ben eto, heb yngan gair.

'Dwi am droi'r tâp 'mlaen nawr, i ni gael recordio'r cyfweliad yma. Bydd rhaid i chi siarad er mwyn i ni gael cofnod o'ch atebion chi.'

Tynnaf y plastig oddi ar ddau gasét newydd a gwthio'r ddau i'r peiriant ar y ddesg. Mae yna sôn ein bod ni am gael system ddigidol fodern ers tipyn, cyn iddyn nhw stopio gwneud y casetiau hyn. Cyn gwasgu'r botymau i ddechrau recordio edrychaf ar Osian Goldsmith, sy'n dal i syllu yn syth o'i flaen.

'Iawn. Yr amser yw 4:07 ar brynhawn y 30ain o Fehefin, 2016. Yn bresennol mae Ditectif Ben Morgan-Jones...'

Dwi'n gadael bwlch.

'A Ditectif Taliesin MacLeavy,' mae'n gorffen y frawddeg.

'Hefyd yn bresennol mae...'

Bwlch arall, ond dydy Osian Goldsmith ddim yn ymateb.

'Mr Goldsmith, allwch chi ddweud eich enw a'ch cyfeiriad er mwyn y tâp?'

Daw ochenaid ddofn, ac yna,

'Osian Goldsmith, 10, Bryn-glas, Capel Bangor.'

'Diolch. Nawr cyn i chi gychwyn, ydych chi'n ymwybodol bod gennych chi'r hawl i gael cyfreithiwr yma gyda chi? Ac os na allwch chi fforddio un, yna fe allwn ni drefnu i chi gael un am ddim.'

'Odw.' Daw'r ateb swta.

'Ydych chi am gael cyfreithiwr?'

'Na.'

'Iawn. Felly, rydych chi yma am i chi gael eich arestio yn gynharach heddiw ar Heol-y-wig, Aberystwyth, am fygwth lladd. Allwch chi esbonio i ni beth ddigwyddodd, yn eich geiriau eich hun, Mr Goldsmith?'

Ochenaid arall.

'O'ch chi'n iawn,' daw'r ateb mewn llais bychan.

'Yn iawn? Am beth, Mr Goldsmith?'

'Yn iawn am Bet. Yn ca'l affêr. Fel ddwedoch chi gynne.'

'A beth sy wedi'ch arwain chi i gredu hynny, Mr Goldsmith?'

Mae ei ben yn ei ddwylo nawr eto, ond mae'r llais yn cryfhau digon i'r tâp fedru ei glywed.

'O'n i mor siŵr na fydde Bet byth yn neud unrhyw beth fel'na. Byth. Ar ôl i chi ddweud ei bod hi'n ca'l perthynas 'da rhywun ddoe – wel, o'n i mor grac. A'r sioc o beth ddigwyddodd hefyd. Wnes i yfed tipyn mwy nag y dylwn i... a wy ar y tabledi 'ma... sai'n cofio lot am neithiwr, a dweud y gwir.'

Mae Osian Goldsmith yn stopio a chymryd llymaid o'r te oer. Mae'n tynnu wyneb. Yna mae ei ben yn ei ddwylo eto ac mae'n ailgychwyn.

'Ond bore 'ma, ges i syniad. Eisie dangos 'ych bod chi'n anghywir o'n i, 'ych stopio chi rhag mynd ar y trywydd anghywir, i chi allu dal pwy bynnag laddodd Bet. Es i chwilio am fil diweddara ei mobeil hi. Ma fe'n *itemised*, pob galwad a thecst wedi ei restru. A 'na pan weles i. Dyw – do'dd – Bet ddim yn un fawr am decsto, ond o'dd dwsine a dwsine o negeseuon yna, pob un i'r un rhif. Bob dydd, rhai yn hwyr yn y nos... 'Ma fi'n chwilio am y rhif ar y we. A 'na fe'n dod lan, y canlyniad cynta, ar wefan rhyw gwmni cyfryngau – *fucking* Gregory Owens, Wavelength Media. Ac yn yr un adeilad â swyddfa Bet.'

Mae'n rhaid i mi ddweud, er bod Osian Goldsmith yn byw ei fywyd trwy waelod potel, mi fyddai'n gwneud ditectif ddigon da.

'Ac yna beth, Mr Goldsmith?'

'Ac yna beth? Chi'n gwbod yn iawn beth – es i lawr yna, i'w weld e wyneb yn wyneb, ond fe wna'th 'ych lot chi droi lan cyn i fi ga'l gafael ynddo fe. Ond le ma fe nawr? Ody e yma? Chi wedi aresto fe?'

Mae yna frwydr rhwng dicter a phanig yn wyneb Osian Goldsmith nawr.

'Ei arestio fe am beth?' gofynnaf.

'Am beth? Chi'n dwp? Am ladd Bet, wrth gwrs!' mae'n gweiddi, gan godi o'i sedd. 'Rhaid ei bod hi wedi treial cwpla'r berthynas – neu falle fod e jyst off 'i ben – ond chi ddim yn gweld? Fe yw'ch llofrudd chi!'

'Mr Goldsmith, allwch chi eistedd i lawr os gwelwch yn dda?' dwi'n ei ddarbwyllo. Do'n i heb weld hyn yn dod. Wedi iddo eistedd unwaith eto, dwi'n parhau. 'O beth y'n ni'n ddeall, mae Mr Owen mas o'r wlad, ac wedi bod ers tro. Fe fyddwn ni'n cadarnhau hynny, ond ar yr wyneb dyw hi ddim yn ymddangos yn debygol fod gan Mr Owen unrhyw beth yn uniongyrchol i'w neud â marwolaeth eich gwraig.'

Mae'r newyddion yma'n amlwg yn ei syfrdanu.

'Beth? Ond... sut y'ch chi'n gwbod? Pwy ddwedodd hynna wrthoch chi?'

'Ry'n ni wedi derbyn gwybodaeth, Mr Goldsmith, dyna'i gyd alla i ddweud wrthoch chi.'

'Shelley ddwedodd, ontefe! O'dd hi'n gwbod 'fyd! Y bitsh yna – yn wên i gyd i'n wyneb i a hithe'n gwbod yn iawn beth oedd Bet yn ei neud. Fe...'

Mae Osian Goldsmith yn stopio ei hun ar ganol brawddeg, ond mae Taliesin, sydd wedi bod yn dawel hyd yn hyn yn ystod y cyfweliad, yn ei gorffen.

'Beth? Fe ladda i hi? Dyna oeddech chi am ddweud? Fel y dywedoch chi eich bod chi am ladd Mr Owen gynne? Dyna hoffech chi wneud?'

Dwi'n synnu pa mor ymosodol ydy Taliesin.

'Na! Wel, do, falle wnes i weud hynny gynne, ond... chi'mod... y ddiod... a'r sioc... Bet...'

Mae Osian Goldsmith yn ymbalfalu am eiriau, panig yn ei lygaid wrth iddo sylweddoli beth yw'r sefyllfa. Mae Taliesin yn pwyso 'mlaen yn ei sedd ac yn parhau i wthio.

'Beth am Bet, Mr Goldsmith? Oeddech chi eisiau ei lladd hi hefyd? Roeddech chi'n flin gyda hi, on'd oeddech chi? Wedi eich brifo, eich siomi? Falle wnaethoch chi gymryd pethau un cam ymhellach...?'

Mae Osian Goldsmith yn edrych yn ôl ac ymlaen yn wyllt, rhwng Taliesin a finnau.

'Naddo! Wrth gwrs wnes i ddim! O'n i ddim yn gwbod am yr affêr tan y bore 'ma, ddwedes i! A hyd yn oed petawn i, fyddwn i byth yn lladd Bet! Byth, byth, byth – fi'n ei charu hi!'

Yn awyddus i gael y cyfweliad 'nôl o dan reolaeth, dwi'n neidio i mewn cyn i Taliesin gael cyfle i daflu mwy o gyhuddiadau.

'Allwch chi ddweud 'thon ni lle oeddech chi ar y noson gafodd eich gwraig ei lladd, Mr Goldsmith?'

'Adre. Ar ben 'yn hunan.'

'All unrhyw un gadarnhau hynny?'

'Wel, na – fel wedes i, o'n i ar ben 'yn hunan, nes i'm gweld neb trwy'r nos.'

Mae Taliesin yn rhoi chwerthiniad bach chwerw i ddangos nad yw'n credu gair. Dwi'n cario 'mlaen â'r cwestiynu.

'Oeddech chi'n gwylio'r teledu? Chi'n cofio beth oedd 'mlaen?' gofynnaf y cwestiynau'n gyflym, yn ceisio ei gadw rhag setlo.

'O'n, fi'n meddwl. Ond dwi ddim yn cofio... o'n i wedi ca'l wisgi neu ddau... ond 'na le o'n i, yn bendant.'

'Ond sdim alibi gyda chi drwy'r nos felly? A gyda'r affêr, ma gyda chi reswm i ladd eich gwraig hefyd. Allwch chi weld bod pethe'n edrych yn ddrwg, Mr Goldsmith.'

'Ond wedes i – o'dd 'da fi ddim syniad am yr affêr tan bore 'ma! A fydden i byth yn meddwl am frifo Bet! Allen i ddim!'

Dwi'n oedi am dipyn, yn gadael i Osian Goldsmith ddeall y sefyllfa.

'Iawn,' atebaf o'r diwedd. 'Os felly, fyddech chi'n gwrthwynebu petaen ni'n archwilio'r tŷ? Fe allen ni gael gwarant, ond fe fyddai'n haws, ac yn arbed amser, petaech chi'n rhoi caniatâd i ni.'

Dydy Osian Goldsmith ddim yn oedi am eiliad cyn ateb.

'Ie, iawn – chwiliwch chi faint mynnwch chi, newch beth sy angen. Ond chi'n gwastraffu'ch amser. Ma'r llofrudd go iawn mas yna rywle, â'i draed yn rhydd. Os yw'r Greg Owen yma dramor, fel wedoch chi, yna ma 'na rywun arall – ma'n rhaid i chi ei ddal e, er mwyn Bet!'

'Diolch, Mr Goldsmith. Fe wnewn ni ddod â'r gwaith papur i chi gael ei arwyddo. A gaf i eich sicrhau hefyd ein bod ni'n neud popeth i ddod o hyd i lofrudd eich gwraig. Ditectif Morgan-Jones yn dod â'r cyfweliad i ben am 4:16.'

Dwi'n diffodd y peiriant recordio, tynnu'r casetiau ac yn sefyll yn barod i adael. Mae Taliesin yn aros yn ei sedd, yn syllu'n ddwys ar Osian Goldsmith, sydd â'i ben yn ôl yn ei ddwylo. Dwi'n synnu i weld bod gwefusau Taliesin yn symud heb ei fod yn gwneud unrhyw sŵn, fel petai'n mwmian yn dawel wrtho'i hun.

'Ditectif MacLeavy? Mae gennym ni waith i'w neud,' meddaf, gan obeithio torri'r swyn. Mae Taliesin yn codi'n araf, heb dynnu ei lygaid oddi ar Osian Goldsmith ac yna'n troi ar ei sawdl ac yn cerdded allan o'r ystafell.

Taliesin

Cyn gynted ag y mae MJ'n cau drws yr ystafell gyfweld dwi'n troi i'w wynebu, yn awyddus i gyfrannu mwy na theorïau nofel dditectif i'r achos.

'Wna i fynd i archwilio'r tŷ.'

Mae golwg amheus yn croesi wyneb MJ, ac mae'n oedi cyn ateb.

'Na – aros di fan hyn. Wy eisie i ti edrych i mewn i hanes Gregory Owen. Siarada gyda fe ar y ffôn i gael ei ochr e o'r stori, a chysyllta â Rheolwyr y Ffiniau i neud yn siŵr ei fod e wedi gadael y wlad a heb ddod 'nôl yn y cyfamser.'

'Ond...' dwi'n cychwyn.

'Ond dim byd,' mae MJ'n torri ar fy nhraws. 'Ma angen i ni fynd trwy bob manylyn â chrib fân, ti'n gwbod hynny'n iawn. Wna i hel cwpwl o fois iwnifform i ddod gyda fi i chwilio'r tŷ.'

Mae MJ'n estyn cerdyn busnes Gregory Owen a gafodd gan Shelley Chappell o'i boced a'i basio i mi.

'Wela i ti 'nôl fan hyn mewn cwpwl o orie. Ffonia fi os oes unrhyw beth pwysig yn codi,' meddai a cherdded trwy ddrws agored y swyddfa. Eiliadau wedyn mae'n ailymddangos â'i gôt yn ei law, ac yn diflannu i lawr y coridor heb air pellach.

MJ

Dwi'n gwybod ei fod yn golled peidio â chael Taliesin yn archwilio tŷ'r Goldsmiths. O beth dwi wedi ei weld cyn belled does yna neb â gwell llygad am fanylion, ond mae yna rywbeth am ei agwedd ers gadael y marwdy yn Llanelli – y pendantrwydd sydyn fod Osian Goldsmith yn euog – sy'n fy ngwneud i'n amheus. Mae'n amlwg wedi synhwyro neu ddadansoddi rhyw ddarn o wybodaeth i roi'r sicrwydd hwn iddo, a dydy e ddim am ei rannu. Ond mae'r llinell fain rhwng profi'r gwirionedd a phrofi eich amheuon yn un hawdd i'w chroesi heb sylwi, yn enwedig pan fo'r amheuon hynny mor bendant ac mewn dwylo dibrofiad. Mae'n well aberthu llygad fanwl am lygad agored ar amser fel hyn, felly, gyda gair â sarjant y bois mewn iwnifform er mwyn cael benthyca dau ohonynt am weddill y prynhawn, a gair arall i sicrhau fod y gwaith papur yn cael ei baratoi i ga'l caniatâd Osian Goldsmith i chwilio ei dŷ, camaf allan i'r maes parcio, at y car ac i gyfeiriad Capel Bangor.

Taliesin

Fedra i ddim dioddef swyddfeydd agored, hen lefydd swnllyd a blêr. Mae yna sgwrs ddibwys arall yn cael ei chynnal ar y ddesg gyferbyn ynglŷn â gêm Cymru nos fory. Mae'n mynd yn amhosib osgoi'r peth – dynion yn eu hoed a'u hamser yn trin a thrafod chwaraewyr fel petaen nhw'n eu hadnabod nhw'n bersonol a lleisio'u barn ddibwys ar sut i chwarae ar y cae. Teimlaf fel codi a dweud wrthyn nhw am fod yn dawel, am fynd 'nôl at ei gwaith a stopio ymddwyn fel plant bach.

Ond dydw i ddim, wrth gwrs.

Yn lle hynny, eisteddaf yn fy nghadair, gyda cherdyn busnes Gregory Owen ar y ddesg o fy mlaen. Mae'r siom a'r anniddigrwydd o gael fy ngadael gyda syrffed gwaith papur, tra bod MJ'n mynd â rhywrai eraill – iwnifforms! – yn fy lle, yn llosgi tu mewn i mi. Os ydy ei farn ohona i fel ditectif mor isel, efallai mai gadael a dilyn gyrfa arall fyddai'r opsiwn gorau wedi'r cwbl.

Dwi'n araf sylweddoli bod y sgwrs gyferbyn wedi darfod a bod y swyddfa mor dawel ag y mae disgwyl iddi fod. Gan geisio gosod y dyfodol o'r neilltu, codaf y ffôn a deialu'r rhif symudol ar y cerdyn. Mae'n canu'n undonog, yn wahanol i'r 'bring-bring' Prydeinig cyfarwydd. Dwi'n tybio 'mod i ar y caniad olaf cyn y peiriant ateb pan glywaf lais ar ben draw'r lein.

'Gregory Owen.'

Acen canolbarth Lloegr a dim cyfarchiad, ffordd hunanbwysig o ateb y ffôn.

'Helô, Mr Owen. Ditectif MacLeavy sydd yma, o Heddlu Dyfed-Powys.'

'Who?'

'Ditectif MacLeavy, Mr Owen. Heddlu Dyfed-Powys.'

'Oh, OK – hold on a sec...'

Clywaf fwmian yn y cefndir, sŵn traed ar lawr caled a drws yn cau, cyn i'r llais ddychwelyd eto.

'Hi, Detective... MacLeavy? *Sorry about that* – sut alla i eich helpu chi?'

Medra i glywed bod gafael Gregory Owen ar y Gymraeg yn symol, ond mae'r hyder yn ei lais yn awgrymu dyn sy'n ystyried ei hun yn feistr ar sefyllfa.

'Ffonio oeddwn i ynglŷn ag achos sydd dan sylw ar hyn o bryd. Llofruddiaeth, mae arna i ofn.'

Does dim saib cyn daw'r ateb.

'*Yes, yes*, trist iawn – Bet, ynde? Wnes i ddarllen ar yr *web. How can I help?*'

Yn amlwg roedd Gregory Owen yn disgwyl yr alwad, sy'n esbonio pam ei fod wedi mynd i chwilio am le tawel, y tu hwnt i glyw ei deulu.

'Dwi'n deall eich bod chi'n adnabod Mrs Goldsmith, Mr Owen?'

Mae yna saib ar ben arall y lein. Yn amlwg mae'n ystyried faint o wybodaeth i'w gynnig.

'Ydw – oeddwn. Rydyn ni'n gweithio yn yr un *building, you see.*'

'Ac ai dyna hyd a lled eich perthynas, Mr Owen? Rhannu adeilad?'

Daw ochenaid ar y lein.

'*Look*, chi'n amlwg yn gwybod. Oedd, mi oedd gyda ni – perthynas, ie? – mwy na hynny. Roedd Bet eisiau tipyn bach o hwyl, ac roeddwn i'n hapus i helpu. Dyna oedd e – tipyn bach o hwyl. *These things just happen*, ie?'

Mae'r dôn yn ei lais yn un frawdol, yn y gobaith y bydda i'n uniaethu a chytuno. Bron y medra i weld y chwinc ben arall y lein.

'Dwi'n siŵr, Mr Owen. Ond yn anffodus mae Mrs Goldsmith wedi marw trwy law rhywun, *and these things don't just happen*. Felly beth yn union oedd natur eich perthynas chi?'

Gyda'r dacteg gyfeillgar wreiddiol wedi methu, daw nodyn o ddicter i'w lais.

'Now you look here...'

'Na, Mr Owen, edrychwch chi,' dwi'n torri ar ei draws yn ddiamynedd, fy hwyliau drwg yn codi i'r wyneb. 'Does gen i ddim barn ar ba berthnasau rydych chi'n eu cynnal, na chyda phwy. Ond mae Bct Goldsmith wedi cael ei llofruddio a 'ngwaith i ydy canfod sut a pham. Ac os ydw i angen gwybod beth yw natur eich perthynas chi, yna rydych chi'n mynd i ddweud wrtha i.'

Mae Gregory Owen yn ochneidio ar ben arall y lein.

'Yes, OK, OK,' mae'n ateb mewn llais tawel. *'OK, fine*. Fel dwedes i, tipyn o hwyl oedd e. I ddweud y gwir roeddwn i'n meddwl gorffen y peth ar ôl dod 'nôl o'r gwyliau – rhy *risky*. Os byddai fy ngwraig i'n dod i wybod...'

'Felly beth oedd eich trefniant chi?'

'Sorry – trefniant?'

'Ie – pa *arrangements* oedd gyda chi?' egluraf.

'Wel, unrhyw beth *really*. Ambell waith roedden ni'n cwrdd yn y swyddfa, ambell waith mewn gwesty. Byth dros nos, *just a few hours*.'

'Am ba mor hir mae hyn wedi bod yn mynd ymlaen?'

'Oh – tua dau fis? Dim lot mwy.'

'Ac rydych chi'n dweud eich bod chi ar fin gorffen y berthynas... oedd Mrs Goldsmith yn fwy o ddifri am ddyfodol gyda chi, chi'n meddwl?'

'Oh God, no. Na, fel dwedes i, hwyl oedd y cyfan. O beth

ydw i'n clywed mae gŵr Bet – Osian, dwi'n meddwl? – yn *alky* ac yn *waster*, ond mi roedd hi'n ei garu fe. *Don't ask me why.'*

Wrth glywed y gair 'alky', yn llygad fy meddwl gwelaf y pentwr o boteli gwin gwag yn fy fflat. Mi fyddai gwydraid o win yn braf nawr...

'Helô? *Detective?'*

Dwi'n clirio fy ngwddf.

'A phryd oedd y tro diwetha i chi gwrdd â Mrs Goldsmith, Mr Owen?'

'*Oh, let me think...* Tua wythnos 'nôl? Wnes i adael ar wyliau dydd Gwener, so tua dydd Mercher *maybe? Look*, dwi ddim eisiau dweud wrthoch chi sut i wneud eich job, ond os yw'r Osian yma mor *dodgy* â mae'n nhw'n dweud, falle dylech chi fod yn siarad gyda fe... *A bad egg, if you see what I'm saying.'*

'Ym mha ffordd yn union, Mr Owen?' gofynnaf, gan obeithio bod Bet wedi rhannu cyfrinach neu bryderon â'i chariad cyn ei marwolaeth. 'Ydych chi'n gyfarwydd â Mr Goldsmith?'

'Na – *hardly*! Ond mi wnes i glywed...' mae ei lais yn gostwng eto, '... bod ganddo fe *criminal record*!'

Mae yna nodyn o falchder yn ei lais wrth ddatgelu'r gyfrinach.

'Am yfed a gyrru, chi'n meddwl?' gofynnaf yn siomedig.

'Wel, ie.' Mae yna siom tebyg i'w glywed yn y llais ar ben arall y lein. 'Ond *still – criminal record*, ie?'

'Ie, debyg. Ond fedrwch chi feddwl am unrhyw beth arall allai fod yn berthnasol i'r achos, Mr Owen? Oedd Mrs Goldsmith yn poeni am unrhyw beth, er enghraifft?'

'Na, *not at all*. Doedden ni ddim yn siarad llawer chi'n gweld, mwy jyst yn cael...'

'Ie, dwi'n deall, Mr Owen,' torraf ar ei draws.

'...*sex.*' Mae'n gorffen y frawddeg beth bynnag.

'Iawn. Wel, mae'n ymchwiliadau ni yn mynd yn eu blaen, Mr Owen, diolch,' atebaf yn lletchwith braidd. 'Os ydych chi'n cofio unrhyw beth arall, allwch chi gysylltu â ni yn yr orsaf. Pryd fyddwch chi 'nôl yn y wlad hon, rhag ofn ein bod ni angen siarad â chi eto?'

'Wythnos nesa, *Tuesday*. Ond gwrandwch, does dim angen i 'ngwraig i glywed am hyn, nag oes?'

Mae'r hyder wedi diflannu nawr a'r pryder am ei groen ei hun yn amlwg yn ei lais.

'Dim fy mhenderfyniad i fydd hynny, Mr Owen. Mi fyddwn ni mewn cysylltiad eto os oes angen mwy o wybodaeth arnon ni. Diolch am eich help.'

Cyn iddo brotestio ymhellach, dwi'n gorffen yr alwad. Ar ôl cymryd eiliad neu ddwy i fwmian beth dwi'n ei feddwl o Gregory Owen i mi fy hun, codaf y ffôn eto a galw rhif Rheolwyr y Ffiniau. Wedi cael fy mhasio 'nôl ac ymlaen rhwng sawl adran, o'r diwedd dwi'n cyrraedd y person cywir, yn rhoi fy manylion ac yn esbonio'r hyn dwi ei angen. Mae hwnnw'n gofyn i mi aros ar y ffôn â chyfeiliant Vivaldi yn chwarae yn y cefndir. O'r diwedd daw'r ateb roeddwn i'n ei ddisgwyl yn ôl.

'Felly i gadarnhau,' atebaf, 'mi adawodd Gregory Owen Brydain o faes awyr Birmingham fore Gwener diwetha, a dydy e ddim wedi dod 'nôl ers hynny?'

Mae'r llais ar y pen arall yn cadarnhau bod yr wybodaeth honno'n gywir a dwi'n diolch, cyn rhoi'r ffôn 'nôl yn ei grud. Er gwaethaf cyhuddiadau Osian Goldsmith, mae'n annhebygol taw Gregory Owen yw'r llofrudd felly. Heb fwy i'w wneud am y tro, dwi'n troi a syllu trwy ddrws y swyddfa ar yr ystafell lle buon ni'n cyfweld Osian Goldsmith ac yn aros i MJ ddychwelyd.

MJ

Yn rhif 10, Bryn-glas, Capel Bangor, yn y cwpwrdd dan grisiau, mewn bag cynfas, mae yna gyllell.

Y gyllell, efallai.

Ychydig yn fwy na thair modfedd o hyd, gyda llafn llydan, yn union fel y dywedodd adroddiad y patholegydd. Mae ôl defnydd arni, y carn rwber wedi treulio mewn mannau ac er ei bod yn weddol lân mae yna ôl rhywbeth tywyll wedi cronni lle mae'r rwber yn cwrdd â'r llafn. Rhywbeth tywyll fel gwaed.

Dwi'n sefyll yn stond am dipyn. Mae'r gyllell yn swatio mewn bag sy'n dal deunydd pysgota: bachau sbâr, ril o lein bysgota ac amryw o duniau bach metel, fel yr hen duniau tybaco.

Ar ôl cyrraedd y tŷ a threfnu bod dau iwnifform yn chwilio llawr yr un ac yn riportio unrhyw beth amheus ar unwaith, es i'n syth at y ceir tu allan. Roedd un allwedd car ar y set allweddi a gesglais oddi wrth Osian Goldsmith cyn gadael yr orsaf. Fflachiodd goleuadau'r SmartCar wrth i mi wasgu'r botwm ar yr allwedd. Roedd rhesymeg Taliesin yn gywir felly, hwn oedd car Osian Goldsmith. Edrychais yn bwyllog trwy'r bag cynfas ar sedd gefn y car. *Hipflask* gwag ac iddo arogl wisgi wrth i mi ei agor, a bocs bwyd yn cynnwys dwy hen frechdan yn llwydo. Dim o ddiddordeb. Teimlais trwy bocedi'r dillad tywydd gwlyb a oedd yn gorwedd nesaf at y bag a dod o hyd i ddim byd amgenach na hen hances bapur. Cymerais fy amser i chwilio trwy weddill y car, gan godi'r carped yn y gist a mynd trwy gynnwys y *glovebox* yn fanwl, ond eto ddaeth dim o ddiddordeb i'r golwg.

Gan gamu yn ôl am funud, ystyriais ble fyddai'r lle mwyaf tebygol i gadw offer pysgota. Roedd sawl gwialen yn pwyso yn erbyn wal gefn y garej, ond hyd yn oed i rywun fel fi, sydd erioed wedi bod yn pysgota, roedd yn amlwg fod yn rhaid bod mwy o offer yn cuddio yn rhywle.

Sylwais ar y cwpwrdd dan y grisiau am y tro cyntaf wrth gerdded 'nôl drwy'r tŷ, ac yno dwi'n sefyll nawr, yn edrych ar y peth fydd, o bosib, yn dod â'r achos cyfan i ben. Galwaf yr iwnifform agosaf i'r cyntedd yn dyst a chodaf y gyllell, ei rhoi mewn bag tystiolaeth a'i selio.

'Cariwch chi 'mlaen fan hyn,' meddaf. 'A byddwch yn ofalus. Fe af i â hwn yn syth i'r lab, a galw'r tîm fforensig draw 'ma. Fydd rhaid iddyn nhw fynd trwy'r lle â chrib fân.'

Brysiaf allan i'r car a dwi wedi cychwyn am Aberystwyth cyn i mi orffen tynnu'r gwregys diogelwch amdana i.

Taliesin

Dwi'n eistedd yn ddiflas wrth fy nesg, yn ystyried mynd adre. Ers siarad â Gregory Owen, a chadarnhau ei symudiadau, llenwais yr amser yn cysylltu â chwmnïau cardiau credyd yn y gobaith o gael rhyw wybodaeth ynglŷn â phwy sydd wedi prynu cyllyll yn ddiweddar, ond hanner addewid am gael yr wybodaeth erbyn bore fory oedd y gorau fedrwn i gael.

Wrth eistedd yn segur wrth fy nesg, penderfynais beidio ag oedi ymhellach. Estynnais ddarn o bapur a dechrau ysgrifennu llythyr ymddiswyddo. Mae'n rhy fuan efallai, ond y gwir yw bod Taid a Nhad wedi gweld nad oedd gen i feddylfryd plismon ers y cychwyn. Roeddwn i'n ddigon hy i feddwl y byddwn i'n gallu eu profi nhw'n anghywir, ond mae'n amlwg fod MJ'n teimlo'r un peth, felly dyma'r ateb gorau i bawb. Wedi ysgrifennu nodyn byr, syml, rhoddais y papur mewn amlen a'i selio. Wnai gadw gafael arno tan i ni arestio'r llofrudd – dwi ddim am achosi trafferth cyn hynny.

Does dim golwg na sôn am MJ, ac mae 'nghalon yn codi ac yn disgyn ar yr un pryd wrth i mi ystyried galw heibio'r siop ar y ffordd adre, er mwyn eistedd ar y soffa â photel neu ddwy o win.

Yr eiliad honno, mae MJ'n dod trwy'r drws ar frys ac yn anelu'n syth at fy nesg.

'Ry'n ni wedi dod o hyd i gyllell, union yr un fath ag oedd yn yr adroddiad fforensig. Ma'n edrych fel petai ôl gwaed arni. Wy wedi mynd â hi'n syth i'r lab, a neud yn siŵr taw dyna sy'n cael y flaenoriaeth. Dere, gewn ni air arall ag Osian Goldsmith nawr, i weld beth sy 'da fe i ddweud.'

O fewn pum munud rydyn ni 'nôl yn yr ystafell gyfweld â dyn llawer mwy bywiog na chynt o'n blaenau. Mae MJ yn ei siarsio i beidio â siarad cyn iddo lwytho casetiau newydd i'r peiriant a chychwyn y cyfweliad yn swyddogol.

'Yr amser yw 6.31 ar brynhawn y 30ain o Fehefin, 2016 – estyniad o gyfweliad cynharach gydag Osian Goldsmith. Yn bresennol mae Ditectif Ben Morgan-Jones…'

'A Ditectif Taliesin MacLeavy.'

'Hefyd yn bresennol mae…'

'Osian Goldsmith,' mae'n ateb yn frysiog y tro hwn. '10, Bryn-glas, Capel Bangor. Drychwch, beth sy'n mynd 'mlaen? Fi 'di bod yn meddwl – ma'n rhaid taw'r Gregory Owen yma sy 'di neud hyn i Bet, 'na'r unig beth sy'n neud sens. Wy eisie i chi ei arestio fe.'

'Mr Goldsmith,' dwi'n cychwyn, gan syllu i'w lygaid unwaith eto. 'Dwi wedi siarad â Mr Owen ac wedi cadarnhau iddo fod allan o'r wlad am yr wythnos ddiwetha. Alle fe ddim fod wedi llofruddio'ch gwraig chi.'

Mae'n syllu arna i'n gegrwth, ond yn ailystyried yn gyflym.

'Ond… OK, wel ma'n rhaid ei fod e wedi ca'l rhywun arall i neud e, 'te. Ma'n rhaid ei fod e. *Hitman* neu rywun – chi'n darllen am bethe fel'na yn y papur trwy'r amser…'

Dwi'n torri ar ei draws yn ddiamynedd.

'Ond pam, Mr Goldsmith? Does dim rheswm pam, o beth welwn ni, y byddai Mr Owen eisiau lladd eich gwraig, heb sôn am dalu rhywun i wneud hynny.'

'Wel ma'n amlwg – ma'n rhaid fod Bet wedi dweud wrtho fe…'

MJ sy'n torri ar ei draws nawr.

'Mr Goldsmith, dim dyna pam ry'n ni'n eich cyfweld chi

eto. Fel y gwyddoch chi, ry'n ni – gyda'ch caniatâd – wedi bod yn chwilio eich tŷ chi ers y cyfweliad diwetha.'

'Do, do, fi'n gwbod. Ond dy'ch chi heb ddod o hyd i unrhyw beth felly...'

'Dyw hynny ddim yn wir, Mr Goldsmith. Beth allwch chi ddweud wrthon ni am y gyllell chi'n cadw yn y cwpwrdd dan y grisie?'

Mae ei lygaid led y pen erbyn hyn.

'E? Pa gyllell? Pa nonsens yw hyn? Beth ffwc chi'n trio...'

'Cyllell gyda llafn tair modfedd, a charn rwber? Mewn bag, yn y cwpwrdd dan y staer.'

Mae Osian Goldsmith yn dawel am funud, yn edrych 'nôl ac ymlaen rhwng y ddau ohonon ni. Ac yna, er syndod i mi, mae'n dechrau chwerthin, gan guddio ei wyneb yn ei ddwylo.

'Fy nghyllell bysgota i, chi'n meddwl?'

'Mae ôl rhywbeth sy'n edrych yn debyg iawn i waed arni.'

'Wel ffyc mi, o's, wrth gwrs bod e! Cyllell bysgota yw hi, 'na beth fydda i'n 'i defnyddio i dynnu perfedd pysgod!'

'Wel fe gawn ni weld am hynny. Ma'r gyllell yn cael ei harchwilio yn y lab nawr.'

Ond mae yna nodyn ansicr wedi dod i lais MJ – mae ymateb Osian Goldsmith wedi ei daflu oddi ar ei echel. Rhaid i mi gyfaddef, doeddwn i ddim yn deall pam y byddai mor barod i roi caniatâd i ni chwilio'r tŷ gan wybod y bydden ni'n dod o hyd i'r gyllell mor hawdd, ond dwi'n ceisio gwthio'r syniad o'r neilltu am y tro.

'Iawn, newch chi hynny, chi fydd yn edrych fel ffylied. Ond tra bo chi'n gwastraffu amser fan hyn ma rhywun yn cerdded o gwmpas yn rhydd â gwaed fy ngwraig i ar ei ddwylo – ac os nage Gregory Owen yw e, yna Duw a ŵyr pwy. Ond weda i nawr...' ac ar hynny mae'n codi ei lais, ac yn gweiddi, 'DIM FI NATH.'

Rhaid bod MJ wedi penderfynu nad oes pwrpas parhau â'r cyfweliad ymhellach, felly mae'n cloi'r cwbl yn ffurfiol ar gyfer y tâp ac mae'r ddau ohonon ni'n gadael yr ystafell.

MJ

Tan fod y canlyniadau'n cyrraedd 'nôl o'r lab does dim llawer mwy i'w wneud heddiw. Dwi'n penderfynu galw yn swyddfa Saunders i rannu'r newyddion diweddaraf, gan hanner obeithio ei bod wedi gadael i fynd adre yn barod. Yn anffodus clywaf ei llais yn fy ngalw i mewn yn syth ar ôl i mi gnocio ar ei drws.

Mae'r ystafell yn dywyll, y bleinds ar y ffenest wedi eu tynnu a'r unig olau yn dod o un lamp fechan ar y ddesg, wedi ei gorchuddio â thrwch o waith papur mewn pentyrrau taclus. Mae Saunders yn tynnu ei sbectol i syllu arna i. Mae'n edrych yn fach yn eistedd tu ôl i'r ddesg fawr, ond mae ganddi'r gallu i wneud i ddynion dwywaith ei maint deimlo'n nerfus, hyd yn oed y rhai sy'n dod â newyddion da.

'Ie, MJ?' gofynna, cyn i mi groesi'r trothwy hyd yn oed.

'Osian Goldsmith, ma'am. Ry'n ni wedi ei gyfweld, ac yn creu achos yn ei erbyn.'

Dwi'n mynd ymlaen i esbonio am y gyllell, y berthynas rhwng Bet Goldsmith a Gregory Owen a'r diffyg alibi.

'*Means, motive, and opportunity*, 'te. Ma'n swnio fel taw fe yw'n boi ni. Pryd wyt ti am ei arestio fe am y llofruddiaeth?'

Dwi'n penderfynu yn erbyn lleisio'r amheuon lletchwith sydd gen i, ac yn eu gwthio i un ochr. Wedi'r cwbl, mae Taliesin a Saunders mor siŵr taw Osian Goldsmith sy'n gyfrifol – efallai taw fi sy'n codi bwganod yn ddiangen?

'Pan ddaw'r canlyniadau 'nôl o'r lab – os y'n nhw'n cadarnhau taw gwaed Bet Goldsmith sy ar y gyllell – yna fydd achos cadarn gyda ni. Dwi wedi dweud wrthyn nhw ein bod ni angen y canlyniadau ar frys.'

'OK. Gwaith da, MJ. Unrhyw beth arall?... Na? Ffyc off, 'te, a ca'r drws ar y ffordd allan.'

'Gwaith da' ydy'r clod uchaf gei di, meddyliaf wrth adael y swyddfa a thynnu'r drws tu ôl i mi. Dwi'n troi ac yn dod wyneb yn wyneb â Taliesin, gan neidio 'nôl mewn syndod.

'Ydyn ni am ei arestio am y llofruddiaeth, 'te?' mae'n gofyn yn syth.

'Wy newydd fod yn siarad â Saunders, ry'n ni am aros am ganlyniadau'r profion ar y gyllell gynta – fe wnewn ni ei arestio fe wedi 'ny. Paid â phoeni,' ychwanegaf yn gyflym wrth weld Taliesin yn ffurfio ymateb. 'Dyw e ddim yn mynd i unman. Nawr, ma hi'n mynd yn hwyr, a chawn ni ddim byd 'nôl o'r lab heno, felly ma'n amser mynd adre. I ti hefyd. Wela i ti yn y bore.'

Mae ei ysgwyddau'n disgyn yn siomedig, ac wrth iddo droi i adael dwi'n ei weld yn gwthio amlen sy'n ei law yn ôl i'w boced. Yna mae'n hel ei gôt ac yn mynd sha thre.

Taliesin

Mae'n dywyll tu allan. Dwi'n weddol siŵr 'mod i yn y fflat. Mae 'mhen i'n curo, a 'nhafod i'n teimlo fel papur tywod yn fy ngheg. Am eiliad fedra i ddim deall beth sy'n digwydd, ac yna dwi'n sylweddoli 'mod i wedi bod yn cysgu a bod rhywbeth wedi fy nihuno. Mae sgrin y teledu'n goleuo rhywfaint ar yr ystafell – dwi wedi cwympo i gysgu ar y soffa. Yna mae sŵn aflafar y ffôn symudol – yr un sŵn a'm deffrôdd eiliadau ynghynt – yn llenwi'r ystafell eto. Dwi'n ei dynnu o 'mhoced gyda'r bwriad o'i ddiffodd a mynd i'r gwely, ond yna dwi'n gweld enw pwy sy ar y sgrin – Ditectif Ben Morgan-Jones. Dwi'n ei ateb a'i ddal i'm clust gan geisio dweud helô, ond mae 'ngheg i'n grimp ac mae'r sŵn yn dod allan yn annealladwy.

'Taliesin? Wyt ti 'na?' clywaf lais MJ, yn swnio fel ei fod yn brysio o un lle i'r llall. 'Helô?'

'Ydw, ydw,' llwyddaf i ddweud o'r diwedd. 'Ydw, dwi yma. Faint o'r gloch ydy hi?'

'Tua hanner awr wedi tri. Gwranda, beth yw dy gyfeiriad di? Bydda i draw i dy gasglu di mewn deng munud.'

Mae gwin neithiwr yn cymylu fy meddwl blinedig. Dydy hyn ddim yn gwneud unrhyw synnwyr.

'Fy nghasglu i? Pam?'

'Ma 'na gorff arall. Fel yr un diwetha. Ma fe wedi lladd eto. Yn Aberystwyth y tro 'ma.'

Eisteddaf i fyny'n sydyn, fy mhen yn sgrechian oherwydd y symudiad annisgwyl. Dwi'n taro hanner gwydraid o win dros y llawr ac mae'r pwll coch tywyll yn ehangu'n gyflym i ganol yr ystafell.

MJ

Fe all gyrru trwy Aberystwyth yng nghanol nos fod yn brofiad pleserus dros ben – y strydoedd tywyll yn llonydd a'r car yn symud yn hawdd trwy'r system unffordd sy'n tagu ar adegau mwy prysur y dydd. Am gyfnod wedi i Lucy adael, fe fyddwn i'n treulio oriau'n gyrru yn y tywyllwch. Roedd yn well opsiwn na gorwedd yn y gwely yn syllu ar y nenfwd, yn methu cysgu. Ambell noswaith fyddwn i'n aros yn y dref, yn gyrru'n araf i lawr ar hyd y prom, yn syllu allan ar dywyllwch y môr, neu ar adfeilion y castell wedi eu goleuo'n ddramatig, cyn gwneud cylch o gwmpas y dref a gyrru ar hyd y prom eto. Droeon eraill fyddwn i'n anelu am gefn gwlad, a gyrru am awr neu fwy, cyn troi'r car a gyrru 'nôl, heb frys a heb bwrpas.

Ond dim felly mae hi heno, wrth i mi roi 'nhroed i lawr ar y ffordd i fflat Taliesin, mae hanes Lo Scultore, y llofrudd o'r Eidal, yn atsain yn uwch fyth trwy fy meddwl. Chwe merch yn farw cyn iddyn nhw ei ddal. Chwech. Roedd y rhif yn teimlo'n afreal o fawr y diwrnod cynt, ond rydyn ni draean o'r ffordd yna erbyn hyn.

Gwibiaf i lawr Rhodfa'r Gogledd, cyn troi'n galed wrth hen dafarn y Cŵps – cyrchfan cenedlaethau o fyfyrwyr, ei ffenestri yn dywyll fel y fagddu erbyn hyn. Ymhen dim, dwi'n cyrraedd y cyfeiriad wnaeth Taliesin ei rannu dros y ffôn. Does dim sôn amdano'n aros tu allan, felly dwi'n codi'r ffôn yn ddiamynedd, ond ar y caniad cyntaf gwelaf ddrws yr adeilad yn agor, gan greu triongl o olau ar y palmant tywyll tu allan. Mae Taliesin yn camu mas a'r golau'n lleihau, yna'n diflannu'n llwyr, wrth iddo gau'r drws tu ôl iddo. Mae'n dringo i'r car heb ddweud gair, yn dal potel blastig o ddŵr pefriog yn ei law. Hyd yn oed yn y golau gwan hwn, mae'n edrych yn ddiawledig. Mae ei wallt byr yn flêr yn y cefn a'i dei yn llac am ei wddf. Dwi eisiau gofyn a ydy e'n teimlo'n iawn, ond yn amau os byddwn i'n cael ateb call yn ôl, felly dwi'n troi trwyn y car yn gyflym ac yn gyrru'n gyflym 'nôl i lawr y stryd.

'Ma'r corff i lawr ar draeth Tan-y-bwlch,' meddaf yn lle hynny. 'Y tîm fforensig ar eu ffordd. Merch ifanc, yn ei hugeiniau neu dridegau cynnar. Dim cadarnhad pwy yw hi eto.'

Mae'r traeth rhyw filltir o ganol y dref; byddwn ni yna o fewn dim.

Mae Taliesin yn cymryd llymaid o'r dŵr cyn gofyn, yn betrusgar.

'Ydy hi...? Ydy ei hwyneb hi...?'

'Ydy, yn union fel Bet Goldsmith. Dyna pam wnaethon nhw fy ngalw i'n syth. Ond ma'n swnio fel petai ein boi ni wedi bod yn flêr y tro hwn – fe welodd rhywun y corff yn cael ei adael yna. Rhywun mas yn cerdded ei gi.'

'Pwy sy'n cerdded ei gi ar draeth Tan-y-bwlch yng nghanol nos?'

'Rhyw hen foi – *insomniac*, yn ôl y bois gafodd yr alwad gynta. Ma fe'n aml yn mynd â'i gi mas yng nghanol nos. Ond pur anaml ma fe'n gweld unrhyw un, felly wnaeth hyn ddal ei sylw.'

Mae Taliesin yn codi'r botel eto, ond yn siarad cyn tywallt y dŵr i'w geg.

'A beth wnaeth e weld?'

'Dyn yn tynnu rhywbeth o gefn car – car mawr, fel rhyw fath o *estate* – a'i gario i lawr i'r traeth, a'i adael e 'na.

Fly-tipping, dyna oedd y peth cynta i groesi meddwl yr hen foi, ond fe wnaeth e adael i'r car yrru i ffwrdd cyn mynd i edrych yn fanylach â thortsh. A dyna pan sylweddolodd e, a'n ffonio ni yn syth.'

'Welodd e'r dyn, neu'r car, yn iawn?'

'Naddo – oedd hi'n dywyll, a dyw ei lygaid e ddim cystal ag o'n nhw, yn ei eiriau e. Yr unig bethe allith e ddweud i sicrwydd yw taw dyn mewn car *estate* golau oedd 'na. Wnes i ofyn iddyn nhw gadw fe 'na, rhag ofn ein bod ni eisie ei holi ymhellach.'

Alla i weld Taliesin yn nodio ei ben yn ysgafn.

'Ti'n OK?' gofynnaf o'r diwedd.

'Ydych chi'n gwybod beth mae hyn yn ei feddwl?' mae'n ateb, gan osgoi fy nghwestiwn. 'Mae Osian Goldsmith yn y gell yn yr orsaf. Doedd e ddim ar gyfyl traeth Tan-y-bwlch heno. Dim fe yw'n llofrudd ni.'

Roeddwn i wedi sylweddoli hynny fy hun, yn fuan wedi cael yr alwad.

'Nage. Na, rhywun arall sy'n gyfrifol am hyn i gyd. A nawr does dim syniad 'da ni pwy.'

Dwi'n dawel am funud.

'Drych, Taliesin. Ma'n ddrwg 'da fi am fore ddoe, am golli 'nhymer. Dim 'da ti o'n i'n grac, a ddwedes i ambell i beth na ddylen i. O'dd lot o'r pethe nest ti ddweud yn neud sens. Ddylen i ddim fod wedi eu hanwybyddu nhw, ma hynny'n amlwg nawr. Ond ma angen i ni roi hynna tu ôl i ni, a gweithio gyda'n gilydd i ddal y boi 'ma. Wna i wrando arnot ti o nawr 'mlaen, os wnei di rannu popeth gyda fi yn hytrach na chadw pethe i ti dy hunan, oreit?'

Mae Taliesin yn edrych yn amheus.

'Ond y pethau dwi'n sylwi arnyn nhw... fyddai ditectifs fel Taid a Nhad ddim yn eu hystyried nhw'n bwysig iawn, mae'n nhw'n debycach i chwarae ar fod yn dditectif...'

Yn sydyn medra i ddeall y pwysau sydd ar ei ysgwyddau, y drydedd genhedlaeth i fynd i'r heddlu, yn cario enw'r teulu gyda fe o ddydd i ddydd. Anadlaf yn ddwfn.

'OK, gwranda, Taliesin, gad i fi fod yn onest. Roedd Morris MacLeavy, dy daid, yn dditectif da yn ei amser o beth wy'n glywed, ma hynna'n wir. Ond ma amser yn symud yn ei flaen. Falle bo ti ddim yn gwbod hyn, ond flynyddoedd yn ôl wnes i weithio gyda dy dad am dipyn, a barn pawb ar y pryd – gan gynnwys fi'n hunan – oedd ei fod e'n trio'n rhy galed i efelychu dy daid, ymddwyn yn yr un ffordd heb sylweddoli bod yr oes wedi newid. Dyna pam, yn y diwedd, y cafodd e'i hun yn styc tu ôl i ddesg, yn neud gwaith papur trwy'r dydd. Doedd neb eisie gweithio 'da fe. Doedd dy dad ddim yn dditectif da, Taliesin. Nawr ma'n ddrwg 'da fi os yw hynny'n dy ypsetio di, ond dweud 'thot ti er mwyn i ti beidio mynd yr un ffordd ydw i.'

Gyda hynny rydyn ni'n troi cornel ac yn gweld y ceir heddlu wedi'u parcio ar draws y lôn o'n blaenau, y golau glas yn dal i fflachio. Mae fan y tîm fforensig wedi parcio'n gyfagos, yr offer yn cael ei ddadlwytho a phabell wen yn cael ei chodi ar y traeth caregog, tywyll. Dwi'n parcio ar ochr y ffordd, ac erbyn i mi ddringo allan o'r car mae Taliesin yn cerdded yn bwrpasol i lawr yr hewl o'n blaenau, y botel ddŵr yn dynn yn ei law.

Taliesin

Roedd Taid a Nain yn gapelwyr mawr, ond am resymau gwahanol. Roedd Taid wrth ei fodd yn eistedd yn y sêt fawr gyda'r pwysigion eraill, yn ymfalchïo yn yr un awdurdod ag y câi gyda'i waith. *Fe* fyddai'n darllen y cyhoeddiadau o flaen pawb ar ddiwedd y gwasanaeth ac yn canu pob emyn mewn llais bas uchel, ei *Ganiedydd* led braich o'i flaen. Mi fyddai'n barod i gynnig cyngor diflewyn-ar-dafod i unrhyw un o'r praidd, pe gofynnid amdano neu beidio.

Roedd Nain, ar y llaw arall, yno am un rheswm yn unig – ei ffydd. Yn barod erioed i sefyll naill ochr a gadael i'w gŵr gymryd y sylw i gyd, fe fyddai Nain yn y capel, yn yr un sedd tua'r blaen bob dydd Sul, am ei bod hi eisiau bod yna ac nid am ei bod hi eisiau cael ei gweld. Ni fyddai Taid byth yn poeni agor clawr y Beibl o un dydd Sul i'r nesaf, ond byddai Nain yn pori trwyddo byth a hefyd, yn chwilio am gysur, ysbrydoliaeth neu gyngor ar sut i fyw ei bywyd. Roedd ganddi gopi, ac iddo glawr lledr du ac ôl defnydd arno, oedd yn byw ar y cwpwrdd bach wrth ei hochr hi o'r gwely, sbectol ddarllen ar ei ben bob tro. Yn y dyddiau ar ôl iddi farw, dwi'n cofio sylwi bod y llyfr wedi diflannu. Welais i byth mohono wedyn.

Un o hoff ddyfyniadau Nain oedd 2 Corinthiaid 4:6 os cofia i'n gywir, 'O'r tywyllwch daw golau'. Mi fyddai hi'n dweud hynny'n aml, petai'n gweld stori drist ar y newyddion neu'n clywed bod rhywun nes adre yn cael amser anodd. Dwi'n ei chofio hi'n ei ddweud wrth fy nhad, wedi ei ffrae fawr â

Gwion, yr holl flynyddoedd yna yn ôl. Doedd Taid ddim yno ar y pryd i ddweud wrthi am beidio â siarad nonsens, fel y byddai yn aml, ond o beth gofia i ddaeth dim goleuni o'r tywyllwch y tro hwnnw – wel, dim i Nhad beth bynnag.

O'r tywyllwch daw golau.

Nawr, â 'mhen yn curo a fy stumog yn cwyno wedi i MJ daflu'r car o gwmpas strydoedd tawel y dref, a finnau'n gafael yn fy mhotel ddŵr fel claf at foddion, daw'r geiriau yn sydyn i fy meddwl. Tybed, pe byddai'n olau dydd, heb y tywyllwch o'n cwmpas ni ymhobman yn amlygu fflachiadau'r golau glas ar do'r car heddlu, a fyddai 'nghydwybod wedi tynnu'r atgof o ddyfnderoedd fy nghof? Düwch mewnol, ysbrydol oedd y tywyllwch mae'r dyfyniad yn ei gyfeirio ato, ond ambell dro mae angen sbardun mwy gweledol i ddod â'r llai amlwg i'r wyneb.

Mewn un olygfa eang gwelaf y tîm fforensig yn gweithio'n ddiwyd i wneud y gorau o unrhyw dystiolaeth, yr holl blismyn yn cadw trefn, MJ nesaf ata i yn paratoi i gychwyn o'r cychwyn eto a'r blismones ifanc yn eistedd gyda dyn oedrannus wedi ei lapio mewn blanced, ei gi wrth ei draed. Neb ohonyn nhw wedi gofyn am gael bod yn rhan o hyn, ond pob un yn delio ag erchylltra'r sefyllfa yn ei ffordd ei hun ac yn dal ati. Wrth i mi ddringo o gar MJ, teimlaf i faich godi oddi ar fy ysgwyddau. O'r tywyllwch yma, dwi'n sylweddoli bod yn rhaid i mi estyn am y golau a dechrau chwarae fy rhan i eto.

Dwi'n agosáu at y car heddlu, lle mae'r hen ddyn yn eistedd gyda'r blismones ifanc, ac yn cyflwyno fy hun. Mae ei ddwylo'n crynu, a sigarét yn araf losgi rhwng ei fysedd. Pwysaf i mewn trwy'r drws, mwytho ei gi a gofyn iddo ailadrodd y stori gyfan o'r cychwyn.

MJ

Dwi'n gadael y car ac yn anelu am y babell fforensig, y cerrig yn llithro ac yn crafu yn erbyn ei gilydd o dan draed wrth i mi groesi'r traeth. Dwi'n cyrraedd ac yn gweld Dr Patmore, ein patholegydd lleol, yn penlinio ar y llawr wrth draed y corff. Dyn sy'n hoff o'r bywyd bras yw Jon Patmore ac mae ei gorff yn ategu hynny. Yn ôl y sôn (ei sôn ef ei hun gan mwyaf) roedd yn eithaf athletwr yn fyfyriwr, gan arbenigo ar y ras bedwar can metr. Os yw'r straeon yn wir, yr oedd ar ymylon tîm Prydain cyn i anaf pen-glin ei orfodi i ganolbwyntio ar yrfa wahanol. Erbyn hyn mae'r cwrw a'r tecawês wedi chwyddo'i gorff ac mae'r oferôls gwyn, sy'n llac ar bawb arall, yn dynn amdano. Dwi'n rhyfeddu iddo lwyddo i fynd i lawr ar ei bengliniau ac yn dechrau meddwl os oes ganddo gynllun sut i godi ar ei draed eto. Mae'r ateb yn dod yn amlwg yn fuan.

'A, Ben! Ti yma – dere, helpa fi lan, wnei di?'

Rydyn ni wedi gweithio gyda'n gilydd ers blynyddoedd maith, a fe yw un o'r unig rai sy'n fy ngalw i'n Ben y dyddiau hyn. Dwi'n rhoi fy mraich dan ei gesail a, chyda thipyn o stryffaglu ar ran y ddau ohonon ni, yn ei dynnu 'nôl ar ei draed.

'Ti'm yn mynd yn ddim ysgafnach, Jon.'

'Twt. Ma bola'n gefen. A beth bynnag, dydy 'nghwsmeriaid i byth yn cwyno.'

Hiwmor tywyll yw hiwmor y patholegydd. Dwi'n troi at y mater dan sylwi.

'Beth fedri di ddweud wrtha i mor belled, Jon?'

'Wel, dwi ddim 'di bod yma lot hirach na ti, a ni'n dal i setio fyny, fel gweli di, ond o beth wela i does dim byd i awgrymu pwy ydy hi – dim waled, dim cardiau, dim ffôn. Dynes ifanc, tua thri deg, pum troedfedd a hanner. Wedi ei lladd rhwng tair a chwe awr yn ôl – gobeithio y galla i fod yn fwy manwl gywir wedi i mi wneud *post-mortem* iawn, ond nid fan hyn cafodd hi ei lladd. Sdim angen patholegydd arnat ti i ddweud sut y buodd hi farw – mae ei gwddf wedi ei dorri o'r naill ochr i'r llall, buodd e bron â thorri ei phen hi ffwrdd. Ac yna mae ei hwyneb hi – mewn yffach o stad, druan â hi. Dwi erioed 'di gweld unrhyw beth tebyg o'r blaen, mewn deng mlynedd ar hugain.'

'Ti'n lwcus. Weles i rwbeth tebyg bore ddoe.'

Mae Jon yn troi i edrych arna i ac ar yr union adeg mae rhywun yn troi'r swits a chynnau'r goleuadau pwerus yn y babell. Yn sydyn ac yn annisgwyl, mae'r corff oedd gynt yn amlinelliad tywyll i'w weld yn glir. Does dim amheuaeth taw'r un llofrudd sy'n gyfrifol – mae croen yr wyneb yn fwy gwelw yn y goleuadau cryf, gan wneud y patrwm cris-groes cyfarwydd yn fwy amlwg fyth, y gwaed yn wlyb o hyd mewn mannau a darn o'i boch yn hongian yn rhydd. Os ydy Jon yn sylwi arna i'n gwingo ac yn edrych i ffwrdd, dydy e ddim yn dangos.

'Y ddynes yna ddaethon nhw o hyd iddi'n Llanelli? Dyna ti 'di bod yn gweithio arno fe?' mae'n gofyn.

'Bet Goldsmith, ie. Yng Nghapel Bangor oedd hi'n byw. Ry'n ni wedi bod yn gweithio gyda Ditectif Harries o Lanelli ar yr achos.'

'Iwan Harries?'

Dwi'n ceisio peidio â gwgu.

'Ie – ti'n nabod e?'

'Ddim yn bersonol, ond wedi clywed amdano. A dwi heb

glywed unrhyw beth da. Eitha feddwl ohono'i hun o beth fi'n deall.'

'Ie, dyna'r boi.' Dwi yn gwgu y tro yma.

'Wel, beth bynnag. Doedd dim byd am hyn yn y newyddion – y marciau ar yr wyneb.'

'Na, ni'n llwyddo i'w gadw fe'n dawel am y tro.'

'Ie, wrth gwrs... dal mla'n. Helô, alla i'ch helpu chi?'

Mae golwg amheus ar Jon wrth gyfeirio'r geiriau olaf dros fy ysgwydd a dwi'n troi i weld Taliesin yn sefyll yna, yn craffu ar y corff.

'Jon, dyma Ditectif Taliesin MacLeavy, ni'n gweithio gyda'n gilydd ar yr achosion hyn. Taliesin, dyma Dr Jon Patmore, ein patholegydd ni.'

'O, iawn – sori, Taliesin boi, fyset ti'n synnu faint o *weirdos* sy'n ffeindio'u fforrd mewn er mwyn cael gweld cyrff marw,' meddai'r patholegydd, a'i dôn yn gyfeillgar unwaith eto.

Mae Taliesin yn edrych ar Jon, ac mae'n amlwg ei fod yn synnu y byddai'n croesi meddwl unrhyw un i wneud y fath beth.

'Iawn, 'te, bois, mae gwaith 'da fi i'w wneud, a chithe hefyd. Pob lwc i chi.' A chyda hynny mae'r patholegydd yn plygu 'nôl i lawr yn ofalus, yna'n disgyn y modfeddi diwethaf ac yn glanio'n drwm ar ei benliniau, gan regi.

Dwi'n troi i wynebu Taliesin. Yn y golau cryf mae'n edrych yn uffernol, hyd yn oed o ystyried ei fod wedi cael ei godi o'i wely ar frys yn yr oriau mân, ond mae yna olwg bwrpasol yn ei lygaid.

'Gest ti unrhyw beth wrth yr hen foi?'

'Dim llawer. Fel ddwedoch chi, mi oedd hi'n dywyll a dyw ei olwg e ddim cystal ag y gallai fod. Ond mi oedd e'n siŵr o un peth – cario'r corff wnaeth y dyn welodd e, a'i adael ar y traeth.'

'Ie, wel, ddwedodd Jon taw dim fan hyn gafodd hi ei lladd,

felly bydde hynny'n neud sens.' Dwi ddim yn deall yn union beth oedd pwynt Taliesin.

'Wel, ie, ond cofiwch, mi aeth yr un person i drafferth i orfodi Bet Goldsmith i gerdded yr holl ffordd trwy'r parc gwledig i gyrraedd y twyni, a'i lladd hi yno. Felly pam y newid y tro hwn? Pam na fyddai fe wedi dod â hi yma a'i lladd hi ar y traeth?'

'Wel…' Dwi'n cymryd fy amser i ateb, gan edrych o 'nghwmpas. 'Dyw traeth Tan-y-bwlch ddim hanner mor anghysbell â Pharc Gwledig Pen-bre. Ry'n ni rhyw filltir, os hynny, o ganol y dre ac ma 'na dai o fewn rhyw ganllath a hanner. Falle'i bod hi'n rhy beryglus i gymryd amser i'w lladd hi fan hyn.'

'Ie. Ie, wrth gwrs. Ond os felly, pam dod â hi yma o gwbl? Os taw cael gwared â'r corff oedd y bwriad, mae 'na ddigon o lefydd lot haws, a llai tebygol i gael eich dal, y tu allan i'r dre – hewlydd gwledig, coedwigoedd, erwau o dir fferm. Ond mi wnaeth e ddewis fan hyn.'

Mae Taliesin yn tynnu ei lygaid oddi ar y corff ac yn edrych i gyfeiriad y tir y tu hwnt i'r traeth. Mae hi'n dechrau goleuo erbyn hyn ac mae amlinelliad twr Pendinas yn dod i'r golwg ar y bryn uwch ein pennau.

'Beth sydd o gwmpas fan hyn, ydych chi'n gwbod? Dim ond tai?'

Bydd yn rhaid i ni gael gair am y busnes 'chi' yma.

'Tai preifat gan fwya, ie. Ma 'na orsaf gan wylwyr y glannau 'nôl lan y ffordd, ac ma cartre hen bobol o gwmpas 'ma'n rhywle hefyd.'

'Oes, Brig-y-don,' o'r tu cefn i ni, daw'r cadarnhad gan Jon sy'n dal i benlinio ar y cerrig. 'Ni'n cael cwsmeriaid o fan'na o bryd i'w gilydd. Golygfa brydferth, ond o beth glywa i, dim y lle mwya moethus. Dim fan'na fydda i'n mynd pan fydda i'n hen, rhowch hi fel'na.'

Dwi'n ystyried ateb trwy ddweud y bydd angen i'r patholegydd golli tipyn o bwysau os ydy e am dywyllu stepen drws unrhyw gartre hen bobol yn y blynyddoedd i ddod, ond dwi'n cadw'n dawel.

Nid felly Taliesin.

'Fyddai'n well i chi ystyried colli ychydig o bwysau felly... os ydych chi am gyrraedd oed cartre hen bobol,' mae'n ateb, yn syml.

Mae Jon yn troi i edrych arno am eiliad neu ddwy, a dwi ar fin ymddiheuro ar ran Taliesin pan welaf wên fawr yn ymledu dros wyneb y patholegydd wrth iddo sylweddoli nad oedd unrhyw falais yn y dweud.

'Ha! Ie, da iawn, Taliesin boi. Ti sy'n iawn, sbo. Ond pan o'n i dy oedran di, o'n i'n eitha athletwr ti'n gwbod...'

Wedi clywed y stori hon sawl gwaith o'r blaen, gan wybod ei bod hi'n un hir, dwi'n torri ar draws Jon ac yn esbonio bod lot gyda ni i'w wneud, ac yn arwain Taliesin 'nôl i fyny'r traeth i gyfeiriad y car.

'Felly, pam ti'n meddwl wnaeth e adael y corff fan hyn o bob man?' Wrth i ni gerdded, dwi'n ailgydio yn y sgwrs gynharach.

Dydy Taliesin ddim yn oedi cyn ateb.

'Am yr un rheswm wnaeth e ddewis lle mor anghysbell i adael corff Bet Goldsmith,' mae'n ateb yn bendant. 'Dydy'r lle mae'r llofruddiaeth ei hun yn digwydd ddim mor bwysig – dwi'n meddwl y byddai'r llofrudd wedi bod yn ddigon hapus i ladd Bet Goldsmith unrhywle. Ond roedd yn haws iddo ei gorfodi hi i gerdded trwy'r parc, yn hytrach na chario'i chorff dros y twyni. Y peth pwysig oedd gadael ei chorff yn y lle arbennig yna. A'r un peth gyda'r ferch yma, pwy bynnag ydy hi – y peth pwysig oedd rhoi'r corff ar y traeth yma, ac am fod ffordd gyfleus iddo gludo'r corff, a bod hwn yn lle mwy cyhoeddus, digwyddodd y lladd yn rhywle arall.'

'OK,' atebaf, gan feddwl. 'Os wyt ti'n gywir' – dwi'n pwysleisio'r 'os' – 'yna beth mae hynny'n ddweud am y llofrudd?'

'Wel, dim llawer eto, ond byddwn i'n dweud bod ganddo fe rhyw gysylltiad ag Aberystwyth ac ardal Llanelli...'

Mae'n stopio ar ganol brawddeg ac yn troi i fy wynebu i.

'Dydyn ni ddim yn gwybod pwy yw'r ferch yma eto, ydyn ni?'

'Na, wnaeth Jon chwilio ond doedd dim byd arni – dim ffôn, dim cardiau. Bydd angen i ni fynd trwy bob adroddiad am ferched coll sydd yn yr orsaf a gobeithio am bach o lwc. Pam?'

Rydyn ni 'nôl wrth y car erbyn hyn a dwi'n gwasgu'r botwm ar yr allwedd i agor y drysau.

'Os aeth e â Bet Goldsmith o Aberystwyth i Lanelli, yna beth os yw hyn yn dilyn yr un patrwm, ond i'r gwrthwyneb? Beth os yw'r ferch yma'n dod o Lanelli?'

Estynnaf fy ffôn o 'mhoced a deialu rhif y ddesg yn yr orsaf, yna dwi'n ailystyried a phasio'r ffôn i Taliesin.

'Drych, gwell i ni ei shifftio hi 'nôl i'r orsaf, fydd Saunders eisie cyfarfod cyn gynted â phosib. Cymra hwn a gofyn i'r ddesg oes yna adroddiade diweddar am ferched coll, yn cyfateb i'r disgrifiad hwn, ar y system? Tua thri deg oed, gwallt tywyll, pum troedfedd a hanner. Dwed wrthyn nhw i chwilio'n lleol ac yn ardal Llanelli. Ddreifia i.'

Mae'n cymryd rhai munudau i Taliesin gael yr wybodaeth o ben arall y ffôn, ac rydyn ni'n agosáu at yr orsaf erbyn hynny. Mae'n gorffen yr alwad.

'Dim byd yn y system. Neb â'r disgrifiad yna wedi ei riportio ar goll, yn lleol nac yn ardal Llanelli.'

'Wel ma hynna'n neud pethe'n anoddach. Oni bai, trwy ryw ryfedd wyrth, fod ôl bysedd y ferch ddirgel ar ein system yn barod, ma'n mynd i gymryd amser i ni ddod o hyd i'w henw, heb sôn am wybod pwy lladdodd hi.'

O gornel fy llygad sylwaf fod Taliesin yn dal i chwarae â fy ffôn.

'Ai rhif Ditectif Harries o Lanelli yw hwn? Ei ffôn symudol?' gofynna, gan ddal y sgrin i fyny i mi gael gweld. Roedd y rhif ar un o'r e-byst cyntaf anfonodd e, ac fe wnes i ei storio yn fy ffôn rhag ofn.

'Ie – pam?'

Heb ateb mae'n gwasgu'r botwm i gychwyn galwad.

'Hei, *hold on*, Taliesin. Ti'n gwbod faint o'r gloch yw hi? Fydd e'n dal yn ei wely...'

Yna dwi'n cofio cymaint o goc oedd Ditectif Harries, ac yn penderfynu na fyddai galwad ben bore yn gwneud dim drwg iddo. Mae Taliesin yn gwasgu botwm yr uchelseinydd a chlywaf sŵn y ffôn yn canu bedair gwaith cyn i lais tawel, cysglyd ateb – yn ceisio peidio â dihuno ei wraig efallai.

'Ditectif Harries.'

'Ditectif Harries, Taliesin MacLeavy sydd yma, o Aberystwyth.'

'Pwy?'

'Ditectif MacLeavy – roeddwn i gyda chi bore ddoe, gyda Ditectif Morgan-Jones.'

'O, ie. Be sy? Ti'n gwbod faint o'r gloch yw hi?'

'Ydw,' mae Taliesin yn ateb ei gwestiwn yn syml. 'Gwrandwch, oes yna unrhyw sôn am ferched coll yn yr ardal yn ystod y dyddie diwetha? Tua thri deg oed, gwallt tywyll, pum troedfedd a hanner?'

'All y ddesg yn yr orsaf ddweud hynna 'thoch chi, sdim isie i ti ffonio...' Mae'n gadael y frawddeg heb ei gorffen. 'Aros funud – ti'n siarad am Abbey Holt?'

Dwi'n edrych ar Taliesin yn syn.

'Pryd riportiwyd ei bod hi ar goll?' Dwi'n ymuno â'r sgwrs. 'Dyw hi ddim yn y system.'

'Does dim riport eto. Wel, ddim yn swyddogol beth bynnag. Daeth ei ffrind mewn ddoe yn creu ffys. 'Nes i esbonio bod yn rhaid iddi fod ar goll am bedair awr ar hugain cyn y gallwn ni greu adroddiad swyddogol, gan ei bod hi'n oedolyn. Pam, beth sy wedi digwydd?' Gyda'r geiriau olaf, allai i glywed nerfusrwydd yn cripian i lais y ditectif o Lanelli.

'Mae yna gorff arall, yma yn Aber y tro hwn,' mae Taliesin yn ateb. 'Oes llun o Abbey Holt gyda chi?'

'Oes, oes, da'th ei ffrind ag un i ni ddoe. Ma fe yn yr orsaf. Ffonia i nhw nawr, a gofyn iddyn nhw ei anfon e draw atoch chi. Ife'r un person sy'n gyfrifol, chi'n meddwl?'

'Mae hynny'n debygol, o'r anafiadau. Os allech chi anfon y llun cyn gynted â phosib, bydden ni'n ddiolchgar iawn. Diolch, Ditectif Harries.' Ar hynny mae Taliesin yn gwasgu'r botwm ar y ffôn ac yn gorffen yr alwad.

Taliesin

O fewn deng munud mae'r llun o Abbey Holt wedi cael ei e-bostio i'r orsaf. Er gwaetha'r niwed a wnaethpwyd i'w hwyneb, does dim amheuaeth taw hon yw'r ferch ar y traeth. Mae'r llun yn ei dangos yn eistedd ar flanced, yn mwynhau picnic gyda'i ffrindiau. Mae pâr mawr o sbectols haul yn eistedd ar dop ei phen, a'r wên lydan yn amlwg wrth iddi godi gwydraid o win yn llwncdestun i'r camera.

Mae MJ'n ymddangos o swyddfa Saunders, a'i wyneb yn goch.

'Beth ddwedodd hi?' gofynnaf.

'Wel, doedd hi ddim yn hapus,' mae'n ateb, gan eistedd yn drwm yn ei gadair. 'A doedd hynny dim byd i neud â gorfod dod i mewn yn gynnar chwaith. Dweud bod y prif gwnstabl wedi bod ar y ffôn yn barod ac wedi rhoi llond pen iddi. O leia ro'n i'n gallu dweud ein bod ni wedi cael enw i'r ail ferch yma'n barod, ond does dim llawer mwy i'w ddweud – nawr ein bod ni'n gorfod rhyddhau Osian Goldsmith does neb dan amheuaeth, a dim ffordd o gysylltu'r ddwy lofruddiaeth.'

'O ie, gyda llaw, mae'r adroddiad wedi cyrraedd 'nôl o'r lab ar y gyllell ddaethoch chi o hyd iddi ddoe. Gwaed pysgodyn oedd yr unig beth arni.'

'Ie, OK, Taliesin. O'n i wedi dechre amau hynny fy hun,' mae'n ateb, braidd yn flin. 'Doedd Saunders ddim yn hapus ein bod ni wedi gwastraffu arian ar y profion yna chwaith. Ma hi'n dechre sôn am roi'r achos yma i rywun arall os nad y'n ni'n cael rhyw fath o lwyddiant yn fuan iawn, felly dere.'

Mae'n sefyll ar ei draed.

'Lle ydyn ni'n mynd?' gofynnaf, gan ei ddilyn allan o'r swyddfa.

'I Lanelli, i ni gael dysgu mwy am Abbey Holt. Fe ffoniwn ni Ditectif Harries ar y ffordd, i roi gwbod iddo fe.'

Dydy effaith gwin neithiwr ddim wedi cilio o 'mhen na fy stumog i eto a dwi'n dweud wrth MJ y gwna i gyfarfod ag e wrth y car mewn dau funud, yna'n brysio i'r ffreutur i ôl potel o Ribena ar gyfer y daith.

Rhyw ddeng munud wedyn, a'r car yn gwau yn gyflym i lawr ffyrdd cefn gwlad Ceredigion, dechreuaf feddwl am y datblygiadau diweddaraf. Dwi'n dychwelyd at yr un cwestiynau dro ar ôl tro – beth yw'r cysylltiad rhwng Bet Goldsmith ac Abbey Holt? Beth yw ystyr yr anafiadau i'r wyneb? A chan 'mod i'n siŵr fod y llefydd lle gadawyd y cyrff wedi eu dewis yn fwriadol, beth yw eu pwysigrwydd nhw?

'Oes 'na drefniadau i fynd o ddrws i ddrws o gwmpas traeth Tan-y-bwlch?' gofynnaf dros y gerddoriaeth, yr un CD Pink Floyd oedd yn chwarae'r tro diwethaf i ni wneud y daith.

'O's, ma bois iwnifform yn mynd i ddechre bore 'ma. Byddan nhw'n mynd i'r cartre hen bobol 'fyd. Pam?'

'Meddwl oeddwn i fod gwerth iddyn nhw fynd â lluniau o Bet Goldsmith gyda nhw, yn ogystal ag Abbey Holt, rhag ofn fod rhywun yn adnabod y naill neu'r llall, neu'r ddwy. Mae 'na rywbeth ynglŷn â'r traeth yna sy'n bwysig i'r llofrudd; efallai'i fod e'n bwysig i Bet neu Abbey hefyd?'

Mae MJ'n meddwl dros hyn am eiliad.

'Ie, OK, ffonia'r orsaf a dweda wrthyn nhw. Dylet ti eu dal cyn iddyn nhw adael. A tra bo ti wrthi, ffonia Ditectif Harries a dweda ein bod ni ar y ffordd, a'n bod ni am gwrdd â'r ffrind na'th drio riportio Abbey Holt ar goll. Er ei fod wedi ei hanwybyddu, gobeithio iddo gymryd ei manylion hi o leia.'

Dwi'n tynnu fy ffôn o 'mhoced ac yn cael sgwrs gyflym â desg yr orsaf yn Aberystwyth. Maen nhw'n cadarnhau y bydd gan bawb sy'n mynd o ddrws i ddrws gopi o luniau'r ddwy ddynes ac y byddan nhw'n gofyn os ydy'r naill neu'r llall yn gyfarwydd. Wedyn codaf y ffôn a chael ateb yn syth.

'Ditectif Harries? Taliesin MacLeavy sydd yma eto – dim ond gadael i chi wbod ein bod ni ar ein ffordd lawr i Lanelli nawr, byddwn ni gyda chi tua naw o'r gloch. Fedrwch chi drefnu ein bod ni'n cwrdd â ffrind Abbey Holt – yr un ddaeth i'r orsaf ddoe – cyn gynted ag y cyrhaeddwn ni?'

'Ie, iawn, mae ei manylion hi yma gyda fi. Ydych chi eisie i fi ddweud wrthi...?' mae'n gorffen y cwestiwn heb ei ofyn, ond medra i glywed yn ei lais nad yw'n awyddus i gymryd y cyfrifoldeb o dorri'r newyddion i'r ffrind. Dwi'n ystyried y byddai'n ddiddorol gweld ei hymateb, rhag ofn y byddai'n awgrymu rhywbeth am eu perthynas – wedi'r cyfan, dyma'r unig gysylltiad sydd gennym ni ag Abbey Holt hyd yn hyn.

'Na, fe newn ni hynna,' atebaf, a fedra i glywed y rhyddhad o ben arall y lein.

'Iawn, os taw dyna fydde ore gyda chi,' daw'r ateb yn ôl, y dôn ddi-hid yn rhy ffals i fod yn gredadwy, ond mae'n amlwg fod rhywfaint o'i hen ffug-hyder yn dychwelyd. 'Wela i chi tua naw o'r gloch, 'te.'

Wedi diffodd y ffôn, dwi'n ei roi 'nôl yn fy mhoced ac yn agor y botel Ribena sydd wedi ei chlampio rhwng fy nghluniau hyd yn hyn.

'Wnes i ofyn i Ditectif Harries aros, er mwyn i ni dorri'r newyddion i ffrind Abbey Holt,' meddaf wrth MJ, gan obeithio y bydd hynny'n arafu mymryn ar ei yrru gwyllt.

Mae'n troi i edrych arna i a thynnu ei lygaid oddi ar yr hewl am yn hwy nag sy'n gyffyrddus.

'Chware teg i ti, Taliesin.'

Dydw i ddim yn deall beth mae'n ei feddwl wrth hynny, ond mae'r ffyrdd troellog yn dechrau 'ngwneud i'n sâl eto, felly dwi'n eistedd yn dawel ac yn cau fy llygaid.

MJ

Dwi'n synnu at y fath gydymdeimlad gan Taliesin. Ro'n i wedi ei ystyried yn hen greadur gwaed oer, yn hapusach yn osgoi neu anwybyddu materion emosiynol. Ond efallai 'mod i wedi camfarnu'r boi. Byddai Ditectif Harries yn gwneud cawdel a hanner o ddweud wrth y ferch yma bod ei ffrind wedi marw, mae hynny'n amlwg, ac mae Taliesin wedi gweld hynny a chymryd y baich arno fe'i hun. I mi, mae hynna'n rhywbeth i'w edmygu. Dwi'n trio penderfynu a fyddai cydnabod hyn yn ei wneud yn anghyffyrddus, ond yna dwi'n gweld ei fod wedi cwympo i gysgu, y botel Ribena rhwng ei goesau, ac yn gadael iddo fod.

Gan lywio'r car ar hyd y ffordd gyfarwydd o'm blaen, mae fy meddwl yn dechrau crwydro. Fel y gwnaeth sawl tro yn ystod y dyddiau diwethaf, mae'n crwydro i gyfeiriad Dr Rush, y patholegydd â'r gwallt euraid, y llygaid trawiadol a'r corff gosgeiddig... ond yna mae rhywbeth arall yn cripian i mewn o'r cysgodion – ei stori hithau am Lo Scultore, y gyrrwr lorri o'r Eidal. Mae fy stumog yn tynhau wrth ystyried y gymhariaeth amlwg rhwng yr achos hwnnw a'n hachos ni – y merched yn cael eu lladd, y cyrff yn cael eu anharddu. Dwi'n teimlo'n sâl wrth ddychmygu gwylio'r cyrff yn pentyrru o'n cwmpas a ninnau heb syniad pwy sy'n gyfrifol, yn aros i'r llofrudd wneud camgymeriad neu i rywun ddianc o'i grafangau. Dwi'n arafu'r car wrth weld lorri Mansel Davies, y cerbyd cyntaf ar yr hewl ers tipyn, yn llenwi'r ffordd gul o'n blaenau. Am eiliad orffwyll dwi'n dychmygu taw Lo Scultore sy'n ei gyrru, ar ei ffordd i gipio merch arall, neu efallai yn cuddio un, wedi ei chlymu'n dynn, yn ei gaban uchel. Pwylla wir, sibrydaf wrthyf fy hun. Fyddi di'n dda i ddim fel hyn.

'Beth ddwedoch chi?' gofynna Taliesin o'i sedd, ei lygaid ar agor eto. Rhaid ei fod yn cysgu ci bwtshiwr.

'O, dim byd – siarad â'n hunan,' atebaf yn ysgafn, gan geisio rhoi gwên fach. 'Cadw fy hun ar ddi-hun. Ma 'di bod yn ddiwrnod hir yn barod, a megis dechre ma fe.'

Taliesin

Mae Ditectif Harries yn pwyso yn erbyn y ddesg flaen yng ngorsaf heddlu Llanelli wrth i ni gerdded trwy'r drws, yn yr un siwt frown â ddoe. Sgwn i os ydy e'n ei gwisgo hi bob dydd? Mae traul y defnydd ar y penelinoedd yn awgrymu bod hynny'n ddigon posib. Mae e yng nghanol dweud jôc wrth y blismones ifanc sy'n eistedd yno, ond mae'r olwg ar ei hwyneb yn awgrymu ei bod hi wedi hen flino ar ei gwmni.

'A, ditectifs,' mae'n gwneud sioe o'n cyfarch ni'n gyfeillgar o flaen y blismones, gan ymestyn i ysgwyd llaw. 'Siwrne dda gobeithio?'

'Oedd, iawn diolch,' ateba MJ'n swta, gan ysgwyd ei law yn gyflym. 'Siŵr eich bod yn gwerthfawrogi ein bod ni'n brysur iawn heddiw, felly fe hoffen ni ddechre cyn gynted â phosib. Wnaethoch chi gysylltu â ffrind Abbey Holt, yr un ddaeth i mewn ddoe? Ydy hi yma eto?'

'Odi, fe 'nath hi gyrra'dd rhyw bum munud yn ôl. Ruth Manning yw ei henw hi. Mae'n aros amdanoch chi yn un o'r stafelloedd cyfweld. Hoffech chi goffi neu rywbeth?' Mae'n llygadu fy mhotel Ribena â gwên ar ei wyneb.

'Dim diolch,' ateba MJ, 'ac fe welwn ni Ruth yn eich swyddfa chi, os nad o's gwahaniaeth gyda chi.' Mae tôn llais MJ yn awgrymu nad oes ganddo lawer o ots am farn Ditectif Harries ar y mater. Dwi'n cymeradwyo MJ am wneud y cyfweliad mewn swyddfa – mi allai ystafell gyfweld greu'r argraff ein bod ni'n ei hamau hi, a does dim byd i awgrymu bod Ruth Manning wedi chwarae unrhyw ran yn nhynged ei ffrind. Gwell cael sgwrs mewn sefyllfa mwy anffurfiol a gobeithio y bydd hi'n teimlo'n ddigon cyffyrddus i fod yn agored â ni.

'O – wel...' mae'n dechrau dadlau, ond wedi edrych ar MJ ac yna ata i, ac yn ôl eto heb weld unrhyw arwydd o gefnogaeth, mae'n penderfynu peidio. 'Ie, iawn. Dewch 'da fi. Catrin, cariad, alli di nôl Miss Manning a dod â hi i'r swyddfa?' gofynna i'r blismones wrth y ddesg.

Mae'r blismones yn rowlio ei llygaid ar y 'cariad', ond yn codi o'i sedd ac yn diflannu i lawr y coridor, tra ein bod ni'n dilyn y ditectif i'w swyddfa. Ar ôl i ni aros mewn tawelwch lletchwith am rai eiliadau daw cnoc ar y drws, a heb aros am ateb mae Catrin yn ei agor ac yn tywys dynes denau â gwallt byr, pigog i'r ystafell. Mae'n gwisgo siorts denim a chrys heb lewys, sy'n arddangos y tatŵs sy'n addurno ei braich chwith yn gyfan gwbl, yn ogystal ag un o bili-pala amryliw wedi ei hanner orffen ar ei chlun dde. Mae yna rywbeth ffyrnig ond amddiffynnol amdani.

'Beth ffwc sy'n mynd mla'n, 'te?' mae'n gofyn ar unwaith, gan edrych yn heriol ar y tri ohonon ni yn ein tro. Mae'r blismones yn gadael yr ystafell yn dawel ac yn cau'r drws ar ei hôl. 'Chi'n barod i wrando arna i o'r diwedd?'

'Miss Manning' mae MJ'n cychwyn. 'Os gymrwch chi sedd...'

'Ms Manning, actiwali,' mae'n torri ar ei draws, gan aros yn bendant ar ei thraed. 'Edrychwch, dewch i ni *cut to the chase*. Fel 'nes i drio esbonio i Mr Bean fan hyn ddoe...' mae'n gwyro ei phen at Ditectif Harries, sy'n cochi'n syth, '...ma fy ffrind i wedi mynd ar goll. Abbey Holt yw ei henw hi, ac ro'n ni i fod i gwrdd i frecwast bore ddoe. Ni'n neud 'ny bob wthnos, yn yr un lle, ar yr un amser. Wnes i siarad â hi echnos ac fe ddwedodd hi ei bod hi'n edrych mla'n a'i bod hi eisie siarad am rywbeth.'

'Ond o'n i'n meddwl falle fod Miss Holt wedi newid ei meddwl, neu ei bod hi...' mae Ditectif Harries yn dechrau esbonio, gan edrych ar MJ. Mae'n ceisio ffeindio esgus yn barod am beidio â chymryd hyn o ddifrif o'r cychwyn, er gwaetha'r ffaith i gorff marw gael ei ddarganfod dim ond ychydig amser ynghynt.

'*Hold on, sunshine,*' mae Ruth Manning yn neidio i mewn a'i llygaid yn fflachio ar y ditectif. 'Fi heb gwpla eto.' Mae'n troi ei chefn ar Ditectif Harries ac yn hoelio ei sylw arna i ac MJ, gan ailafael yn ei stori. 'Wnes i aros amdani, a'i ffonio hi sawl gwaith, ond doedd dim ateb. Dyw hynna ddim fel Abbey o gwbwl – ma'i ffôn hi gyda hi drwy'r amser, ma'n anodd ei cha'l hi i roi fe lawr fel arfer. Ond beth 'nath i fi ddechre poeni o'dd meddwl am y probleme ma Abbey wedi bod yn 'u ca'l gyda'i *ex* yn ddiweddar.' Mae Ruth Manning yn tapio'i bys yn erbyn ei thalcen yn galed. 'Ma'r boi 'di bod yn real *psycho* – methu derbyn ei bod hi wedi symud mla'n gyda rhywun arall. 'Di bod yn troi lan ar ei stepen drws hi yng nghanol y nos, ac yn ei ffonio hi a neud dim byd ond anadlu'n drwm pan ma hi'n ateb. Dim ond mis neu ddau o'n nhw'n gweld ei gilydd ond o'dd e'n *obsessed*, ac o'dd Abbey'n dechre ca'l ofon.'

Symudaf i flaen fy sedd.

'Ydych chi'n gwbod pwy oedd yr *ex* yma? Ei enw e?' gofynnaf yn obeithiol, fy nghalon yn cyflymu. Oedd Ruth Manning yn mynd i'n harwain ni'n syth at y llofrudd?

'Ger, dyna o'dd Abbey'n ei alw e. Na'th hi ddim dweud ei ail enw o beth gofia i.'

'Disgrifiad?'

''Nes i erioed gwrdd â fe. Dim ond am dipyn bach o'dd hi'n ei weld e, fel wedes i, a do'dd e ddim yn un am gymdeithasu. Wedyn na'th hi gwrdd â Deio, a gorffen pethe gyda'r Ger 'ma. O'dd e'n *obsessed* am hynna, yn ôl Abbey,

meddwl ei bod hi wedi bod yn cario mla'n gyda Deio y tu
ôl i'w gefen e.'

'Roedd e'n meddwl bod Abbey'n cael affêr?' mae MJ'n
gofyn, gan edrych arna i'n bwrpasol. Oedd hyn yn gysylltiad
rhyngddi hi a Bet Goldsmith?

Mae Ruth Manning yn chwerthin yn wawdlyd.

'Os taw dyna beth chi isie ei alw fe. Do'n nhw ddim gyda'i
gilydd am sbel, fel wedes i – falle fod 'na dipyn o *overlap*
gyda Deio, ond fe 'na'th Abbey orffen pethe gyda Ger yn eitha
sydyn wedyn. Wnes i siarad gyda Deio neithiwr a do'dd e heb
glywed wrth Abbey drwy'r dydd, a do'dd dim ateb pan es i
draw i'w thŷ hi. Wnes i drio ffonio eto bore 'ma, ond ma fe'n
mynd yn syth i'w *voicemail* hi. *So* – beth chi'n mynd i neud i
ffeindio fy ffrind i?'

Mae'n sefyll gyda'i breichiau wedi plygu, yn syllu'n heriol
ar MJ a finne.

'Ms Manning,' mae llais Ditectif Harries yn codi o ben
pellaf yr ystafell. 'Mae'r bois yma o Aberystwyth, a...'

Mae MJ yn torri ar ei draws.

'Ruth – ga i eich galw chi'n Ruth?' Mae'n nodio ei phen yn
swta. 'Cafwyd hyd i gorff dynes ifanc ar draeth Tan-y-bwlch,
yn Aberystwyth, yn orie man y bore 'ma. Ma'n ddrwg iawn
gen i ddweud ein bod ni'n eitha sicr taw corff eich ffrind chi
yw e.'

Mae Ruth Manning yn dawel am funud. Yn raddol mae'r
dagrau'n cronni yn ei llygaid ac mae ei cheg yn ymdrechu i
ffurfio geiriau, ond heb gynhyrchu unrhyw sŵn.

'Corff?' meddai o'r diwedd. 'Be chi'n meddwl? Pam
Aberystwyth? Ar y tra'th? Wedi boddi o'dd hi neu rywbeth?'

'Na, dim boddi. Drychwch Ruth, do's dim ffordd hawdd o
ddweud hyn. Mae'n ddrwg gen i, ond ma'n edrych yn debyg
bod eich ffrind chi wedi cael ei llofruddio.'

Mae'r greadures oedd gynt mor herfeiddiol ac ymosodol

yn newid o flaen ein llygaid. Mae'n codi ei llaw ac yn ei ddal, yn crynu, dros ei cheg, y dagrau'n llifo i lawr ei bochau heb iddi sylwi. Mae ei hysgwyddau'n disgyn, a'i llaw arall yn estyn am gefn cadair rhag iddi syrthio. Dwi'n dilyn esiampl MJ ac yn aros yn dawel, gan roi cyfle iddi ddod i delerau â'r newyddion ysgytwol. Fedra i weld ar ôl tipyn bod MJ'n ymbalfalu am eiriau o gysur, ond yn sydyn mae golwg ffyrnig yn dod i'w llygaid. Mae Ruth Manning yn troi ac yn neidio am Ditectif Harries, a'r symudiad cyflym, annisgwyl yn gwneud iddo faglu 'nôl.

'FFYCAR! 'NES I WEUD BOD RHYWBETH YN BOD! PAM NA FYDDECH CHI'N GWRANDO! 'NES I DDWEUD, 'NES I DDOD A GOFYN I CHI FFEINDIO HI!'

Heb ddisgwyl yr ymosodiad, mae Ditectif Harries yn disgyn i'w gwrcwd, ei freichiau wedi eu plygu dros ei ben i amddiffyn ei hun rhag y dyrnau sy'n disgyn fel storm drom. Mae MJ'n stryffaglu i gael gafael arni a'i llusgo i ffwrdd a'i gosod mewn sedd. Dwi'n sylwi nad yw'n edrych i weld os ydy Ditectif Harries wedi ei frifo.

Heb wybod yn iawn beth i'w wneud i helpu, brysiaf o'r swyddfa i'r ddesg flaen, i chwilio am y blismones ifanc. Daw golwg syn i'w hwyneb wrth i mi ruthro i lawr y coridor.

'Esgusodwch fi, PC...'

'Verrall,' mae'n ateb.

'PC Verrall, fedrwch chi ddod gyda fi, mae Ms Manning wedi cael... Wel, mae Ditectif Harries yn...'

Ond erbyn hynny mae'r blismones ifanc wedi gwthio heibio i mi, a hanner ffordd i lawr y coridor i swyddfa'r ditectif.

Erbyn i mi gyrraedd 'nôl i'r ystafell mae Ruth Manning yn eistedd mewn cadair yn wylo yn uchel i'w dwylo a PC Verrall yn penlinio ar ei phwys, yn ei chysuro mewn llais tawel. Mae Ditectif Harries wedi eistedd yn ei gadair ei hun ac yn llygadu'r galaru'n amheus, fel petai'n awyddus i gadw ei ddesg rhyngddo a Ruth Manning rhag ofn iddi ailymosod arno. Mae MJ'n sefyll yn lletchwith yng nghanol y swyddfa, fel dyfarnwr mewn cystadleuaeth focsio. Wrth fy ngweld, mae'n pwyntio 'nôl allan i'r coridor ac yn camu i gyfeiriad y drws. Gan weld hyn mae Ditectif Harries yn lled-godi o'r gadair i ymuno â ni, ond mae MJ'n amneidio iddo aros yn ei sedd.

Wedi cau drws y swyddfa, mae MJ'n troi ata i, gan lacio ei dei ac agor botwm uchaf ei grys.

'Beth 'nei di o hynna i gyd, 'te?' gofynna.

'Wel,' dwi'n ystyried, 'mi oedd Ruth Manning yn ymddangos fel pe bai hi wir ddim yn disgwyl y newyddion. Oni bai ei bod hi'n actores arbennig o dda, byddwn i'n amau ei bod hi'n gwbod unrhyw beth am y llofruddiaeth.'

'Cytuno,' ateba MJ. 'Duw a ŵyr beth fydde hi wedi ei neud i Harries tase hi 'di cael y cyfle yn y stafell yna, doedd dim byd ffals am hynna.'

Rydyn ni'n symud naill ochr yn y coridor i adael i ddau heddwas basio.

'Felly,' dwi'n ailgychwyn, 'y peth mwya pwysig yw dod o hyd i'r Ger yma – mae yna ddigon o hanes o stelcwyr, os taw dyna beth oedd e, yn datblygu i fod yn llofruddion. Ond bydd angen i ni gael gair gyda'r cariad newydd hefyd – pwy a ŵyr pa fath o berthynas oedd ganddo fe ag Abbey Holt.'

'Ti'n meddwl fod y Ger 'ma wedi bod yn stelcio Bet Goldsmith hefyd?'

Dwi'n meddwl dros hyn am dipyn. Mae MJ'n pwyso yn erbyn wal y coridor â'i freichiau wedi plethu, yn aros am ateb.

'Na, dwi ddim yn meddwl,' atebaf yn y diwedd. 'Yn gyffredinol, mae stelcwyr wedi datblygu perthynas afiach yn eu meddwl gyda'r un sy'n cael ei stelcian, naill ai i ddial am rywbeth sydd wedi digwydd yn y gorffennol neu i geisio creu perthynas yn y dyfodol. Mae'r stelciwr yn tueddu i ffocysu'n ddwys ar y cysylltiad hwn ac yn ystyried bod popeth arall, fel ymddygiad cymdeithasol derbyniol, neu'r bygythiad o gael ei gosbi, yn ddibwys o gymharu â hynny.'

Bron heb i mi sylwi dwi wedi dechrau cerdded i fyny ac i lawr y coridor wrth i mi barhau i siarad.

'Oherwydd natur y peth, mae'n anarferol iawn i rywun stelcian dau berson gwahanol ar yr un pryd – mae'r berthynas mor ddwys fel nad oes modd cynnal dwy ar yr un pryd. Felly, os taw'r Ger yma sy'n gyfrifol am y llofruddiaethau, yna mi fyddai hynny'n awgrymu bod ei berthynas ag Abbey Holt yn un fwy agos, o leia yn ei feddwl ei hun, na'r un gyda Bet Goldsmith.'

Mae MJ'n rhedeg ei law dros ei dalcen, drwy ei wallt, cyn rhwbio cefn ei wddf.

'Os oedd ganddo berthynas â Bet Goldsmith o gwbl,' meddai. 'Meddylia – does dim cysylltiad amlwg rhwng y ddwy – oedrannau gwahanol, dy'n nhw ddim yn arbennig o debyg yn gorfforol, does dim i awgrymu eu bod nhw'n nabod ei gilydd. Odyw e'n bosib taw'r Abbey Holt 'ma oedd y targed o'r cychwyn cynta, a taw rhyw fath o ymarfer oedd Bet Goldsmith – taw dynes yn y lle anghywir, ar yr amser anghywir, oedd hi, dim mwy na hynny?'

Dydy hyn ddim cweit yn swnio'n iawn i mi, ond mae yna lygedyn o olau yn cynnau yn fy meddwl. Mae darnau'r jig-so ar chwâl o hyd, ond dwi'n dechrau teimlo eu bod nhw i gyd yn wynebu'r ffordd iawn o'r diwedd, yn barod i'w rhoi mewn trefn.

'Neu efallai…' meddaf o'r diwedd, '… wel, beth os wnaeth y llofrudd weld rhywbeth yn Bet Goldsmith i'w atgoffa o Abbey Holt? Rhywbeth oedd yn ddigon i wneud iddo gyflawni rhyw gynllun yr oedd wedi ei baratoi ar gyfer Abbey?'

Dwi'n dal i gerdded i fyny ac i lawr y coridor, ychydig yn bellach bob tro, a fedra i weld bod MJ'n gwrando'n astud, felly dwi'n cario 'mlaen i siarad.

'Byddai hynny'n esbonio pam ddaeth e â hi'r holl ffordd yma o Aberystwyth – gwireddu ei gynllun i ladd Abbey Holt yma yn Llanelli yr oedd e. Yn ei feddwl e roedd Bet Goldsmith yn ddigon tebyg ar y pryd i gymryd ei lle.'

'Ond... pam?' gofynna MJ. 'Pam peidio lladd Abbey Holt yn y lle cynta? Ac wedi lladd Bet Goldsmith, a gwireddu ei gynllun, pam wedyn penderfynu lladd y ferch wreiddiol wedi'r cwbl? Ac os yw gadael y cyrff mewn lle penodol mor bwysig i'r cynllun, pam gadael corff Abbey Holt yn Aberystwyth yn hytrach nag ar y twyni yn Llanelli fel Bet Goldsmith?'

Erbyn hyn dwi'n meddwl yn uchel, yn ceisio rhoi trefn ar y jig-so a chael digon o ddarnau i ffitio gyda'i gilydd i ni gael syniad o'r darlun cyfan.

'Efallai nad oedd y llofruddiaeth gyntaf yn ddigon. Mae'n rhaid i ni ystyried nad rhywbeth funud ola oedd hyn.' Dwi'n cyrraedd pen y coridor ac yn troi 'nôl. 'Mae'r llofrudd wedi bod yn meddwl am hyn ers amser. Sut i'w chipio hi, lle i fynd â hi, yr anafiadau i'w hwyneb – mae'r manylion hyn wedi cael eu trafod yn ei feddwl dro ar ôl tro, ac felly hefyd yr effaith mae'n disgwyl i hyn ei gael arno – balchder, rhyddhad, ewfforia, cydnabyddiaeth yn y cyfryngau, pwy a ŵyr. Wedi'r llofruddiaeth gynta, chafodd e ddim beth bynnag yr oedd ei angen, felly aeth ati i addasu'r cynllun, cadw'r pethau wnaeth weithio a newid rhai pethau eraill er mwyn iddo weithio'n well y tro nesa.'

'Ond beth sy ddweud ei fod e'n hapus â llofruddiaeth Abbey Holt?' gofynna MJ'n betrusgar. 'Fydd e'n addasu ac yn trio eto?'

Mae MJ'n gobeithio taw'r ateb fydd 'na', ond dwi'n ei siomi.

'Pam lai?' atebaf, gan ddod i stop o'i flaen. 'Does dim byd i'w golli nawr. Os ydw i'n gywir ynglŷn â hyn, eisie cyflawni ei gynllun mae e, cystal ag y mae yn ei ddychymyg. Dyna sydd bwysica iddo fe.'

'Iawn, OK,' mae MJ'n sythu'n sydyn. 'Wel, fel ddwedest ti, y peth pwysica nawr yw ceisio dod o hyd i'r Ger 'ma, a hynny cyn gynted ag y gallwn ni. Af i 'nôl i mewn i siarad gyda Ruth Manning, i weld a o's unrhyw beth i'w ychwanegu. Ond ma'n well i ni gadw Ditectif Harries cyn belled â phosib oddi wrthi – ma hi'n barod i'w rwygo fe'n ddarnau fel ma hi. Alli di fynd ag e gyda ti i weld cariad newydd Abbey Holt – Deio, ie? – i weld be sy gyda fe i ddweud?'

'Iawn. Dywedodd Ruth ei bod hi wedi ei ffonio fe ddoe, fedrwn ni gael ei rif e oddi wrthi hi.'

Ar hynny mae MJ'n anadlu'n ddwfn, yn tynhau ei dei unwaith eto ac yn ailagor drws y swyddfa.

MJ

Wrth gerdded trwy'r drws gyda Taliesin tu ôl i mi dwi'n dal llygad PC Verrall yn sefyll â'i llaw ar ysgwydd Ruth Manning, sy'n syllu'n ddi-weld i ben pellaf y swyddfa. Mae'r blismones yn nodio'i phen yn ysgafn, gan awgrymu fod y sefyllfa o dan reolaeth. Mae Ditectif Harries yn eistedd ar bwys ei ddesg o hyd, yn gwneud ei orau i beidio ag edrych i gyfeiriad Ruth Manning ac yn brysur yn teipio ar allweddfwrdd ei gyfrifiadur.

'Ms Manning – Ruth – ddrwg gen i am eich gadael chi.' Dwi'n ystyried gofyn iddi sut mae'n teimlo erbyn hyn, cyn sylweddoli bod yr ateb yn ei llygaid a'i dwylo crynedig. Dwi wedi gweld hyn droeon o'r blaen – mae'n beio ei hun, yn poeni y gallai fod wedi gwneud mwy i achub bywyd ei ffrind. Does dim ymateb o gwbl i fy ngeiriau i.

'Ms Manning?' gofynnaf eto'n dawel, ar ôl saib fechan. Y tro hwn mae ei llygaid yn symud ac yn ffocysu arna i. 'Fe ddywedoch chi eich bod chi wedi siarad â Deio ddoe – cariad Miss Holt? Bydd yn rhaid i ni gael gair gyda fe. Tybed a fyddech chi'n gallu rhoi ei rif ffôn a'i gyfeiriad i Ditectif MacLeavy fan hyn?'

Mae hi fel petai'n brwydro i ddeall y cwestiwn.

'Ymmm – sai'n gwbod ei gyfeiriad e. Ond mecanic yw e, ma fe'n gweithio yn y garej ar Elizabeth Street. Dyna lle wnaeth e ac Abbey gwrdd, pan aeth hi â'i char i mewn. Mae ei rif e gyda fi fan hyn. Deio Gwilym, dyna'i enw llawn e.' Mae'n estyn am ei ffôn symudol o'i phoced, yna'n oedi.

'Chi'n meddwl bo 'da fe rywbeth i neud â hyn? Dim Ger?'

'Does dim byd i awgrymu hynny eto, Ms Manning, ond fe fydd angen i ni gadw meddwl agored a siarad â phawb oedd yn agos at Abbey, rhag ofn bod unrhyw beth perthnasol gyda nhw i ddweud. Allech chi roi'r rhif i Ditectif MacLeavy, os gwelwch yn dda? A chyfeiriad Miss Holt hefyd, os yn bosib.'

Wrth i Taliesin dynnu llyfr nodiadau a beiro o'i boced yn barod i dderbyn y rhif, dwi'n cerdded tu ôl i'r ddesg ac yn siarad â Ditectif Harries mewn llais isel.

'Allwch chi fynd gyda Ditectif MacLeavy i siarad 'da'r cariad 'ma, ac yna i dŷ Abbey Holt? Bydd eisie gweld os o's unrhyw arwydd taw dyna lle gafodd hi ei chipio.'

Mae'r Ditectif yn ystwytho'n syth, ei frest yn chwyddo'n hunanbwysig.

'Na, soi'n meddwl. Gwell 'da fi aros fan hyn, a rheoli'r achos o'r swyddfa, i weud y gwir.'

Mae ei agwedd, a tôn ei lais, yn corddi fy nicter unwaith eto.

'Wel, ma'n well gen i eich bod chi'n mynd gyda Ditectif MacLeavy. Fydd hi...' amneidiaf fy mhen yn ysgafn i gyfeiriad Ruth Manning '... ddim yn gymaint o help gyda chi o gwmpas.'

'Dim 'yn job i yw chauffero dy was bach di o gwmpas, gwboi – cofia yn nhre pwy 'yt ti...'

Pwysaf yn agosach a sibrwd yn syth i'w glust.

'Gwranda di – *gwboi* – beth bynnag yw dy job di, ti 'di neud e'n uffernol o wael. Taset ti 'di cymryd pethe o ddifri ddoe, falle fydde Abbey Holt yn dal yn fyw, felly paid ti dechre gyda'r *bullshit* yna am dre pwy yw hon. Nawr ffycin shifftia hi – cyn i fi golli 'nhymer go iawn.'

Mae'r ditectif yn syllu'n herfeiddiol i'm llygaid i, ac am eiliad dwi'n amau nad yw'n bwriadu symud, ond yna mae'n codi'n araf o'i gadair ac yn cerdded i ddrws y swyddfa heb ddweud gair. Mae Taliesin yno'n aros amdano, ac yn ei ddilyn allan, gan gau'r drws yn esmwyth tu ôl iddo.

Mae yna dawelwch lletchwith yn yr ystafell – mae'n amlwg fod Ruth Manning a'r blismones wedi sylwi ar y drwgdeimlad. Dwi'n tynnu cadair Ditectif Harries o gefn y ddesg, ac yn ei gosod gyferbyn â Ruth Manning, cyn eistedd i lawr.

'Iawn, Ms Manning,' meddaf. 'Beth am i chi ddechre o'r dechre. Dwedwch chi, yn eich geirie eich hun, yn union beth yw hanes Abbey Holt.'

Mae Ruth Manning yn anadlu'n ddwfn, yn sychu ei thrwyn â hances bapur ac yn dechrau siarad. Bu hithau ac Abbey Holt yn ffrindiau ers dyddiau ysgol, meddai. Magwyd y naill a'r llall yn Llanelli, ac er i lawer o'u ffrindiau symud i ffwrdd dros y blynyddoedd, doedd dim awydd gan y ddwy i'w dilyn. Roedd Abbey'n gweithio fel nyrs yn Ysbyty Treforys (ac felly'n dod i gysylltiad â dwsinau o bobol newydd bob dydd, meddyliais gan ochneidio'n fewnol), ac yn hoff iawn o'i gwaith, yn ôl pob sôn – roedd ei bryd ar fod yn nyrs ers i Ruth ei hadnabod hi gyntaf. Fe fyddai hi ac Abbey yn cwrdd yn aml – unwaith yr wythnos am frecwast, a bron bob penwythnos am wydraid o win, neu noswaith mas, ac yn siarad yn ddyddiol, bron, trwy decst neu ar y ffôn.

Esboniodd Ruth Manning ei bod hi'n hoyw, ac mewn perthynas hirdymor â dynes o Abertawe o'r enw Rachel. Abbey oedd y person cyntaf i Ruth ddatgelu ei rhywioldeb iddi, a hi roddodd yr hyder iddi fod yn agored am y peth. Doedd Abbey ddim mor ffodus ym myd cariad â Ruth. Er ei bod yn ferch brydferth, hoffus fe fyddai hi'n denu'r dynion anghywir – rhai fyddai'n manteisio arni'n ariannol, neu'n hel merched eraill tu ôl i'w chefn. Teimlai Ruth fod Abbey'n gweld y gorau ym mhawb – yn rhy barod i anwybyddu gwendidau ac i gredu celwydd – ac roedd wedi dweud hyn wrthi droeon. Roedd yn teimlo taw oherwydd hyn y bu

Abbey'n fwy amharod i sôn wrthi am ei bywyd carwriaethol yn ddiweddar. Doedd hi'n gwybod y nesaf peth i ddim am Ger – roedd hi'n credu taw drwy ei gwaith yn yr ysbyty y gwnaethon nhw gwrdd, ond doedd hi ddim yn siŵr. Doedd ganddi ddim syniad beth oedd ei enw olaf, na lle'r oedd e'n byw, ond roedd ganddi ryw gof fod Abbey wedi sôn ei bod hi wedi aros dros nos yn ei dŷ unwaith neu ddwywaith, felly mae'n rhaid ei fod e'n weddol lleol.

Dywedodd Abbey ei fod yn gweithio ym myd rhifau – cyfrifydd neu rywbeth tebyg, ond doedd Ruth ddim yn siŵr a oedd Abbey yn sicr ei hun. Roedd Ruth yn fwy cyfarwydd â Deio, y cariad newydd, ond roedd hynny'n bennaf gan ei bod yn ei adnabod eisoes – roedd yn ffrindiau mawr ag un o'i brodyr ers blynyddoedd. Dim y dyn mwyaf galluog, ond roedd yn gweithio'n galed, yn garedig ac yn foi hoffus. Roedd Ruth yn hapus i glywed bod ei ffrind wedi cwrdd â rhywun oedd yn ei haeddu hi.

Dyfalai Ruth fod y berthynas â Ger yn dirywio cyn i Abbey gwrdd â Deio. Dechreuodd newid y sgwrs cyn gynted ag y byddai Ruth yn gofyn amdano, ac un nos Sadwrn cyrhaeddodd y dafarn lle'r oedd Ruth yn aros amdani mewn tymer ddrwg, ac wedi rhannu potel o win eglurodd fod hi a Ger wedi cael ffrae cyn iddi adael am nad oedd e eisiau iddi fynd allan y noson honno.

Rhyw wythnos wedi cwrdd â Deio, gorffennodd Abbey'r berthynas â Ger – cofiai Ruth bod ei ffrind yn ymddangos yn hapusach nag y'i gwelsai ers tipyn. Ond yn fuan wedyn dechreuodd y galwadau ffôn o rif cudd, bob awr o'r dydd a'r nos. Roedd Abbey'n siŵr iddi weld Ger yn aros amdani un bore Sadwrn wedi iddi orffen ei shifft nos, ond digwyddodd hi adael yr un pryd â grŵp o nyrsys eraill, ac erbyn iddi ffarwelio â nhw, ac edrych eto, roedd pwy bynnag oedd yno wedi diflannu. Cyngor Ruth oedd y dylai hi fynd at yr heddlu, ond gwrthod wnaeth Abbey. Roedd hi'n teimlo iddi frifo Ger, a doedd hi ddim am wneud pethau'n waeth iddo fe. Roedd yn siŵr y byddai pethau'n gwella cyn hir. Wrth i'r wythnosau fynd heibio sylwodd Ruth fod Abbey'n mynd i'w chragen fwy fyth, yn neidio ar y peth lleiaf ac yn edrych o'i chwmpas bob munud tra'r oedden nhw allan, ac yn mynd adre'n gynnar.

Y noson cyn iddi ddiflannu, roedd Ruth yn teimlo bod Abbey yn agos at ben ei thennyn, a'i bod yn ystyried mynd at yr heddlu ynglŷn â Ger wedi'r cwbl. Roedd yn amau ei bod am ofyn iddi hi, Ruth, fynd gyda hi'n gefn wrth wneud y gŵyn. Ac yna – dim byd, dim smic oddi wrthi, a Ruth yn ofni bod rhywbeth mawr o'i le, ac yn mynd i adrodd wrth yr heddlu ei hun. Wrth iddi sôn am ddod i orsaf yr heddlu a cheisio esbonio'r sefyllfa i Ditectif Harries, gwelaf y dicter yn codi ynddi unwaith eto, a chyn iddo ffrwydro, gofynnaf i PC Verrall fynd â hi i'r ffreutur am gwpanaid o de.

Wedi iddyn nhw adael dwi'n eistedd 'nôl i lawr eto, tynnu'r ffôn symudol o 'mhoced ac yn ffonio gorsaf Aberystwyth.

Taliesin

Dyn hynod o flin yw Ditectif Harries. Ar ôl i ni adael ei swyddfa, brasgamodd drwy'r orsaf, heibio'r ddesg flaen ac allan i'r maes parcio heb ddweud gair. Dim ond ar ôl i ni eistedd yn ei Ford Focus du, â'i injan yn rhedeg, y trodd ata i a gofyn,

'Lle ti isie mynd, 'te?'

'Dywedodd Ms Manning fod cariad Abbey Holt yn gweithio mewn garej ar Elizabeth Street, do? Ewn ni yna gynta, ac os nad ydy e yna galla i roi caniad iddo fe i weld lle mae e.'

Heb ateb, mae'r ditectif yn rhyddhau'r handbrec gyda sŵn rhygnu, ac yn ei frys i rifyrsio allan o'i le parcio mae'r injan yn tagu. Mae'n ei thanio hi eto ac yn rhuo'n ddiangen o'r maes parcio. Wrth iddo yrru dwi'n ei glywed e'n mwmian o dan ei anadl, yn rhy dawel i mi ddeall yn union beth sy'n cael ei ddweud, ond dwi'n siŵr i mi glywed enw MJ a Ruth Manning, a rhywbeth, yn rhyfedd, am fod yn *chauffeur*.

Ar ôl gyrru am ryw dair munud, mae'r ditectif yn troi'n sydyn ac yn parcio gyferbyn ag adeilad blêr yr olwg. Dwi'n darllen yr arwydd tu allan: 'A1 Car Care'. Mae'n brecio'n galed i osgoi taro trwyn y car i gefn y Nissan o'i flaen ac yn diffodd yr injan.

'Dyma ti,' meddai, heb edrych arna i. Yn amlwg dydy e ddim yn bwriadu dod mewn i siarad â Deio Gwilym. Wrth ddringo o'r car dwi'n hanner disgwyl i'r ditectif yrru i ffwrdd yn syth, ond mae'n eistedd yn llonydd wrth i mi gau'r drws, ac erbyn i mi gerdded trwy ddrysau mawr agored y garej, heb glywed sŵn injan y Focus yn cael ei thanio, dwi'n weddol siŵr ei fod am aros amdana i.

Mae yna radio'n chwarae ar silff yng nghefn yr ystafell, a'r cyflwynydd yn trafod tîm Cymru ar gyfer gêm heno yn frwdfrydig gyda dau neu dri arall, pob un yn torri ar draws ei gilydd a'u lleisiau'n codi'n barhaus. Mae'n amhosib dilyn y sgwrs, gan fod rhywun yn taro rhywbeth â morthwyl yn swnllyd yng nghefn y garej. Does neb i'w weld ar gyfyl y lle a dwi ar y ffordd heibio i gar Micra bach gwyn â'i fonet ar agor, yn chwilio am ffynhonnell y sŵn taro, pan ddaw llais o gyfeiriad fy nhraed.

'Iawn, pal? *Pick up* neu *drop off*?'

Plygaf i lawr a gweld dyn yn llechu yng nghysgodion y pydew o dan y Micra, yn sychu ei ddwylo ar gadach budr.

'Pardwn?'

'*Pick up* neu *drop off*? Wyt ti'n dod â car mewn neu yn pigo un lan?' mae'n esbonio'n araf, fel petai'n siarad â phlentyn bach.

'O. Dim un. Ditectif MacLeavy, Heddlu Dyfed-Powys. Chi ydy Deio Gwilym?'

'Na, Tony dwi, fi sy berchen y lle. Beth chi isie â Deio?' daw'r ateb amheus.

'Angen siarad gyda fe, dyna'i gyd. Lle mae e?'

'Yn y cefn yn rhywle – dilyna sŵn y bangio.'

Mae'r dyn yn diflannu 'nôl i dywyllwch y pydew a minnau'n camu'n ddyfnach i'r garej. Mae Deio Gwilym yn sefyll yn y gornel bellaf – dyn ifanc â gwallt byr sy'n britho'n gynnar. Mae'n gwisgo oferôls glas budr, ond mae'r hanner uchaf wedi ei dynnu i lawr a'r breichiau wedi eu clymu am ei ganol. Mae'n ymddangos yn gyhyrog, o ganlyniad i waith corfforol yn hytrach na chodi pwysau, ac mae'n chwysu wrth ddefnyddio'r morthwyl trwm i guro'r olwyn o'i flaen. Dwi'n agosáu ac mae rhythm y taro yn peidio pan mae'n fy ngweld.

'Deio Gwilym?' gofynnaf yn uchel, er mwyn iddo fy nghlywed dros sŵn y radio.

'Iep – pwy wyt ti?'

'Ditectif Taliesin MacLeavy, Heddlu Dyfed-Powys,' cyflwynaf fy hun am yr eildro ers cyrraedd y garej. 'Alla i gael gair?'

'Heddlu?' gofynna, yn poeni'n sydyn. 'Beth sy'n bod?'

'Oes yna rywle mwy tawel lle allwn ni gael gair?'

'Ymm – oes, der i'r swyddfa, 'te.'

Mae Deio'n arwain y ffordd rhwng y pentyrrau teiars yng nghefn y garej i ystafell fach, lle mae desg â chyfrifiadur hynafol yr olwg arni a sêt droellog y tu ôl iddi. Gyferbyn â'r ddesg mae yna hen soffa â sawl marc llosg sigarét ar y breichiau. Mae Deio'n cau'r drws ac mae hynny'n tawelu rhywfaint ar y twrw.

'Beth sy?' mae'n gofyn yn syth.

'Ydych chi'n adnabod Abbey Holt?' atebaf â chwestiwn fy hun.

'Abbey? Ydw, hi yw 'nghariad i – pam, beth sy'n bod?'

Mae ei lygaid yn llenwi â gofid ac mae'n syllu arna i. Yn sydyn dwi'n sylweddoli, heb MJ na hyd yn oed Ditectif Harries, mai fi fydd yr un i dorri'r newyddion i Deio. Dwi'n ceisio cofio sut wnaeth MJ eirio'r peth y bore 'ma.

'Mae'n ddrwg gen i, Mr Gwilym,' dwi'n cychwyn. 'Fe wnaethon ni ddarganfod corff yn oriau mân y bore, ar draeth yn Aberystwyth, ac rydyn ni'n weddol siŵr taw corff Abbey yw e.'

Ie, rhywbeth fel'na ddwedodd e. Mae Deio'n syllu arna i am sawl eiliad hir.

'Abbey? Ond...'

Mae'n gwelwi ac yn disgyn yn drwm i'r sedd droellog, a honno'n troi ychydig o dan ei bwysau.

'Abbey?' mae'n ailadrodd, y dagrau'n dechrau cronni yn ei lygaid. 'Chi'n siŵr... taw Abbey ydy hi? Beth ddigwyddodd?'

'Nid boddi,' dwi'n ailadrodd ateb MJ i Ruth Manning, cyn sylweddoli ei fod yn ddiangen. 'Mae'n ddrwg gen i ddweud ei bod yn edrych yn debyg i Abbey gael ei llofruddio.'

'Ei llofruddio?' mae Deio'n ateb yn araf, fel petai erioed wedi clywed y gair o'r blaen. 'Ond... pam? Pam fydde unrhyw un eisie lladd Abbey?'

'Dyna ydyn ni'n ceisio'i ddarganfod, Mr Gwilym. Ydych chi'n medru meddwl am unrhyw un fyddai eisie brifo Miss Holt?'

'Na, byth, dim person fel'na oedd Abbey.'

Dwi'n rhoi ychydig o amser i Deio i feddwl ymhellach, cyn rhoi help llaw iddo.

'Neb o gwbl? Neb wedi bod yn creu trafferth iddi yn ddiweddar, er enghraifft?'

'Na, neb.' Mae Deio'n aros am eiliad, wrth iddo gofio rhywbeth. 'Wel... o'dd yr *ex* yna wedi bod yn ei haslo hi, ond o'n i'n meddwl taw Abbey a Ruth o'dd yn neud ffys am hynna, yn weindio'i gilydd lan.'

'Ydych chi'n gwybod pwy oedd y cyn-gariad yma? Ei enw e, o le mae e'n dod?' gofynnaf.

'Ymm... Ger rhywbeth – 'na i gyd ddwedodd Abbey.' Fedra i weld bod Deio yn ei chael hi'n anodd i feddwl yn glir achos y sioc. 'Do'dd hi ddim eisie siarad lot am y peth gyda fi rîli – ond o'n i yna pan gafodd hi un o'i *silent phonecalls* e, a 'nes i gynnig ca'l gair, trio'i stopio fe, ond o'dd Abbey ddim yn fodlon.'

Yr un hanes â Ruth Manning felly. Rhaid bod Ger wedi siarsio ei gariad i beidio â rhannu gormod o wybodaeth amdano fe gyda neb.

'Gaf fi ofyn lle oeddech chi ddoe a neithiwr?' Dwi'n newid trywydd y sgwrs ac mae Deio'n troi i edrych arna i'n syn.

'Fi? Ond dy'ch chi ddim yn meddwl taw fi 'nath...'

'Mae'n ddrwg gen i, Mr Gwilym, ond mae'n rhaid i mi ofyn y cwestiynau yma.'

Â dagrau yn ei lygaid o hyd, mae Deio'n edrych fel petai'n mynd i ddadlau, ond yn y diwedd mae ei ben yn suddo i'w ddwylo.

'Yn y gwaith trwy'r dydd, o tua saith tan bump, yna ga'tre i newid a'n syth i'r pyb. Nes i gyrra'dd gartre tua canol nos yn y diwedd.'

'All unrhyw un gadarnhau hynny?'

'Wel, o'dd Tony yma drwy'r dydd gyda fi, a siarades i gyda chwpwl o gwsmeriaid. O'n i yn y pyb gydag Aaron, fy ffrind i – ni'n rhannu tŷ gyda'n gilydd 'fyd. Es i i'r gwely tua 12.30, arhosodd e lan i chware ar yr Xbox.'

'Iawn – oes rhif gyda chi i Aaron? Bydd angen i ni gysylltu gyda fe hefyd.'

'Ie, iawn,' mae'n cytuno mewn llais tawel, gwag, fel petai ar awtopeilot.

Tra bod Deio'n tynnu ei ffôn symudol o'i boced ac yn chwilio am y rhif, gofynnaf un cwestiwn arall.

'Oedd gan Abbey unrhyw gysylltiad ag Aberystwyth, ydych chi'n gwybod?'

'Na, dim bo fi'n gwbod,' mae'n ateb, gan basio'r ffôn draw i mi gael copïo'r rhif, cyn rhoi ei ben rhwng ei ddwylo eto. 'Doedd Abbey ddim yn un am adael y filltir sgwâr – o'dd hi'n jocan bod mynd i wylio'r rygbi yng Nghaerdydd yn antur iddi.' Mae'r dagrau'n dechrau llifo go iawn wrth iddo gofio ei gariad, ond dydy Deio ddim fel petai'n sylwi. 'O gwmpas Llanelli o'dd hi hapusa. Un tro aethon ni ar y beics ar hyd llwybr yr arfordir, a'i ddilyn e trwy Pwll a Phorth Tywyn, yr holl ffordd i Ben-bre. Wedodd hi taw dyna'r lle mwya hyfryd yn y byd.'

'Pen-bre?' gofynnaf, y gair yn taro nodyn cyfarwydd. 'Parc Gwledig Pen-bre?'

'Ie, 'na ni – o'dd Abbey wrth ei bodd yna,' mae'n ateb, ei lais yn torri. 'Dyna lle bydde hi'n mynd os o'dd hi angen codi ei chalon, dyna wedodd hi – cerdded trwy'r twyni ac anghofio am y byd. Cafodd hi sioc fawr pan ddaethon nhw o hyd i gorff y ddynes yna'r dydd o'r bla'n; o'dd hi'n uffernol o ypset am y peth...'

Wrth iddo ynganu'r geiriau fedra i ei weld yn gwneud y cysylltiad yn ei ben, ac mae'n troi i 'ngwynebu i eto. 'Dal mla'n – o's gan hynna unrhyw beth i neud â hyn? Y ddynes arall 'na'n ca'l ei lladd, a nawr Abbey? O's 'na *serial killer* o gwmpas?'

'Rydyn ni'n dilyn pob trywydd,' atebaf yn syml, yn awyddus i ffrwyno dychymyg y dyn ifanc a cheisio pwyso a mesur y datblygiad newydd hwn ar yr un pryd. Mae'n teimlo'n annhebygol taw cyd-ddigwyddiad oedd i'r llofrudd adael corff Bet Goldsmith yn yr union le oedd mor bwysig i Abbey Holt, cyn mynd ymlaen i'w lladd hi hefyd. Ond pam? Codi ofn arni efallai? Llygru'r lle y byddai Abbey yn mynd i ddianc? Dwi'n gorfodi fy hun i ddod 'nôl i'r presennol, i ddod â'r sgwrs i ben er mwyn i mi gael meddwl. Yna, cofiaf fod angen gofyn un peth arall.

'Gyda llaw, Mr Gwilym, oes gyda chi allwedd i dŷ Miss Holt, i ni gael golwg ar y lle?'

'Beth? O, o's...' mae Deio'n ateb, yn amlwg yn cael trafferth prosesu'r holl wybodaeth. Mae'n estyn pentwr o allweddi o'i boced, yn tynnu un yn rhydd a'i roi i mi. 'Russell Street, rhif 81.'

'Diolch, Mr Gwilym. Rydych chi wedi bod yn help mawr.'

Galla i weld nad yw Deio'n gwybod beth i'w wneud nesaf.

'Efallai fod yn well i chi roi'r gorau i'r gwaith am heddi, a mynd adre?' awgrymaf.

'Ymm… ie. Ie, falle bo chi'n iawn. Fe ofynna i i Tony os yw hynny'n OK. Ie, fe ofynna i i Tony…'

Mae'n siarad â'i hun erbyn hyn, felly dwi'n diolch iddo unwaith eto cyn gadael y swyddfa a cherdded 'nôl trwy'r garej. Mae'r radio'n chwarae o hyd, y pêl-droed yn cael ei drafod o hyd, ond mae'r pydew o dan y Micra i'w weld yn wag – mae Tony wedi diflannu am y tro.

Wrth gerdded allan trwy'r drysau mawr agored, dwi'n falch i weld bod Ditectif Harries yn dal i eistedd yn ei gar, yn yr un lle ag o'r blaen. Clywaf y ffôn symudol yn canu yn fy mhoced ac wrth ei estyn gwelaf ar y sgrin taw MJ sydd yno. Dwi'n stopio ar y palmant ac yn derbyn yr alwad.

MJ

'Helô, Ditectif MacLeavy.'

Dwi'n rowlio fy llygaid. Mae e'n gwybod yn iawn taw fi sy'n ffonio, a 'mod i'n gwybod pwy yw e.

'Hi, Taliesin – lle wyt ti?'

'Elizabeth Street, tu allan i'r garej lle mae Deio Gwilym yn gweithio. Newydd orffen siarad gyda fe.'

'Unrhyw beth diddorol?' gofynnaf.

'Mae'n swnio fel petai ganddo fe alibi digon cadarn, o leia tan 12.30 neithiwr, ond bydd angen gwneud yn siŵr o hynny. Dwi ddim yn credu iddo fe gael y cyfle i gipio Abbey, ei lladd hi a'i gyrru hi i Aberystwyth heb i neb sylwi. A beth bynnag, fedra i ddim gweld bod ganddo fe unrhyw reswm dros ei lladd hi.'

'Na, roedd Ruth Manning yn dweud bod y ddau'n edrych yn hapus gyda'i gilydd. Unrhyw beth arall?'

Dwi'n gwrando'n astud wrth i Taliesin esbonio bod y twyni lle bu Bet Goldsmith farw yn lle pwysig, heddychlon i Abbey Holt ac yn dilyn ei resymeg bod gadael y corff yno yn rhyw fath o neges iddi.

'Byddai hynny'n golygu bod y llofrudd yn adnabod Abbey Holt yn dda,' mae Taliesin yn gorffen, 'yn ddigon da i wybod am ei pherthynas hi â'r twyni yna.'

'Fel bydde cyn-gariad yn gwbod. Ma'r Ger yma'n dechre edrych yn fwy euog bob munud,' meddaf, gan feddwl yn uchel. 'Oedd Deio'n gwbod mwy amdano fe?'

'Na, dim o gwbl – driodd e gael gair gyda fe ar y ffôn ond gwrthododd Abbey Holt. Beth am Ruth Manning?'

'Na, dim llawer – roedd Abbey'n nyrs yn Ysbyty Treforys, ac ma Ruth yn meddwl taw dyna lle wnaethon nhw gwrdd, ond doedd hi ddim yn gwbod ai fel claf, ymwelydd, cyd-weithiwr neu beth oedd Ger yna. Wnes i ffonio'r orsaf yn Aber a gofyn iddyn nhw ddarparu rhestr lawn o staff yr ysbyty, ond *longshot* go iawn yw hynny.'

'Ie, rhaid bod cannoedd o bobol yn gweithio yna rhwng popeth. Ydych chi'n gwbod os ddaeth unrhyw beth o fynd o ddrws i ddrws yn ardal traeth Tan-y-bwlch?'

'Ffonies i'r orsaf cyn dy ffonio di. Dim byd eto. Ambell un ddim gartre, ond neb wedi gweld unrhyw beth, a neb yn gyfarwydd â Bet Goldsmith nac Abbey Holt, y llunie na'r enwau. O'n nhw ar y ffordd i'r cartre hen bobol pan siarades i â nhw.'

'Iawn.' Bron y medra i glywed Taliesin yn meddwl ar ben arall y ffôn. 'Rydyn ni ar y ffordd i dŷ Abbey Holt nawr, beth bynnag.'

'OK – man a man i fi ddod i gwrdd â chi yna. Beth yw'r cyfeiriad?' Dwi'n ysgrifennu'r manylion ar ddarn o bapur sgrap ac yn trefnu i weld Taliesin a Ditectif Harries yna mewn deng munud.

Taliesin

'Ca'l dy ordors ife?' mae Ditectif Harries yn gofyn wedi i mi eistedd 'nôl yn y car. Dyw ei hwyliau heb wella dim mae'n amlwg. 'Fi'm yn deall sut alli di weithio gyda rhywun fel'na.'

'Gyda MJ?' gofynnaf yn bwyllog.

'Ie, MJ. A ti fel ci bach yn rhedeg rownd ar ei ôl e,' mae'n ateb yn wawdlyd.

Dwi'n oedi am funud, yn ystyried y ffordd orau i ymateb, yna dwi'n troi yn fy sêt i wynebu Ditectif Harries.

'Beth petaech chi jyst yn ffwcio bant?'

Mae'r ditectif yn troi i edrych arna i'n syn.

'Beth wedest ti? Paid ti â…'

Ond dwi'n torri ar ei draws cyn iddo fynd dim pellach.

'Na, peidiwch chi siarad fel'na am MJ tu ôl i'w gefn, yn enwedig ar ôl y llanast ry'ch chi 'di gwneud o'r busnes Abbey Holt 'ma. Efallai eich bod chi'n hapus i eistedd a phwdu yn y car, ond mae rhai ohonon ni am ddod o hyd i'r llofrudd cyn iddo fe ladd eto, felly dewch, ffwrdd â ni – 81 Russell Street. Bydd Ditectif Morgan-Jones yn cwrdd â ni yna – gallwch chi ddweud beth sydd gyda chi i'w ddweud i'w wyneb pan gyrhaeddith e.'

Mae'r ditectif yn chwipio ei ben i fy wynebu i ac yn edrych arna i'n fileinig am eiliad, cyn troi 'nôl a thynnu allan i'r ffordd â'i droed ar y sbardun.

MJ

Erbyn i mi gyrraedd 81 Russell Street, mae Taliesin yna'n barod. Dwi'n parcio'r car gyferbyn â'r tŷ ac yn croesi'r ffordd. Mae Ditectif Harries yn pwyso yn erbyn to ei gar, yn syllu arna i.

'Nawr bo ti yma, a'r od-bôl 'na yn aros amdano ti yn y tŷ, o's isie i fi aros?'

Dwi'n ystyried llyncu'r abwyd sy'n cael ei gynnig, ac esbonio i'r ditectif bod yr od-bôl yna yn fwy o blismon nag y bydd e fyth, ond dwi'n cnoi fy nhafod. Does dim ffordd i ennill dadl gyda rhywun fel Ditectif Harries, sy'n meddwl ei fod e'n iawn bob tro. Mae yna bethau mwy pwysig wrth law, a llyncaf fy nicter.

'Na, bant â ti, byddwn ni'n iawn o hyn ymla'n.'

Mae'r ditectif yn dringo i'w gar, yn rhuo'r injan wrth ei danio, ac mae'n diflannu i lawr y ffordd mewn chwinciad.

'Coc,' meddaf wrth neb yn arbennig.

Mae Taliesin yn dod i'r golwg ar riniog rhif 81.

'Ditectif Harries wedi mynd?' gofynna.

'Do, wedi ein gadael ni, a gwynt teg ar ei ôl e.'

'Wnaeth e adael ar frys, on'd do? Ddwedodd e unrhyw beth wrthoch chi?' gofynna.

'Fel beth? Dy'n ni ddim yn ffrindie penna, Taliesin.' Er gwaetha ei fethiannau fel plismon, medra i ddeall, i raddau, pam fo Ditectif Harries wedi disgrifio Taliesin fel od-bôl. 'Unrhyw beth o ddiddordeb yn y tŷ?' gofynnaf, gan newid y sgwrs i lwybr mwy call.

'Ddim eto – ma'n eitha anniben yna, ond does dim arwyddion amlwg o ffraeo neu ymladd – dim wedi torri, a dim gwaed yn unman. Dewch i mewn.'

Mae Taliesin yn diflannu i'r tŷ, a minnau tu ôl iddo.

Wrth edrych o gwmpas, dwi'n cytuno nad ydy'r tŷ yn daclus fel cartre'r Goldsmiths, ond prysur, yn hytrach nag anniben, y byddwn i'n ei alw. Mae yna gwpanau coffi budr fan hyn a fan draw, platiau a sosban heb eu golchi yn y gegin, a dillad isaf yn sychu ar y rheiddiadur – ddim yn annhebyg i'n fflat i, a dweud y gwir.

Dwi'n edrych trwy'r llyfrau ar y silff – casgliad cyfan o nofelau Harry Potter, gydag ôl darllen ar bob un. Hunangofiannau Paul O'Grady, Alan Sugar a rhai enwogion eraill gyda thipyn llai o draul arnynt, a rhai eraill yn edrych fel newydd. Mae ganddi gasgliad pitw o gerddoriaeth a ffilmiau o'i gymharu â fy un i, ond hwyrach taw yn electronig y byddai rhywun oed Abbey Holt yn mwynhau pethau felly.

I fyny'r grisiau, roedd y sefyllfa yn eithaf tebyg – y brif ystafell wely yn fwy blêr na lawr grisiau, gyda dillad wedi eu gwasgaru'n driphlith draphlith dros y cwrlid. Mae yna boteli colur a theclynnau trin gwallt ar y llawr o flaen y drych mawr sy'n pwyso yn erbyn y wal. Mae'r ail ystafell wely ychydig yn fwy taclus, ond yn cael ei defnyddio'n stordy: bocsys cardfwrdd wedi eu pentyrru yn y cornel a hen feic ymarfer corff ar ganol y llawr. Yn yr ystafell ymolchi, mae yna boteli siampŵ o liwiau a meintiau gwahanol ar lawr y gawod, a thywel yn hongian dros y drws i sychu.

Wrth ddychwelyd i lawr y grisiau gwelaf Taliesin yn edrych trwy swp o amlenni. Mae'n rhoi rhai o'r neilltu ac yn agor eraill, gan edrych trwy'r cynnwys a'u gosod yn bentwr newydd.

'Cofio'n sgwrs ni gydag Osian Goldsmith wnes i,' meddai heb droi, wedi synhwyro 'mod i wedi dod i'r ystafell. 'Edrych trwy filiau ffôn ei wraig i weld pwy oedd wedi bod yn ei ffonio. Yn ffodus, dydy Abbey Holt ddim yn taflu ei biliau hi chwaith.'

'Unrhyw beth yn dal dy sylw?' gofynnaf.

'Mae yna lawer o alwadau o rif cudd yn ddiweddar. Gan gychwyn tua mis yn ôl, galwad bob tri neu bedwar diwrnod, yna yn cynyddu i dri neu bedwar bob dydd erbyn wythnos ddiwetha, pob un yn parhau am ddwy neu dair eiliad, dim mwy. Mae yna ddau rif arall sy'n cael eu ffonio'n aml – Deio Gwilym ydy un a dwi'n cymryd taw Ruth Manning ydy'r llall. Ond yn bellach 'nôl, mae 'na un rhif symudol yn ymddangos yn eitha aml am rai wythnosau, yna'n stopio'n llwyr tua'r un pryd ag y mae'r galwadau cudd yn dechrau.'

'Rhaid taw hwnna yw rhif Ger,' meddaf, gan deimlo'r cyffro'n cynyddu. 'Der â fe yma, fe geith yr orsaf ffeindio mas rhif pwy yw e.'

Ffoniaf yr orsaf yn Aberystwyth ac adrodd y rhif i lawr y lein, gan ofyn iddyn nhw gysylltu â'r cwmni ffôn a dod o hyd i'r perchennog. Dwi'n pwysleisio pa mor bwysig yw hyn am yr eilwaith ac yn gorffen yr alwad.

Dwi'n gadael Taliesin i chwilota drwy'r tŷ i gyd ac er mwyn lleddfu fy niffyg amynedd, wrth i ni aros am alwad 'nôl o'r orsaf yn Aber, af i siarad â'r cymdogion. Ceir yr un stori gan bob un:

- Abbey yn ferch neis/gwrtais/garedig iawn
- yn eithaf preifat
- ddim wedi clywed hanes unrhyw gariadon
- ddim yn cofio gweld unrhyw un yn hongian o gwmpas, 'ond mae'n stryd fishi, welwch chi'

Ar ôl awr, mae'n amlwg nad oes yna lawer i'w ennill wrth aros o gwmpas yn hwy. Mae Taliesin wedi bod trwy'r tŷ o'r top i'r gwaelod ac yn ôl eto, ond y pentwr o filiau ffôn ydy'r unig beth defnyddiol sydd wedi dod i'r amlwg.

'Iawn, Taliesin. Ma'n amser cinio, a ni 'di bod ar ein traed ers yr orie mân. Wna i drefnu i dîm fforensig ddod yma rhag ofn, ond does dim mwy i ni neud fan hyn am y tro, felly dylen ni feddwl am fynd 'nôl i Aberystwyth. Ond cyn hynny, wy ddim yn gwbod amdanat ti, ond wy bron â llwgu – ewn ni i ga'l rhywbeth i fwyta cyn dechre 'nôl.'

Mae Taliesin yn cytuno, yn codi'r pentwr o filiau ffôn oddi ar y bwrdd ac yna'n cerdded allan i'r stryd. Rydyn ni'n cau a chloi'r drws wrth adael, ac yn anelu am gaffi cyfagos ro'n i wedi sylwi arno ar y ffordd yma.

Newydd eistedd ac archebu ydyn ni pan ddaw'r alwad o'r orsaf. Yn ôl y cwmni ffôn, cytundeb *pay-as-you-go* sydd gan y rhif ar y bil, a does dim manylion allai ein harwain ni at y perchennog. Dydy'r rhif ddim wedi cael ei ddefnyddio ers y dydd y diflannodd Bet Goldsmith chwaith – dim un alwad wedi cael ei gwneud na'i derbyn. Dwi'n taro'r bwrdd â chledr fy llaw mewn rhwystredigaeth ac mae'r botel sos coch yn disgyn ar ei hochr. Wrth i mi ei chodi, sylweddolaf fod pawb arall yn y caffi wedi troi i edrych, oni bai am Taliesin – fe glywodd e ddigon o fy ochr i o'r sgwrs i ddeall y neges. Dau gam ymlaen, un cam 'nôl felly. Hanes yr achos hwn o'r cychwyn cyntaf.

Er gwaethaf hyn, teimlaf yn reddfol ein bod ni ar y llwybr iawn, bod y cyfan yn araf ddod at ei gilydd a'r cysylltiadau'n cael eu creu yn raddol bach. Ond mae yna lais yng nghefn fy meddwl yn gofyn tybed a oedd yr heddlu yn yr Eidal, y rhai oedd ar drywydd Lo Scultore, yn teimlo'r un peth ar ôl darganfod yr ail gorff, heb sylweddoli y byddai pedwar arall yn pentyrru cyn iddyn nhw ddal y llofrudd? Mae'r syniad yn creu cwlwm tyn yn fy mol, ond mae'r bwyd ar ei ffordd at y bwrdd a dwi'n ceisio 'ngorau i wthio popeth arall allan o 'mhen.

Taliesin

Tan fod MJ yn crybwyll y syniad o gael cinio cyn troi 'nôl am adre, doeddwn i heb sylweddoli pa mor llwglyd oeddwn i – mae effeithiau gwin neithiwr a chychwyn yn gynnar wedi pylu yn ystod prysurdeb y bore, gan adael archwaeth anferth ar ei ôl.

Wnes i gopïo MJ wrth archebu *lasagne* a sglodion yn y caffi, a'u llowcio i lawr, yn ogystal â'r gweddill oedd ar y plât y gwthiodd MJ o'r neilltu, ond teimlaf y bwyd yn pwyso'n drwm ar fy mol nawr a ninnau'n gyrru 'nôl i gyfeiriad Aberystwyth.

Mae yna rywbeth arall yn fy mhoeni hefyd – rhyw syniad sydd wedi hanner ffurfio, yn llechu yng nghornel bellaf fy meddwl, ac sy'n diflannu i'r cysgodion bob tro dwi'n agosáu. Mae wedi bod yna ers i ni chwilio drwy dŷ Abbey Holt – mi ddiflannodd am dipyn ar ôl i ni ddod o hyd i'r rhif symudol ar y biliau ffôn, ond dychwelodd yn fuan wedyn, gan guddio dan yr wyneb. O brofiad, y peth gorau i'w wneud yn y sefyllfa hon yw ceisio canolbwyntio ar rywbeth arall, a gobeithio y bydd y gyfrinach yn dod i'r amlwg yn ei hamser ei hun.

Dwi'n ceisio rhoi trefn feddyliol ar bopeth rydyn ni'n ei wybod am Ger. Enw byr, syml, ond, o bosib, enw llofrudd cyfrwys, eithriadol o greulon, un sy'n gallu lladd dwy ddynes o fewn ychydig ddyddiau i'w gilydd a gadael y nesaf peth i ddim tystiolaeth ar ei ôl. Ai cyd-ddigwyddiad oedd ei fod yn defnyddio ffôn *pay-as-you-go*, sy'n amhosib i'w glymu wrtho, tybed? Neu ai ymdrech oedd hynny i warchod ei breifatrwydd? Mae bywyd unig, annibynnol yn ffactor lled gyfarwydd ymhlith llofruddion sy'n lladd sawl gwaith – os felly, tybed a oedd wedi rhoi pwysau ar Abbey Holt i beidio â rhannu unrhyw fanylion ynglŷn ag ef, hyd yn oed â'i ffrindiau gorau?

Ond os taw preifatrwydd oedd ei nod, pam ceisio cynnal perthynas yn y lle cyntaf? Oes yna elfen arall o'i gymeriad sy'n mynnu cael rhyw fath o agosatrwydd, ond dim ond o dan ei amodau cyfyng e?

A beth yn union oedd ei berthynas â Bet Goldsmith? Doedd dim byd i awgrymu ei bod yn un mor glòs â'r berthynas ag Abbey Holt, ond dwi'n siŵr nad ar hap y dewisodd Bet chwaith. Bydd angen siarad ag Osian Goldsmith i weld a ydy Abbey neu Ger yn enwau sy'n canu cloch mewn unrhyw ffordd, er na fedra i ddychmygu y bydd hwnnw'n hapus iawn i'n gweld ni ar ôl treulio noswaith mewn cell a chael ei gyhuddo ar gam o ladd ei wraig ei hun.

Er bod bron pob manylyn yn fy nghof yn barod, tynnaf fy llyfryn nodiadau o 'mhoced a byseddu trwy'r tudalennau: o gychwyn yr ymchwiliad hyd at nawr, gan edrych am unrhyw beth perthnasol y gallen i fod wedi ei fethu. Darllenaf trwy'r nodiadau wnes i yn y cyfweliadau gwreiddiol yn swyddfa Brownleigh Carter ac mae pob un yn mynd ar hyd un o ddau drywydd cyfarwydd: y rhan fwyaf yn cofio treulio'r noson yng nghwmni Bet Goldsmith nes iddi adael tua 11.30 i fynd adre, a'r gweddill oedd wedi gadael yn gynnar – Thomas Carter y perchennog, Bryn, Barri ac Ellis Wyn – yn ei chofio'n llawn hwyl nes iddyn nhw ffarwelio.

Wrth droi'r dudalen mae rhywbeth yn disgyn o'r llyfryn i lawr y car. Dwi'n estyn i'w nôl – y garden fusnes roddodd Thomas Carter i mi ar yr ymweliad cyntaf, gyda'r addewid i helpu ym mhob ffordd bosib. Dwi'n cymryd cipolwg arni ac ar fin ei rhoi 'nôl yn y llyfr pan mae'r syniad oedd yn llechu yng nghefn fy meddwl gynt yn datgelu ei hun fel mellten. Estynnaf yn frysiog am y pentwr o filiau ffôn o dŷ Abbey Holt, a fflicio trwy bob un yn gyflym nes cyrraedd y dudalen sy'n cyfateb i ryw ddeufis yn ôl – yng nghanol ei pherthynas â Ger.

'Be ti'n neud?' gofynna MJ, ond dwi'n ei anwybyddu am y tro.

Dyna fe. Roeddwn i'n canolbwyntio cymaint ar ddod o hyd i'r rhifau oedd yn ymddangos amlaf ar y bil fel nad oedd y rhif yna wedi neidio allan. Yr un rhif sydd ar waelod cerdyn busnes Thomas Carter, nesaf i rif ei estyniad personol – rhif derbynfa Brownleigh Carter, y rhif wnaeth un alwad i Abbey Holt.

Dwi'n tynnu fy ffôn symudol o 'mhoced ar frys ac yn deialu'r rhif.

'Good afternoon, Brownleigh Carter,' daw'r ateb ar ôl dau ganiad. Dwi'n adnabod llais Siân, y ferch wrth y dderbynfa, yn syth.

'Detective MacLeavy,' atebaf, heb ei chyfarch. 'I need to speak to Shelley Chappell. It's urgent.'

'I'll just see if she's available,' daw'r ateb yn llawn chwilfrydedd, ond mae ganddi ddigon o synnwyr i beidio â gofyn am fwy o fanylion erbyn hyn.

Clywaf gerddoriaeth ar y ffôn tra 'mod i'n aros. Medra i deimlo MJ'n syllu arna i. Ar ôl sawl eiliad mae'r gerddoriaeth yn newid i ganiad ffôn, sy'n cael ei ateb yn syth.

'Ditectif MacLeavy? Be fedra i neud i chi?' daw llais petrusgar Shelley Chappell.

'Mrs Chappell – gen i gwestiwn neu ddau arall i chi, mae arna i ofn. Ydy'r enw Abbey Holt yn golygu unrhyw beth i chi?'

'Pardwn? Abbey Holt, ddudoch chi? Na, dwi'm yn meddwl, dydy o ddim yn canu cloch. Ydy hi'n un o'n cwsmeriaid ni?'

'Falle – fe wnaeth rhywun alwad i'w ffôn hi o rif y swyddfa.'

'Weitiwch funud, dewch i fi edrych trwy'n rhestr cwsmeriaid ni...' Daw sŵn bysedd yn teipio'n frysiog ar allweddfwrdd. 'Na, does dim Abbey Holt yn ein cofnodion ni mae arna i ofn. Ydy hyn i neud â Bet?'

'Beth am rywun o'r enw Ger?' awybyddaf ei chwestiwn. 'Dyna'i gyd sydd gen i – dim ail enw, Geraint neu Gerallt falle?'

'Wel, oes, mae yna sawl un o'r rheini, dwi'n siŵr – enwa eitha cyffredin, tydyn? Gennym ni un yn y swyddfa 'ma hyd yn oed. Dewch i ni weld...'

Mae'n cymryd eiliad neu ddwy i mi brosesu'r hyn mae Shelley Chappell newydd ei ddweud.

'Beth ddwedoch chi?' gofynnaf.

'Dweud bod Ger yn enw eitha... cyffredin?' mae'n ateb yn ansicr. 'Fel Geraint, Gerallt, ia? Ma gynnom ni Geraint yn gweithio yn y swyddfa 'ma.'

'Ond... Nac oedd, doedd dim Geraint...' dwi'n stryffaglu i fynegi'n hun yn glir.

'Pardwn? O, pan oeddach chi yma, 'dach chi'n meddwl? Oedd, siŵr – Ellis Wyn fydd pawb yn ei alw fo – Geraint Ellis Wyn ydy ei enw llawn o, ond mae hynny'n dipyn o lond ceg, tydi?'

Ellis Wyn? Yr un lletchwith fu'n chwarae â sip ei gardigan ac yn edrych ar ei oriawr yn ystod ein sgwrs? Dwi'n damio fy hun am beidio â bod yn fwy trylwyr ar yr ymweliad cyntaf yna. Wnes i siarad gyda fe. Dyma ni'n chwilio ymhob man, yn methu dod o hyd i unrhyw wybodaeth, ac mi oeddwn i'n eistedd gyferbyn â fe dim ond ychydig ddyddiau'n ôl.

'Ditectif MacLeavy? Helô?'

Dwi'n clirio fy ngwddf.

'Ie, Mrs Chappell, dwi yma.'

'Iawn, dwi 'di edrych trwy'n rhestr cwsmeriaid ni ac mae gennym ni saith enw...'

'Diolch am hynny, Mrs Chappell,' torraf ar ei thraws yn anghwrtais. 'Ydy Ellis Wyn yn y swyddfa nawr?'

'O – wel, nacdi, mae'n ddrwg gen i. Mae o 'di bod i ffwrdd yn sâl ers ddoe. Oes unrhyw beth alla i neud i'ch helpu chi?' Medra i glywed yn ei llais bod Shelley Chappell yn dechrau synhwyro bod rhywbeth o'i le.

'Mrs Chappell, ydy cyfeiriad Ellis Wyn gyda chi? Bydd angen i ni gael gair ag e ar frys.'

'Wel... ydy, arhoswch funud...' Clywaf sŵn mwy o deipio ar yr allweddfwrdd. 'Ia, dyma ni – 37, Station Terrace, Llanbedr Pont Steffan. Ond Ditectif, be sy...?'

'Ddrwg gen i, Mrs Chappell, rhaid i mi fynd. Ond diolch yn fawr, rydych chi wedi bod o help mawr.'

Dwi'n gorffen yr alwad.

'Beth sy'n mynd 'mlaen?' mae MJ yn gofyn o'r diwedd, wedi bod ar bigau'r drain drwy'r sgwrs ffôn.

'Ger – Geraint Ellis Wyn, ond fel Ellis Wyn mae pawb yn ei nabod. Mae e'n gweithio yn Brownleigh Carter – dyna beth oedd y cysylltiad â Bet Goldsmith. Fe ffoniodd e Abbey Holt o'r swyddfa unwaith, mae e fan hyn, yn y biliau ffôn. Wnes i siarad ag e pan es i mewn i'r swyddfa.'

'Ydy e yna nawr?' gofynna MJ'n syth.

'Na, heb fod yn y gwaith ers deuddydd. Ond mae gen i gyfeiriad yn Llambed iddo – lle ydyn ni nawr?' gofynnaf, gan edrych allan drwy'r ffenest ar y caeau'n gwibio heibio.

'Wedi mynd heibio i Gaerfyrddin dipyn yn ôl, llai na hanner awr o Lambed, ddwedwn i. Ewn ni yna'n syth.' A chyda hynny mae MJ'n gwasgu ei droed yn galetach ar y sbardun, a dwi'n dal yn dynnach fyth yn nolen y drws.

MJ

'Dwed wrtha i am yr Ellis Wyn yma, 'te,' meddaf wrth Taliesin, wrth i ni ruthro i gyfeiriad Llambed.

'Fe oedd un o'r rhai wnaeth adael yn gynnar y noswaith gafodd Bet Goldsmith ei lladd. Roedd ei stori'n eitha tebyg i'r lleill.' Mae Taliesin yn troi'r tudalennau yn ei lyfryn nodiadau, cyn cyrraedd yr un cywir. 'Gafodd e un hanner peint ac un sudd oren am ei fod yn gyrru. Arhosodd e am ryw awr cyn ffarwelio â'r lleill. Yn ôl beth ddwedodd e, roedd Bet Goldsmith fel petai'n mwynhau ei noson, ond doedd e ddim yn ei hadnabod yn dda – cyd-weithwyr oedden nhw'n fwy na ffrindiau.'

'Sut foi yw e?'

Mae Taliesin yn cau ei lyfryn a'i roi 'nôl yn ei boced.

'Lletchwith braidd pan wnaethon ni gyfarfod – ddim yn siŵr beth i wneud â'i hun. Llawer o'i atebion yn "ie" neu "na". Mi dreuliodd e'r sgwrs yn chwarae â'r sip ar ei gardigan. Wnes i gymryd ei fod yn nerfus wrth siarad gyda'r heddlu; roedd un neu ddau o'r lleill rywbeth tebyg.'

'A beth am yn gorfforol? Fydde fe'n ddigon mawr i gario corff Abbey Holt o'r car i'r traeth?' gofynnaf.

'O, bydde – doedd hi ddim yn fawr, ac mi fyddwn i'n dweud bod Ellis Wyn yn ei dridegau cynnar, ac yn ymddangos yn ddigon heini i fi. Ddylwn i ffonio'r orsaf, i gael gwarant i'w arestio fe?'

Dwi'n ystyried hyn am eiliad.

'Na, dim eto,' penderfynaf. 'Does dim llawer o dystiolaeth

gyda ni – ni'n gwbod bod rhywun o'r enw Ger wedi bod yn stelcian Abbey Holt, a bod rhywun â'r un enw cynta eitha cyffredin yn gweithio yn swyddfa Bet Goldsmith. Does dim byd pendant i ddweud taw'r un person y'n nhw – na fod y naill na'r llall wedi lladd unrhyw un o ran hynny.'

'Ond beth am yr alwad ffôn o Brownleigh Carter at Abbey Holt? Mae hynny'n cysylltu Ellis Wyn ag Abbey Holt.'

'Mae 'na lwyth o bobol yn gweithio yn y swyddfa, does dim i ddweud mai Ellis Wyn wnaeth yr alwad. *Circumstancial* yw e i gyd, sdim digon o dystiolaeth bendant i'w arestio fe eto. Cysyllta â'r orsaf a gofyn iddyn nhw gasglu'r holl wybodaeth am Ellis Wyn at ei gilydd – unrhyw record ar y system, hanes trethi, datganiadau banc, popeth – a'u cael nhw'n barod erbyn i ni gyrraedd 'nôl.'

Tra bod Taliesin yn gwneud yr alwad, gwasgaf fy nhroed ychydig yn drymach ar y sbardun. Er gwaetha'r dystiolaeth wan, mae gen i deimlad bod y rhwyd yn dechrau cau o'r diwedd.

Taliesin

Stryd o dai di-raen ydy Station Terrace yn Llambed, y mwyafrif angen côt o baent. Does dim byd unigryw am rif 37 – fel pob tŷ arall, does dim gardd o flaen y tŷ, ac mae'r drws ffrynt yn agor yn syth allan i'r palmant. Gan y byddai unrhyw un sy'n cerdded heibio yn medru edrych yn syth i mewn i'r ystafell fyw, mae rhif 37 (fel nifer o'r tai eraill ar y stryd) wedi ceisio diogelu preifatrwydd trwy osod cyrtens net yn y ffenest, yn ymestyn o'r top i'r gwaelod. Trwy graffu, medra i weld siapiau bras y dodrefn, ond dim manylion clir.

Mae MJ'n cnocio ar y drws am y trydydd tro, ond does dim sôn am unrhyw un. Does dim symudiad y tu ôl i'r cyrtens, ac wrth edrych trwy'r blwch post medra i weld pentwr o lythyron ar lawr y coridor, awgrym nad oes neb wedi croesi'r trothwy ers sawl diwrnod.

'Beth nawr?' gofynnaf.

Galla i weld bod MJ'n pendroni ynglŷn â'r cam nesaf.

'Wel, does dim digon 'da ni i gael gwarant i chwilio'r tŷ.' Mae'n sefyll, ac yn edrych i fyny ac i lawr Station Terrace. 'Dere gyda fi,' meddai, gan ddechrau cerdded i lawr y stryd. Yn y pen pellaf mae'n troi i'r chwith i lawr lôn fach, ychydig yn fwy na lled car. Rydyn ni'n dilyn ochr y tŷ diwethaf ar y stryd, heibio i hen beiriant golchi sydd wedi cael ei adael ar ochr y lôn, yna'n troi i'r chwith eto ac yn dilyn llwybr cul sy'n ein harwain y tu ôl i'r tai y buon ni'n sefyll o'u blaenau yn gynharach. Dwi'n cerdded yn ofalus, yn ceisio osgoi'r poteli cwrw gwag a'r baw ci ymhob man ar hyd y llwybr. Dwi'n canolbwyntio cymaint ar gamu'n ofalus nes i mi fethu sylwi bod MJ wedi stopio o 'mlaen i, a cherddaf yn syth i mewn i'w gefn.

'Dyma ni,' meddai, gan edrych ar gefn y tŷ o'n blaenau. 'Dyma'r un ni eisie wy'n meddwl. Hwn yw 37.'

Mae yna wal gadarn yr olwg yn gwarchod gardd gefn y tŷ.

'Reit, bydd yn rhaid i ti fynd drosto.' Mae MJ'n plethu bysedd ei ddwy law ac yn plygu i lawr o 'mlaen i. 'Dere, wna i roi *leg-up* i ti.'

Edrychaf arno'n amheus.

'Dringo dros y wal? Pam fi?' Mae'n edrych yn wal beryglus o dal. 'A sut fyddai'n dod 'nôl?'

'Dwi'n siŵr fydd 'na gadair neu rywbeth i ti sefyll arni ar yr ochr arall. Dere mla'n.' Mae'n amneidio â'i ddwylo, i geisio fy annog ymlaen. Yn ansicr, dwi'n rhoi fy nhroed chwith yn ei ddwy law, ac yn sythu fy nghoes, gan deimlo fy hun yn codi wrth i MJ sefyll i fyny. Gafaelaf yn dynn yn nhop y wal, a chrafangu â blaen fy esgidiau i gael rhyw fath o afael ar y wal lefn. Yn raddol, a braidd yn afrosgo, llusgaf fy hun i fyny nes 'mod i'n eistedd ar ben y wal.

O fy ngolygfan newydd fedra i weld nad oes llawer o ôl gofal ar yr ardd. Mae'r hyn o lawnt sydd yno wedi gordyfu nes bod y gwair rhyw ddwy neu dair troedfedd o uchder ac yn dechrau plygu 'nôl ar ei hun. Ar waelod y wal mae'r drain a'r dail poethion yn drwch, a dwi'n trio penderfynu lle fyddai orau i mi geisio glanio.

'Beth ti'n neud nawr?' gofynna MJ'n ddiamynedd. 'Neidia lawr a cer i weld beth sy 'na drwy'r cefn, sdim trwy'r dydd 'da ni.'

Dewisaf y darn lleiaf dwys o ddail poethion ac anelu amdano, gan wthio fy hun o ben y wal. Dwi'n glanio'n bendramwnwgl, ond yn ddianaf, ac wedi i mi godi a brwsio'r pridd a'r baw oddi ar fy nhrowsus, gwthiaf drwy'r gwair trwchus i gefn y tŷ.

Yn araf bach dwi'n agosáu at y drws cefn. Mae'r paent gwyrdd yn plicio oddi arno ac mae trwch o lwch drosto, ond mae'n bosib edrych i mewn i'r gegin. Mae'n ystafell fach, flêr, gyda bocsys grawnfwyd, pecynnau o reis a phasta a photeli saws wedi'u pentyrru ymhob man – canlyniad diffyg lle i osod cypyrddau i storio bwyd. O 'mlaen, yn wynebu'r ffenest, mae oergell sy'n rhy fawr i'r ystafell fach, gyda phamffledi têc-awê wedi eu gosod ar y drws a'u cadw yn eu lle â magnetau bychain. Mae rhywbeth yn dal fy llygad, ac wrth graffu'n nes, gwelaf ambell lun ymysg y bwydlenni pizza a chyri. Gan ddefnyddio llewys fy nghôt, dwi'n sychu rhywfaint o'r llwch o'r ffenest ac yn edrych â llygaid newydd... llun o ddyn a dynes ifanc, o beth wela i, ac wrth edrych yn nes gwelaf taw Ellis Wyn yw'r dyn. Mae ei fraich am ysgwydd y ferch ac mae'r ddau'n gwenu... na, dydy'r ddau ddim yn gwenu. Mae yna wên ar ei wyneb e, ond mae ei hwyneb hi yn llai eglur.

Tynnaf y ffôn o fy mhoced a gwasgu botwm y camera. Gan ei anelu at yr oergell, ac edrych ar y sgrin, pinsiaf ac ymestyn fy mysedd i chwyddo'r ddelwedd. Wrth i mi ffocysu, mae ias yn mynd i lawr fy nghefn. Medra i weld yn glir nawr; mae Ellis Wyn yn gwenu, ond mae wyneb y ferch wedi ei ddileu o'r llun, wedi ei guddio gan grafiadau byr, manwl o un gornel yr wyneb i'r llall. Tynnaf lun, a symud y camera yn herciog, cyn dod o hyd i lun arall yng nghanol y pamffledi. Dau mewn bwyty y tro hwn, yn codi gwydraid o win coch at y camera. Ellis Wyn yn gwenu eto, ond mae'n amhosib dweud ai dyma'r un ddynes ag oedd yn y llun cyntaf. Mae ei hwyneb wedi ei ysgathru o'r llun â'r un patrwm cywrain, dinistriol. Yr union batrwm – yr un crafiadau pendant, bwriadol – ag y gwelais i ar wynebau Bet Goldsmith ac Abbey Holt...

Gyda'm ceg yn sych, symudaf at y ffenest ar ochr bellaf

cefn y tŷ a chael fy hun yn edrych i mewn i barlwr bach, gyda chadair esmwyth ag ôl defnydd arni nesaf i le tân yn wynebu hen deledu mawr. Mae yna luniau di-ri ar y waliau ac ar y silff ben tân – rhai'n hen, rhai'n fwy diweddar, rhai'n lluniau o blant neu anifeiliaid anwes, rhai o deuluoedd cyfan. Ond sawl un yn dangos yr un ymdrech bwrpasol, dreisiol i ddileu wyneb y ddynes.

Defnyddiaf gamera'r ffôn i ffocysu ar y llun mewn ffrâm addurnedig sy'n eistedd ar ben y teledu – llun priodas mewn du a gwyn. Mae'r priodfab yn chwerthin ar rywbeth y tu hwnt i ffrâm y llun, ei wallt hir yn cyffwrdd ei ysgwyddau a'i fwstash trwchus yn fframio ei geg agored. Nid Ellis Wyn yw hwn, er bod yna debygrwydd. Mae'r briodferch yn sefyll nesaf ato, ei llaw yn yr awyr yn cydio mewn tusw o flodau bach a'i ffrog hir wen yn cyffwrdd â'r llawr... a'i hwyneb wedi'i ddileu. Dwi'n sylwi y tro hwn fod yna ffyrnigrwydd a blerwch i'r crafiadau, sy'n wahanol i'r lluniau eraill, ac yn annhebyg i'r marciau ar wynebau'r ddwy gafodd eu llofruddio.

'Taliesin?' clywaf MJ'n galw o'r llwybr y tu hwnt i'r wal. 'Unrhyw beth?'

Tynnaf lun o'r llun priodas yn y ffrâm, ac yna atebaf.

'Oes. Rhywbeth.'

Dwi'n gafael yn y bin mawr du wrth ddrws y gegin a'i lusgo 'nôl dros y lawnt, trwy'r gwair trwchus, yna'n ei wthio yn erbyn wal gefn yr ardd a dringo ar ei ben yn ofalus. Llusgaf fy hun i ben y wal a gadael i fy nghorff ddisgyn i lawr ar yr ochr arall. Mae MJ'n gafael yn fy mraich i 'nghadw i ar fy nhraed.

'Edrychwch' meddaf, gan basio'r ffôn.

Mae MJ'n pori drwy'r lluniau, ei lygaid yn agor led y pen wrth weld yr un creithiau cyfarwydd.

'Roedd 'na fwy,' esboniaf, wrth bwyso yn erbyn y wal. 'Lot ohonyn nhw. Yr un patrwm.'

'Y marcie 'ma – crafu'r wynebau o'r llunie… Beth ddiawl yw hyn?'

Dyna sydd wedi bod ar fy meddwl i ers y tro cyntaf i mi weld y creithiau ar wyneb Bet Goldsmith, ac o'r diwedd mae darnau'r jig-so yn dechrau ffurfio yn un ddelwedd glir.

'Fedra i ddim bod yn siŵr, ond mae'r lluniau hyn yn rhoi rhyw fath o gyd-destun i'r llofruddiaethau.'

Mae MJ'n syllu arna i, yn fy annog yn dawel i fynd ymlaen.

'Yn ei feddwl e mae yna rywbeth yn gyffredin rhwng y merched yn y lluniau, ac fe fyddwn i'n tybio ei fod e wedi gweld y nodwedd honno yn Abbey Holt a Bet Goldsmith hefyd. Ond daeth pwynt lle nad oedd dinistrio'r lluniau yn ddigon. Roedd e angen gwneud 'ny go iawn. Dwi ddim yn meddwl taw anharddu'r merched ydy pwrpas y creithiau – mae'n ddyfnach na hynny. Fedrith e ddim diodde cofio eu hwynebau nhw, yn llythrennol ac mae dinistrio'r lluniau yn dinistrio'r atgofion. Mae'r creithiau ar Bet Goldsmith ac Abbey Holt yn caniatáu iddo eu cofio nhw wedi eu anharddu. Mae'n ceisio dileu eu hwynebau go iawn yn gyfan gwbl o'i feddwl.'

Mae MJ'n edrych arna i. 'Ffyc, ma'r boi 'ma off 'i ben, on'd yw e?'

'O ydy, mae ganddo broblemau seicolegol dwfn iawn, ac ers amser. Ond y cwestiwn yw: pam nawr? Oes rhywbeth wedi digwydd yn ddiweddar – rhyw drawma yn ei fywyd? Rhywbeth sydd wedi achosi iddo gymryd y naid i ladd dau o bobol?'

'Fel Abbey Holt yn cwpla eu perthynas nhw, ti'n meddwl?'

Dwi'n ystyried hyn am eiliad, ond dydy hynny ddim yn swnio'n iawn – dydy e ddim yn ddigon.

'Falle. Ond mi oedd hynny rhyw fis yn ôl, a'i ymateb uniongyrchol e i hynny oedd ei stelcian hi, nid ei lladd hi.

Efallai taw bwriad y stelcian oedd arwain at lofruddiaeth yn y pen draw, ond dwi'n teimlo bod yna rywbeth arall, rhyw sbardun mwy difrifol wedi ei wthio dros y dibyn yn y diwedd.'

Ar hynny, mae ffôn MJ yn canu yn ei boced. Mae'n ei estyn ac yn gwgu wrth edrych ar y sgrin.

'Saunders,' meddai gan edrych arna i, ac mae'n gwasgu'r botwm i dderbyn yr alwad.

MJ

'Helô?' atebaf.

'MJ, lle ffwc wyt ti? Beth sy'n mynd mla'n? Rhag ofn bo ti heb sylwi, ma gyda ni ddau gorff marw a mi wyt ti... lle ddiawl wyt ti beth bynnag?'

'Yn Llambed, ma'am, yn dilyn...'

'Llambed? Beth ffwc wyt ti'n neud yn Llambed?'

'Yn dilyn...'

'Edrych, ma'r prif gwnstabl yn gofyn pob math o gwestiynau alla i ddim mo'u hateb, ma cyfreithwyr Osian Goldsmith yn bygwth pob math o bethe, ma'r wasg tu fas i'r orsaf yn mynnu atebion, a wy wedi siarad â rhyw Ditectif Harries o Lanelli – sy ddim yn ffan mawr ohonot ti gyda llaw – a dwi'n tueddu i gytuno 'da fe ar hynny. Yn enwedig nawr bo fi'n deall bo ti yn ffycin Llambed?'

Wrth i Saunders stopio i anadlu neidiaf i mewn i'r sgwrs, gan esbonio'r datblygiadau diweddaraf – Ger, y stelcian, yr alwad ffôn o Brownleigh Carter i ffôn Abbey Holt, Ellis Wyn a'r lluniau yn y tŷ yn arddangos yr un marciau â'r rhai ar wynebau'r ddau gorff. Mae saib ar y lein wedi i mi orffen.

'A dyna i gyd sy 'da ni?' daw'r ateb o'r diwedd. 'Hanner enw cyffredin, un alwad ffôn a cwpwl o lunie ag ôl bach o grafu arnyn nhw?' Ond alla i glywed bod y ffyrnigrwydd yn ei llais wedi lleddfu rhywfaint, am y tro o leiaf.

'Ody hynny'n ddigon i gael gwarant i chwilio'r tŷ ac i gael tîm fforensic lawr 'ma?' gofynnaf.

Daw ochenaid uchel o ben draw'r lein.

'Wel, fydd rhaid iddo fe fod, yn bydd? Aros di fynna rhag ofn bod Ger, neu Ellis Wyn, neu beth bynnag ti isie'i alw fe yn troi lan. Wnai anfon y tîm fforensig draw nawr.' Mae'n oedi, cyn ychwanegu, 'Well bo ti'n iawn am hyn, MJ.'

A chyda hynny, mae'r alwad yn dod i ben. Dwi'n troi at Taliesin, sydd wedi bod yn gwrando'n astud.

'Dere, ewn ni 'nôl i'r ffrynt i aros yn y car – ma'r tîm fforensig ar ei ffordd.'

Taliesin

Dwi'n gwylio fan y tîm fforensig a char yr heddlu lleol yn parcio'n ofalus ar Station Terrace, gyferbyn â rhif 37.

Mae'r heddlu wedi dod â warant i chwilio'r tŷ. Ar orchymyn MJ, er ein bod yn weddol sicr fod y lle'n wag, mae'r mwyaf o'r ddau heddwas yn cnocio ar y drws sawl gwaith ac yn cyhoeddi mai'r heddlu sydd yma. Pan na cheir ymateb mae'n rhoi ei ysgwydd i'r drws, ac mae hwnnw'n hedfan ar agor yn syth, y clo yn deilchion. Wedi sicrhau nad oes neb adre, mae'r ddau'n gadael y tŷ, un yn mynd i sefyll ar bwys eu car, gyda gorchymyn i gadw llygad ar y stryd a chael gwared ar unrhyw un sy'n crwydro'n rhy agos, a'r llall yn mynd o un tŷ i'r llall yn siarad â'r cymdogion.

Yn y cyfamser, mae'r tri thechnegydd fforensig wedi dringo o'u fan a gwisgo eu siwtiau gwyn – un dyn hŷn â'i wallt hir llwyd wedi ei glymu 'nôl mewn *pony-tail*, dynes ifanc, lem yr olwg a dyn croenddu sydd i weld yn iau na'r ddau arall. Dwi'n cymryd yn ganiataol taw'r un hynaf sy'n rhedeg y sioe, ond yr un ifancaf sy'n rheoli, yn cael sgwrs fer gyda'r ddau arall cyn eu gadael nhw wrth ochr y fan, yn casglu'r offer ynghyd, tra'i fod ef yn dod draw i'n cyfarch ni.

'Sut wyt ti, MJ?' mae'n galw â llaw estynedig a gwên ar ei wyneb.

'Iawn, Jimi?' ateba MJ, gan ysgwyd ei law. 'Taliesin, dyma Jimi George. Jimi, dyma Taliesin MacLeavy.'

Dwi'n ysgwyd ei law ac yn teimlo ei gyffyrddiad yn syndod o ysgafn – yn wahanol iawn i gaderndid feis Ditectif Harries y bore 'ma. Ond efallai na ddylai hynny fy synnu. Rhaid bod cyffyrddiad ysgafn yn fantais i dechnegydd fforensig â nhwythau'n treulio'u dyddiau'n chwilio am y darnau mwyaf pitw o dystiolaeth.

Wrth i mi ystyried hyn, mae MJ'n rhoi crynodeb o'r sefyllfa i Jimi, gan esbonio ein bod yn chwilio'n benodol am olion gwaed, neu unrhyw awgrym i rywun ar wahân i Ellis Wyn fod yn y tŷ yn ddiweddar.

'Iawn, der i ni weld be sy gyda ni, 'te,' ateba Jimi, ar ôl gwrando'n astud, y wên wedi diflannu a golwg ddifrifol ar ei wyneb erbyn hyn. 'Os wnewch chi aros fan hyn am y tro, wnewn ni eich galw chi mewn mor fuan ag y gallwn ni.'

Hanner awr yn hwyrach rydyn ni'n cael caniatâd i fynd i'r tŷ, ond dwi'n cael y teimlad wrth groesi'r trothwy na fydd llawer o dystiolaeth yma. Mae'r pentwr llythyron oedd yn gorwedd yn y coridor wedi cael eu codi a'u gosod naill ochr. Wrth fynd trwy bob un, ac edrych ar y dyddiadau ar farciau post yr amlenni, fedra i weld na fu Ellis Wyn yma ers llofruddiaeth Bet Goldsmith. Efallai y bydd yna dystiolaeth yn awgrymu i Abbey Holt fod yma rhywdro, ond fe fyddwn i'n synnu petai hi – sut fyddai Ellis Wyn yn esbonio'r lluniau heb wynebau i'w gariad?

Ac mae yna lawer o luniau. Yn ogystal â'r rhai yn y gegin a'r parlwr cefn, mae mwy eto yn y stafell fyw, y cyrtens net yn eu cuddio o'r stryd y tu allan. Mae yna ambell lun o Ellis Wyn yn blentyn, yn tyfu fyny, yn chwarae pêl-droed neu mewn gwisg ysgol. Mae'r llwch yn drwch ar lawer o'r fframiau, y rhan fwyaf heb eu cyffwrdd ers blynyddoedd – ai dyma gartre teuluol Ellis Wyn, lle cafodd ei fagu, tybed?

Mae un llun yn arbennig yn dal fy sylw, wedi ei osod mewn ffrâm arian ar y lle tân yn y stafell fyw. Does dim o'r marciau sy'n difa cymaint o'r lluniau eraill ar hwn. Ynddo mae Ellis Wyn, tua deg oed, yn gwenu ar y camera ac yn eistedd gyda dyn â sigarét yn ei geg, ond heb arlliw o wên ar ei wyneb – ei dad, ddwedwn i. Dwi'n craffu'n nes, yna'n codi'r ffrâm a'i chario i'r parlwr cefn. Wrth ei dal nesaf at y llun priodas ar ben y teledu, yr un sydd wedi cael ei grafu yn fwy blêr a ffyrnig na'r lleill, medra i weld taw'r un dyn sydd yn y ddau. Mae blynyddoedd wedi pasio rhwng tynnu'r ddau lun, a threigl amser heb helpu'r dyn, ond tad Ellis yw'r priodfab, yn sicr. Ai mam Ellis Wyn ydy'r briodferch sydd wedi ei hysgathru o'r llun priodas felly? A pham fod hwnnw wedi ei ddinistrio mewn ffordd wahanol i'r lleill? Edrychaf o gwmpas yn methu dod o hyd i unrhyw luniau eraill o'r tad gyda'i wraig, na chwaith rhai o Ellis Wyn yn blentyn gyda'i fam.

'Ma'n anodd bod yn sicir,' meddai MJ wrth gerdded i'r ystafell a thorri ar draws fy synfyfyrio, 'ond o beth fi'n gweld ma ôl crafu wynebau tair dynes wahanol o'r llunie 'ma. Un yn y llunie hyna, pan oedd Ellis Wyn yn blentyn bach...'

'Dwi'n tybio mai ei fam ydy hi,' cynigiaf.

'Ie, dyna o'n i'n amau. Wedyn ma 'na lond llaw o lunie diweddar, fel y rhai ar yr oergell – bosib taw Abbey Holt yw hi. Ma'r lliw gwallt yn cyfateb, a wy'n credu bod un o'n nhw wedi ei dynnu yn y Parc Gwledig ym Mhen-bre. Bydde hynny'n neud sens os o'dd hi'n hoffi treulio amser yna... A ma llunie o ferch arall hefyd, lot o'n nhw, fel hwn...' Mae MJ'n pwyntio at y wal: llun o Ellis Wyn mewn coedwig, ei fraich am ddynes â'i hwyneb wedi diflannu o dan y crafiadau. 'Ma'i gwallt hi'n drawiadol – gwallt coch, trwchus. Ma lot o lunie ohoni hi drwy'r tŷ i gyd – neu, yr hyn sy ar ôl o'r llunie – ac ma sawl un yn awgrymu bod y ddau mewn perthynas. Ac o ystyried faint o lunie sy 'na, oedd hon yn berthynas hirach na'r un gydag Abbey Holt.'

'Ond drychwch, mae hwn yn wahanol eto,' meddaf, gan dynnu sylw MJ at y llun priodas ar y teledu, yn awyddus i gael ei farn. 'Chi'n gweld? Mae'r marciau'n fwy gwyllt, yn dangos mwy o ddicter.'

Mae MJ'n pwyso'n nes er mwyn ei astudio.

'Ie, ti'n iawn. Pam 'ny, 'te, sgwn i?'

'Dwi ddim yn gwbod eto. Falle taw hon oedd y gynta? Mae'n debyg, ond eto'n wahanol. Dwi'n cael y teimlad bod hon yn allweddol mewn rhyw ffordd, er mwyn deall beth sy wedi cael ei wneud i'r gweddill.'

Mae MJ'n dal i astudio'r llun yn fanwl.

'Hmm,' yw ei unig ateb. Mae'n sythu ei gefn ac yn edrych o gwmpas yr ystafell. 'Drycha, wy newydd gael gair 'da Jimi a sdim byd 'da nhw 'to, ond byddan nhw yma am orie. Fues i'n siarad gyda'r cwnstabl tu fas hefyd, yr un sy 'di bod gyda'r cymdogion – neb yn cofio gweld unrhyw un ond Ellis Wyn yn dod 'ma ers blynydde, a neb wedi ei weld ers sawl diwrnod. Well i ni fynd 'nôl i Aber, rhaid i ni dreial ca'l rhyw glem ble ma Ellis Wyn. Adawa i ti yn yr orsaf a chei di fynd trwy ei gefndir – falle 'neith hynny roi cliw i ni lle ma fe nawr. Tra bo ti'n neud hynny, wna i fynd i siarad 'da chriw Brownleigh Carter eto, rhag ofn bod un ohonyn nhw'n gwbod mwy amdano fe.'

Wrth i ni adael y tŷ, a chroesi'r ffordd i'r car, gwelaf rywbeth yn symud o gornel fy llygad. Hen fag du plastig gwag, wedi ei ddal yn y gwifrau trydan sy'n ymestyn i bob tŷ o'r polyn telegraff ar ben y stryd. Clogyn gwrach arall – baner dywyll, ddiobaith, yn chwifio'n llipa yn yr awel fwyn.

MJ

Am unwaith, Taliesin sy'n siarad fwyaf ar y siwrne 'nôl o Lambed. Dim ond nawr, a finnau ar y ffordd i swyddfa Brownleigh Carter, ar ôl ei adael ef yn yr orsaf, dwi'n cael tawelwch i ystyried y cwestiynau y bu'n eu gofyn dro ar ôl tro yn ystod y daith.

1) Beth welodd Ellis Wyn yn gyffredin rhwng Bet Goldsmith ac Abbey Holt, yn ddigon tebyg iddo ladd y ddwy?
2) Beth, yn sydyn, oedd wedi ei sbarduno i gipio a lladd y merched hyn?
3) Pam fod yr wyneb yn y llun priodas wedi ei grafu i ffwrdd mewn ffordd wahanol i'r lleill?
4) Beth yw pwysigrwydd y lleoliadau y gadawyd y cyrff?
5) Pwy oedd y ddynes â gwallt coch yn y lluniau?

Awgrymodd Taliesin atebion i bob un, yna rhwygo pob un yn ddarnau. Aeth trwy ei lyfr nodiadau fesul tudalen, yn darllen ambell sylw neu frawddeg berthnasol yn uchel cyn symud ymlaen. Roedd yn dilyn trywydd newydd arall wrth i mi dynnu i mewn i faes parcio'r orsaf, ond wedi iddo sylweddoli ein bod ni 'nôl, fe neidiodd o'r car heb ffarwelio a brysio i gyfeiriad y drws.

Mae'r cwestiynau yn dal i droelli yn fy mhen wrth i mi barcio'n anghyfreithlon ar y palmant y tu allan i swyddfa Brownleigh Carter. Gydag ymdrech dwi'n eu gwthio i gefn fy meddwl. Yma i hel gwybodaeth a dod i ddeall mwy am Ellis Wyn ydw i, gwaith plismon syml, hen ffasiwn. Fe wna i adael y theorïau a'r seicoleg i Taliesin.

Gwasgaf y gloch, yn barod i wthio'r drws cyn gynted ag y clywaf *buzz* y clo. Mae'r ferch wrth y dderbynfa yn amlwg yn fy nghofio, ac yn sythu yn ei chadair.

'How can I help you today, Detective?'

'Is Thomas Carter in today?' Mae'n bryd mynd yn syth i'r top.

'Yes... yes, I believe he is, but I think he's on a call at the moment...'

'Can you tell him I'm here please? I'm sorry, but it's quite urgent.'

'Yes, of course – if you could wait here...'

Mae'n codi o'i chadair ac yn camu o du ôl i'w desg, yn sigledig braidd ar ei sodlau uchel. Mae'n diflannu i fyny'r grisiau, a medra i glywed sŵn cnocio ar ddrws ac yna sgwrs dawel, frysiog. O fewn munud dwi'n cael fy ngwahodd i swyddfa Thomas Carter, un dipyn yn fwy na swyddfa Shelley Chappell a ddim hanner mor gynnes, diolch byth.

'Diolch am fy ngweld i, Mr Carter,' dwi'n ei gyfarch, wrth ysgwyd llaw.

'Dim problem... mae'n ddrwg gen i, doedd Siân ddim yn cofio eich enw, Ditectif...?'

'Morgan-Jones.'

'Wrth gwrs. Plis, eisteddwch.'

Dwi'n suddo i gadair foethus ac mae Thomas Carter yn gwneud yr un peth.

'Dywedodd Siân eich bod chi am siarad â fi ar frys...'

'Wel, odw – chithe'n gynta, ac wedyn gweddill y staff, os gwelwch yn dda. Yn ymwneud yn benodol ag un o'ch gweithwyr chi – Geraint Ellis Wyn.'

'Ellis Wyn?' Mae ei aeliau trwchus yn codi. 'A beth mae e wedi'i wneud?'

'Alla i ddim manylu ar hyn o bryd, yn anffodus, ond petaech chi'n gallu ateb ychydig o gwestiynau fe fyddai'n ein helpu ni. Mr Carter, fyddech chi'n dweud eich bod chi'n adnabod Geraint yn dda?'

Mae Thomas Carter yn llenwi ei fochau ag awyr, yna'n eu chwythu allan yn araf.

'Dwi'n gwneud pob ymdrech i ddod i nabod y staff i gyd, ditectif. Fe fydden i'n hoffi meddwl fod gen i berthynas dda â phob un ohonyn nhw, i raddau gwahanol. Ond dydy Ellis Wyn erioed wedi bod yn un arbennig o hawdd i ddod yn agos ato. Peidiwch â 'nghamddeall i, mae'n gwrtais ac yn ddigon cyfeillgar, ond o ran gwybod am ei fywyd tu allan i'r swyddfa, dwi ddim yn meddwl bod yna ryw lawer alla i ddweud wrthoch chi, mae arna i ofn.'

'Ers pryd ma fe wedi bod yma gyda chi?'

'O… rhyw bum mlynedd erbyn hyn, mae'n siŵr.'

'Ac ydych chi'n gwbod unrhyw beth o gwbl am ei fywyd personol? Ody e'n briod, er enghraifft?'

Mae talcen y perchennog yn crychu wrth iddo feddwl.

'Mi oedd e pan ddechreuodd e, dwi'n siŵr – ond fe glywes i si fod y berthynas yna wedi gorffen dipyn yn ôl.'

'Wnaethoch chi gwrdd â'i wraig erioed?'

'Na… na, dwi'n weddol siŵr 'mod i heb. Ry'n ni'n estyn gwahoddiad i bartneriaid i'r parti Nadolig bob blwyddyn – aeth Osian, gŵr Bet, dros ben llestri braidd blwyddyn diwetha os cofia i'n iawn – ond dwi erioed yn cofio Ellis Wyn yn dod ag unrhyw un.'

'Oes yna unrhyw un mae e'n arbennig o gyfeillgar â nhw, fyddech chi'n dweud? Rhywun o blith y staff fyddai'n gwbod mwy amdano fe?'

Mae Thomas Carter yn eistedd â'i ên yn ei law, ei fys yn tapio'i wefus wrth iddo feddwl.

'Na, neb yn arbennig – mae Ellis Wyn yn tueddu i gadw'i hun iddo'i hun, chi'n gweld. Petawn i'n gorfod dewis rhywun bydden i'n dweud ei fod e â Bet yn cydweithio'n weddol agos. Mi oedd hi'n eitha mamol tuag at lawer o'r staff ifanc.'

'Bet Goldsmith?'

'Ie. Ond yn amlwg dydy Bet ddim... wel, chi'n gwybod am Bet, druan. Roedd hynny'n sioc fawr i bawb, gan gynnwys Ellis Wyn.'

Tybed, meddyliaf.

'Oes unrhyw beth arall allwch chi ddweud amdano fe? Unrhyw absenoldebau, er enghraifft?'

'O beth gofia i, roedd ei dad yn eitha sâl rhyw flwyddyn neu ddwy yn ôl ac roedd yn rhaid i Ellis Wyn gymryd gwyliau i edrych ar ei ôl am dipyn. Mae'n cymryd dydd o wyliau nawr ac yn y man, ond o ran salwch, y deuddydd diwethaf yma yw'r tro cyntaf iddo fod yn absennol ers dwi ddim yn siŵr pryd.'

'Ody ei dad yn fyw o hyd, 'chi'n gwbod?' gofynnaf, gan feddwl am y llun priodas yn y tŷ yn Llambed.

'Cyn belled â dwi'n gwybod, ydy.'

Dwi'n ysgrifennu'r cwbl yn y llyfryn.

'Iawn, diolch, Mr Carter, wy'n gwerthfawrogi eich amser. Beth wy angen nawr yw gair â gweddill y staff – o's stafell gyfarfod allen ni ddefnyddio?'

'Oes, oes – ar y llawr gwaelod, drws nesa i'r dderbynfa. Ewch chi i lawr, fe wna i ofyn i Shelley ddod â phawb atoch chi.'

Wedi ysgwyd llaw'r perchennog unwaith eto, dwi'n gadael y swyddfa ac yn mynd i lawr y grisiau a nôl i'r dderbynfa. Mae Siân yn agor y drws ar yr ystafell gyfarfod foethus, cadeiriau lledr du o gwmpas bwrdd mawr, gwydr tywyll. Byd gwahanol i ystafell y Sgrym yn yr orsaf a'r cwpan bach plastig dros y larwm tân. Dwi'n sefyll yn erbyn y wal gyferbyn â'r drws ac yn gwylio'r staff yn ymlwybro i mewn fesul un a dau. Shelley Chappell yw'r diwethaf i gyrraedd, ac mae'n cau'r drws y tu ôl iddi. Mae yna dawelwch lletchwith cyn i mi ddechrau siarad.

'Pnawn da. I'r rhai ohonoch chi sydd heb gwrdd â fi o'r blaen, fy enw i yw Ditectif Morgan-Jones. Dwi'n deall eich bod chi fel cwmni wedi diodde colled fawr gyda marwolaeth Bet Goldsmith, a dwi'n gwerthfawrogi bod gan rai ohonoch chi gwestiynau ynglŷn â sut mae'r ymchwiliad yn mynd yn ei flaen. Yn anffodus, fydd dim modd i mi ateb y cwestiynau yna heddiw.'

Mae un neu ddau yn edrych ar ei gilydd yn amheus.

'Y rheswm dwi wedi eich galw chi ynghyd yw ein bod ni'n ceisio dod o hyd i un o'ch cyd-weithwyr chi – Geraint Ellis Wyn. Does dim sôn amdano yn ei gartre, felly o's gan unrhyw un wybodaeth ynglŷn â lle y galle fe fod?'

Does dim ymateb o'r gynulleidfa. Dwi'n ceisio rhoi hwb arall, er mwyn annog rhywun i siarad.

'Dwi'n deall, er enghraifft, iddo fod yn briod, ond falle fod y briodas yna wedi dod i ben. Oes rhywun yn nabod ei gyn-wraig?'

Mae un ferch yn codi ei llaw, fel disgybl mewn dosbarth, yna'n gwrido a'i thynnu i lawr. Mae'n clirio'i gwddf ac yn siarad mewn llais tawel.

'Rhywbeth Wyn oedd ei henw hi. Geraint Ellis yw ei enw iawn e, chi'n gweld. Fe gymerodd e'i chyfenw hi ar ôl priodi, a hithe ei gyfenw fe. Dyna ddwedodd e wrtha i unwaith beth bynnag. Dwi'n cofio meddwl bod hynny'n rhyfedd ar y pryd.'

'Ia – Amy. Dyna oedd ei henw hi, Amy Wyn.' Daw llais cyfarwydd Shelley Chappell o gefn yr ystafell. 'Mi fyddai o'n siarad amdani nawr ac yn y man, ond dim ers tro rŵan. Mi fyddwn i'n gofyn sut oedd hi weithiau, ac ar ôl tipyn mi fyddai o'n osgoi ateb, felly 'nes i gymryd eu bod nhw wedi gwahanu. 'Nes i'm gofyn mwy wedi hynny; do'n i ddim am fusnesu.'

'Ie – un o ardal Llanelli o'dd hi,' mae dyn ifanc yn ymuno â'r drafodaeth. 'Wy'n dod o Gaerfyrddin, ac o'n i'n meddwl falle fysen i'n nabod hi o gatre, ond do'dd Ellis Wyn ddim yn awyddus i siarad lot amdani hi.'

'A does neb yn gwbod mwy amdani?' gofynnaf. Mae un neu ddau yn ysgwyd eu pennau a'r ystafell yn aros yn dawel. 'Beth am deulu arall, 'te? Rhieni, er enghraifft?'

'Mi oedd ei dad yn sâl rai blynyddoedd yn ôl,' mae Shelley Chappel yn ateb eto. 'Mi gymrodd Ellis rhyw wythnos o wyliau er mwyn cael edrych ar ei ôl. Ond mi oedd hynny dipyn yn ôl, fel ddudes i – dwi'm yn gwbod os ydy o byw o hyd.'

'Unrhyw un arall yn gwbod mwy? Unrhyw beth o gwbl?'

Mae yna sŵn sibrwd yng nghefn yr ystafell – dynes ganol oed yn sgwrsio'n dawel yn Saesneg gyda Siân, y ferch o'r dderbynfa. O'r diwedd mae Siân yn codi ei llaw yn betrusgar.

'Yes?' gofynnaf, gan edrych arni.

'Well, all it is – and it might be nothing – but earlier this week someone called reception and asked for Ellis Wyn. When I asked who was speaking, they said they were calling from... Brig-y-don, I think? Is that right?'

'Brig-y-don,' daw cadarnhad gan y ferch siaradodd gyntaf, mewn llais tawel. 'My nan lived there for a while, I went there a few times. That's the old people's home. The one over by Tan-y-bwlch beach.'

O fewn tafliad carreg i'r union draeth lle y gadawyd corff Abbey Holt.

Taliesin

Wrth i mi gerdded trwy ddrws y swyddfa gwelaf y ffeil frown, drwchus yn gorwedd ar ddesg MJ, 'Geraint Ellis, 37, Station Terrace' wedi ei ysgrifennu arni. Heb oedi i dynnu fy nghôt, dwi'n mynd â hi at fy nesg ac yn dechrau darllen.

Mae'r dudalen gyntaf yn rhoi'r wybodaeth elfennol – enw, dyddiad geni, man geni, enwau ei rieni (Richard a Catherine Ellis), manylion am ei addysg ac yn y blaen. Sylwaf fod y 'Wyn' ar goll o'r enw, rhaid bod hynny wedi dod yn hwyrach.

Mae'r dudalen nesaf yn hanner gwag ac yn dangos ei record heddlu, yr unig gofnod ohono'n cael ei ddal gan gamera ddwy flynedd yn ôl, yn goryrru pum milltir yr awr. Fe dalodd y gosb a derbyn triphwynt ar ei drwydded. Does dim i awgrymu iddo gael ei ddal ers hynny.

Dwi'n darllen trwy'r dogfennau nesaf heb lawer o ddiddordeb. Adroddiad Cyngor Sir yn dangos iddo gael ei gofrestru ar y rhestr etholwyr yn y cyfeiriad yn Station Terrace ers ei fod yn oedolyn, ac un arall yn dangos ei fod wedi gweithio gyda Brownleigh Carter ers chwe blynedd bellach, a chyn hynny gyda chwmni yswiriant yn Llambed am saith mlynedd.

Y ddogfen fwyaf swmpus yn y pentwr ydy'r casgliad o adroddiadau gwasanaethau cymdeithasol, adroddiadau a ysgrifennwyd dros gyfnod o ddeng mlynedd, rhwng 1985 ac 1995. Wrth bori trwyddyn nhw, dwi'n dechrau cael llun cliriach o fywyd Geraint Ellis o'r diwedd,.

Yn fras, daeth Geraint Ellis i sylw'r gwasanaethau

cymdeithasol wedi i un o'i athrawon yn yr ysgol gynradd sylwi ar y cleisiau a welai'n ddyddiol ar freichiau a choesau'r bachgen eiddil, lletchwith. O'r cychwyn cyntaf roedd Richard Ellis, tad Geraint, yn amharod i gydweithio ag unrhyw ymchwiliadau i driniaeth ei fab, ond yn raddol cafwyd digon o wybodaeth i ddeall ei gefndir teuluol.

Roedd Richard Ellis yn ffotograffydd ac yn gweithio mewn siop gamerâu yn Llambed. Fe fu'n briod â Catherine Ellis, mam Geraint, ers sawl blwyddyn ond yn ôl y sôn doedd y berthynas ddim yn un hapus. Roedd gan Catherine salwch meddwl, ac roedd wedi dioddef cyfnodau hir o iselder dros y blynyddoedd, tra bod sôn fod Richard yn yfwr trwm. Roedd yn wybodaeth gyhoeddus fod Catherine yn cynnal perthynas â dyn lleol, a doedd felly'n fawr o syndod pan adawodd hi gartre'r teulu un dydd a diflannu gyda'i chariad. Doedd dim i awgrymu iddi fod mewn cysylltiad ers hynny, na bod Richard neu Geraint wedi ei gweld.

Yn fuan ar ôl i'w fam adael, dechreuodd ei athrawon sylwi ar y newid yn Geraint. Roedd y cleisiau yn un peth, ond fe fu newid yn ei bersonoliaeth hefyd. Bu'n blentyn swil erioed, ond erbyn hyn fe fyddai'n gwrthod cymdeithasu o gwbl gyda'r plant eraill a chafodd ei ddal sawl gwaith yn bwlio ac yn ymladd.

Roedd gan Richard Ellis esboniad am bopeth: i Geraint gael y cleisiau ar ôl disgyn o goeden wrth chwarae, a bod plant eraill yn ei bryfocio i ymladd. Dechreuodd yr awdurdodau gadw llygad agos ar Geraint, a dangosai'r cofnodion fod Geraint yn absennol o'r ysgol yn aml dros y misoedd dilynol ac yn ymweld â'r ysbyty i gael triniaeth i'w anafiadau llawer amlach na'r disgwyl.

Ar ôl chwe mis, penderfynwyd symud Geraint o'r cartre teuluol a'i roi o dan ofal teulu maeth dros dro, er gwaethaf protestiadau Richard Ellis. Yn ystod y cyfnod hwn dechreuodd ei warchodwyr newydd ddeall pa mor ddifrifol oedd y cam-drin a ddioddefodd Geraint gan ei dad. Fe fyddai'n sôn sut y byddai'n cael ei gosbi'n aml – yn gorfod treulio'r nos allan yng nghanol gaeaf, cael ei orfodi i fwyta bwyd ci i swper neu cael ei godi o'i wely yng nghanol nos a'i chwipio â gwregys.

Er gwaethaf hyn i gyd, roedd Geraint yn ffyddlon tu hwnt i'w dad, yn canu ei glodydd ac yn beio'i fam am y cam-drin, am iddi ddiflannu gyda'i chariad a gadael y teulu mewn sefyllfa anodd. Pe bai swyddog o'r gwasanaethau cymdeithasol yn gofyn iddo am y cosbi, byddai Geraint yn gwadu'r peth yn llwyr ac yn gofyn pryd y câi fynd 'nôl adre.

Yn y diwedd bu'n rhaid caniatáu iddo symud 'nôl i 37, Station Terrace, ond dros y degawd nesaf dygwyd Geraint oddi wrth ei dad unwaith eto oherwydd ymddygiad neu anafiadau'r mab. Fe'i rhoddwyd mewn cartre plant, neu gyda gwahanol warchodwyr rhyw hanner dwsin o weithiau, ond yr un fyddai'r stori bob tro – diffyg prawf cam-drin pendant, a Richard a Geraint yn rhoi pwysau o'r naill ochr a'r llall i'r mab gael ei ddychwelyd i fyw gartre.

Ar gefn dau gyfweliad byr ac ymosodol gyda Richard Ellis, ysgrifennodd un o'r swyddogion adroddiad yn nodi ei fod yn amau'r tad o ddefnyddio cyffuriau neu alcohol, yn ogystal ag elfen o bersonoliaeth seicopathig. Nododd hefyd ei fod yn dal dicter eithafol tuag at fam Geraint am ei pherthynas â'i chariad, gan ei beio hi yn gyson am unrhyw anhawster neu fethiant oedd wedi codi ers hynny. Ym marn y swyddog, roedd modd gweld y dylanwad hwn yn cael ei adlewyrchu yn agwedd Geraint Ellis at ei fam.

Daw'r adroddiadau i ben yn 1995, ac o fewn ychydig fisoedd fe gyrhaeddodd Geraint ei ben blwydd yn un ar bymtheg oed a disgyn y tu hwnt i oruchwyliaeth adran blant y gwasanaethau cymdeithasol. Wedi hynny, ar wahân i'r drosedd yrru, fe ddiflannodd Geraint Ellis o sylw'r awdurdodau yn gyfan gwbl.

Ar ôl troi tudalen olaf yr adroddiad a chau'r ffeil, eisteddaf 'nôl i bendroni dros yr wybodaeth ddiweddaraf hon. Roedd ei blentyndod yn amlwg yn un erchyll, ond roedd perthynas Geraint Ellis â'i dad yn drawiadol. Er ei fod, mae'n amlwg, yn cael ei guro a'i gam-drin, ni fyddai'r bachgen yn gweld bai ar ei dad, a chafodd ei ddwyn i fyny i gredu bod y cwbl yn ganlyniad i'w fam yn dianc gyda dyn arall. Y cleisiau, y dyrnu, yr holl gosbi a'r dioddef, yn ganlyniad uniongyrchol i weithred ei fam yn mynd tu ôl i gefn ei dad. Mae'n rhaid ei fod wedi tyfu fyny yn ei chasáu ac yn credu mai hi oedd yn gyfrifol am y boen roedd yn dioddef o ddydd i ddydd.

Yn hanner meddwl am hyn, dechreuaf dacluso'r dogfennau yn bentwr taclus. Mae taflen y record heddlu ben i waered ac wrth ei throi dwi'n oedi wrth i awgrym o syniad ffurfio yn fy meddwl. Edrychaf i weld pwy arall sydd yn y swyddfa.

'Ditectif Greening?' galwaf ar yr aelod agosaf ata i. Mae hwnnw'n troi yn ei sedd i 'ngwynebu.

'Ie... Taliesin?' mae'n ateb, braidd yn amheus. Dwi erioed wedi siarad ag ef o'r blaen.

'Mae gen i fanylion am drosedd yrru fan hyn – rhywun wedi ei ddal gan gamera cyflymder. Sut fyddwn i'n cael gafael ar y lluniau camera?'

'Ma rhaid i ti ga'l meddalwedd arbennig a chyfrif i logio mewn. Ma fe gyda fi ar y cyfrifiadur yma, a ma'r manylion yma rhywle...' Gwelaf y ditectif yn byseddu trwy'r Post-its o gwmpas ei sgrin wrth chwilio am ei gyfrinair. 'A – dyma ni. Reit, der â'r manylion draw fan hyn, 'te.'

Cerddaf at ei ddesg gyda'r adroddiad, i ganol cwmwl o fwg gwyn, melys ei sigarét electronig. Mae Pete Greening yn copïo rhif y drosedd i flwch ar y sgrin ac yn gwasgu botwm, gan barhau i bwffian. Rhai eiliadau'n ddiweddarach mae'r lluniau'n llwytho – dau lun du a gwyn, heb fod yn hynod o glir, ond does dim dwywaith amdani – Volvo Estate golau yw'r car, yn union fel yr un oedd y llygad-dyst wedi disgrifio ei weld gyda'r llofrudd yn cael gwared ar gorff Abbey Holt ar draeth Tan-y-bwlch.

Gyda hynny mae'r ffôn yn canu yn fy mhoced – MJ. Dwi'n diolch yn frysiog i Ditectif Greening ac yn ateb yr alwad.

'Taliesin – ffonio i ddweud 'mod i ar y ffordd 'nôl nawr. Sut ma popeth yn mynd fyn'na?' gofynna.

Dwi'n crynhoi'r hyn dwi wedi ei ddysgu am gefndir Geraint Ellis wrth bori drwy'r adroddiadau, gan gynnwys manylion ei blentyndod a'r ffaith ei fod wedi cael ei ddal yn gyrru'r car estate lliw golau ddwy flynedd yn ôl.

'Ffiw, ti wedi bod yn brysur. Wel, o leia alla i esbonio pam ei fod e wedi ychwanegu'r "Wyn" at ei enw. Cyfenw ei wraig – neu ei gyn-wraig – yw Wyn. Amy Wyn, o Lanelli. Cymrodd Geraint Ellis ei henw hi, a hithau ei enw e, pan briodon nhw.'

'Ei wraig? Mae gan Geraint Ellis wraig?' 'Nôl wrth fy nesg i, dwi'n chwilio'n gyflym trwy'r holl wybodaeth sydd wedi ei gasglu ynghyd. 'Does dim sôn am wraig fan hyn, a dim sôn am unrhyw un o'r enw Amy Wyn. Dim cofnod priodas, dim i awgrymu bod unrhyw un arall wedi byw yn y tŷ yn Station Terrace dros y tri deg mlynedd ddiwetha oni bai am Geraint Ellis a'i dad.'

'Dyna ryfedd,' daw ateb MJ. 'Ti'n meddwl ei fod e wedi neud y cwbl lan? Dychmygu bod yna ferch a chreu rhyw ffantasi o briodas? Dywedodd un o staff Brownleigh Carter nad oedd e ddim yn awyddus i rannu unrhyw fanylion amdani.'

'O bosib,' dwi'n ystyried. 'Ond beth am yr holl luniau o'r ferch bengoch yn y tŷ? Fe fyddai hynny'n awgrymu bod Geraint Ellis wedi cael perthynas gymharol hir gyda rhywun.'

'Ie – doedd neb yn y swyddfa erioed wedi cwrdd â hi, felly does dim disgrifiad ohoni. Bydd angen i ni chwilio i hynny. Ond gwranda, ma'n swno'n debyg bod Richard Ellis, tad Geraint, o gwmpas o hyd – ac yn byw yma yn Aberystwyth. A ble ti'n feddwl ma fe?'

Dwi'n ystyried y peth. Yn sydyn mae golau'n fflachio yn fy mhen a mae'r jig-so bron yn gyfan.

'Brig-y-don,' atebaf yn gyffrous.

'Wel – ie,' daw'r ateb. Mae MJ'n swnio braidd yn siomedig 'mod i wedi ateb yn gywir. 'Sut o't ti'n gwbod?'

'Mae'n amlwg nawr, mae popeth yn gwneud synnwyr. Mae Geraint Ellis wedi ei wenwyno'n feddyliol gan ei dad i gasáu ei fam ers ei fod yn blentyn bach. Roedd ei dad yn defnyddio hynny'n esgus am y curo, y cam-drin a'r bwlio, ond i Geraint roedd y cwbl yn ganlyniad uniongyrchol i weithred ei fam yn gadael ei dad am ddyn arall. Ei fam oedd ar fai am fynd tu ôl i'w gefn yn y lle cynta, nid ei dad.

'Yn ei lygaid e mae ei dad yn gwbl ddieuog. Ond er gwaetha'r driniaeth, roedd Geraint yn mynnu dychwelyd at ei dad bob tro – y mwya roedd pobol eraill yn ceisio ei gadw oddi yno, y mwya roedd e'n mynd yn eu herbyn. *Siege mentality*, dyna maen nhw'n ei alw. Fe a'i dad yn erbyn y byd – y gwasanaethau cymdeithasol, y rhieni maeth a'i fam ei hun.'

Dwi'n oedi i anadlu. Nawr fod popeth yn disgyn i'w le fedra i ddim esbonio'r peth yn ddigon cyflym.

'Erbyn hyn mae ei dad yn hen, ond mae Geraint Ellis yn ifanc ac yn heini – mae'n teimlo mae ei gyfrifoldeb e yw talu'r pwyth 'nôl i'r byd geisiodd eu herlid dros y blynyddoedd. A'r rhai mae'n penderfynu eu cosbi yw'r rheini sy'n gwneud yr union beth wnaeth ei fam i gychwyn hyn i gyd. Mae'n gweld ei fam fel unrhyw ddynes sy'n cael affêr – dyna oedd y rheswm dros farwolaeth Bet Goldsmith.'

'Ond sut fyddai Geraint Ellis yn gwbod am berthynas Bet Goldsmith? Dywedodd Shelley Chappel ei bod hi'n cadw'r cwbl yn gyfrinachol,' meddai MJ.

Dwi'n estyn fy llyfr nodiadau ac yn troi'n frysiog at y dudalen berthnasol.

'Do, ond yr eildro i ni siarad â hi fe ddywedodd hi hefyd iddi gael sgwrs â Bet Goldsmith am y berthynas ar y noson allan nos Lun. Roedd Geraint Ellis yna – rhaid ei fod e wedi clywed digon i roi dau a dau at ei gilydd.'

'Wel, fe wnaeth Thomas Carter ddweud bod Geraint Ellis yn nes at Bet Goldsmith nag at unrhyw un arall yn y cwmni...'

'Yn union – fe fyddai'n teimlo ei fod e wedi cael ei fradychu unwaith eto wrth glywed beth oedd yn mynd 'mlaen. Rhaid ei fod wedi gadael a dychwelyd yn nes ymlaen – cynnig lifft adre i Bet Goldsmith falle, a dyna pryd wnaeth e 'i chipio hi.'

Alla i glywed MJ'n anadlu ar ben arall y lein.

'A beth am Abbey Holt? A sut o't ti'n gwbod bod Richard Ellis yn byw yn Brig-y-don?'

Dwi'n barod gyda'r ateb cyn i MJ orffen y cwestiwn.

'Dwedodd Ruth Manning fod yna ryw wythnos rhwng Abbey'n cwrdd â Deio a gorffen gyda Geraint – i rywun yn ei gyflwr meddyliol e byddai hynny'n fwy na digon i weld cymhariaeth â'i fam, yn enwedig am ei bod hi'n anffyddlon iddo fe. Efallai'i fod e wedi ceisio osgoi ei lladd hi'n wreiddiol – wrth gymryd Bet Goldsmith, rhywun oedd yn anffyddlon, fel roedd Abbey'n anffyddlon iddo fe, ei lladd hi a'i gadael hi yn rhywle oedd yn bwysig i Abbey, rhyw fath o lofruddiaeth symbolaidd.

'Ond yna dyma fe'n sylweddoli nad oedd hynny'n ddigon – roedd yn rhaid iddo wneud y peth yn iawn, a'r unig le y medrai adael y corff oedd ar y traeth ar bwys y cartre hen bobol lle mae ei dad yn byw, yr un mae'n teimlo sydd wedi diodde cymaint ag e gan ferched fel ei fam, Bet ac Abbey. Roedd am ddangos ei fod yn dial ar ran y ddau ohonyn nhw yn erbyn y byd.'

Dwi'n ymwybodol 'mod i'n siarad yn uchel yn fy nghyffro, yn chwifio fy nwylo yn yr awyr wrth wneud y pwyntiau er fod MJ methu 'ngweld i. Mae Ditectif Greening yn troi i edrych arna i, ond dwi'n poeni dim.

'Ti'n meddwl bod ei dad yn gwbod? Yn rhan o hyn?'

'Dwi'm yn gwbod. Ond fe ddylen ni fynd i siarad gyda fe, rhag ofn ei fod e'n gwbod lle mae Geraint nawr.'

'Dyna o'n i'n meddwl – bydd yn barod y tu fas i'r orsaf mewn pum munud, fe ddo i i dy 'nôl di ac fe ewn ni'n syth draw.'

Mae MJ'n gorffen yr alwad. Codaf i nôl fy nghot, yna dwi'n sylweddoli nad ydw i wedi ei thynnu hi ers cyrraedd. Dwi'n oedi am funud, cyn codi'r ffôn unwaith eto a gwneud un alwad gyflym. Mae'r sgwrs yn fyr a braidd yn unochrog ac erbyn i mi orffen mae'n rhaid i mi frysio allan i gwrdd ag MJ.

MJ

'Aeth y bois iwnifform i Frig-y-don â'r lluniau o Abbey Holt a Bet Goldsmith?' gofynna Taliesin wrth ddringo i'r car.

'Do, ond doedd dim byd o ddiddordeb gan unrhyw un i'w ddweud,' atebaf. 'Neb yn nabod y naill na'r llall a neb wedi gweld unrhyw beth yn digwydd ar y traeth.'

Mae Taliesin yn gwisgo'i wregys ac yn tynnu arno i wneud yn siŵr fod popeth yn ddiogel.

'Sgwn i a oedd Richard Ellis yn dweud y gwir am hynny,' mae'n dweud o'r diwedd, wrtho'i hun yn fwy nag wrtha i, ac yna mae'n syllu allan drwy'r ffenest.

Deng munud yn hwyrach, rydyn ni'n parcio o flaen Cartref Henoed Brig-y-don. Mae yna arwydd y tu allan yn addo 'Gofal o safon mewn cartre oddi cartre'. O edrych ar y paent yn plicio ar y ffenestri a'r fasged o flodau marw yn hongian wrth y drws, rhaid gobeithio bod y trigolion yn cael gwell gofal na'r adeilad.

Caiff y drws ei ateb gan ddynes ganol oed, flin yr olwg, mewn iwnifform ddi-siâp las, ei gwallt wedi ei glymu 'nôl yn boenus o dynn.

'Ie?' gofynna, wrth ein gweld ni'n sefyll ar y stepen ddrws.

'Ditectif Ben Morgan-Jones a Ditectif Taliesin MacLeavy, Heddlu Dyfed-Powys,' dwi'n ein cyflwyno ni. Mae'r ddynes yn edrych arnon ni'n herfeiddiol.

'Taliesin?' gofynna'n wawdlyd.

'Ie – mae'n golygu…' mae Taliesin yn cychwyn, cyn i mi dorri ar ei draws.

'Fyddai'n bosib i ni gael gair â Richard Ellis, os gwelwch yn dda?'

Mae'r ddynes yn rowlio'i llygaid.

'Ma un plismon wedi bod 'ma'n barod heddi. Beth y'ch chi isie nawr?'

Dwi'n parhau i wenu'n gwrtais, yn awyddus i beidio â datgelu mwy o wybodaeth nag sydd raid.

'Eisie cael gair â Richard Ellis, os gwelwch yn dda. Allech chi ddangos i ni lle ma fe?'

'A beth y'ch chi isie trafod gyda Mr Ellis?' Mae ganddi fathodyn ar ei brest gyda 'Katie' wedi ei ysgrifennu arno mewn llythrennau bras.

'Allwn ni ddim rhannu'r wybodaeth honno gyda chi ar y foment yn anffodus, Katie – trwy fan hyn, ie?'

Wedi cael y teimlad bod Katie â'i bryd ar fod yn lletchwith, ac ar fin mynnu ein bod ni'n cael gwarant a chau'r drws yn ein hwynebau, gwthiaf heibio iddi ac i'r coridor tu hwnt. O edrych o gwmpas, does dim i awgrymu bod tu mewn yr adeilad yn cael mwy o faldod na'r tu allan. Mae'r carped yn hen ac yn foel mewn mannau a gwe pry cop yn ymestyn rhwng y nenfwd a'r bwlb golau noeth uwch ein pennau. Mae hen ddynes mewn gŵn nos yn cerdded ar hyd y coridor yn boenus o araf. Mae hi'n codi ei phen i edrych arnon ni. Gwenaf arni, ac mae hi'n troi yn ei hôl ac yn cripian i ffwrdd.

'Hei, nawr, arhoswch am funud…' clywaf Katie'n protestio, wrth i Taliesin wasgu ei ffordd trwy'r drws cyn iddo gau.

Dwi'n troi ati eto, yn ddi-wên y tro hwn.

'Drychwch, ni'n gweithio ar achos difrifol iawn, ac ma'n bwysig iawn ein bod ni'n siarad â Richard Ellis. Os allwch chi ddweud wrthon ni lle mae dod o hyd iddo, bydden ni'n gwerthfawrogi hynny'n fawr.'

Mae Katie'n edrych fel petai ar fin colli ei thymer, ond mae'n cnoi ei thafod ac ar ôl eiliad neu ddwy mae'n troi ar ei sawdl, gan ddringo'r grisiau sy'n arwain o'r coridor ac amneidio arnon ni i'w dilyn. Mae'r banister yn teimlo'n ludiog i'r gafael wrth i ni esgyn i'r llawr uwch, cyn i ni droi a dilyn y coridor i ddrws plaen, gwyrdd golau gyda 2F wedi'i ysgrifennu arno mewn pen ffelt du. Mae Katie'n cnocio ac yn agor y drws heb ddisgwyl am ateb.

Er gwaetha'r ffenest fawr ar y wal bellaf, mae'r ystafell fach yn teimlo'n dywyll ac yn gyfyng. Mae yna wely sengl wedi ei wthio yn erbyn y wal tu ôl i'r drws, ond canolbwynt yr ystafell yw'r gadair freichiau o flaen y ffenest â'i chefn tuag atom. Oni bai am y tanc ocsigen sy'n hymian yn dawel ger y gadair, fe fyddwn i'n amau bod y stafell yn wag, ond yna daw llais o'r gadair.

'Pwy ddiawl sy 'na?' Flynyddoedd yn ôl mae'n bosib y byddai'r llais yn swnio'n fygythiol, ond heddiw mae'n wan ac yn wichlyd a'r siaradwr yn ymladd am ei anadl wedi gorffen y frawddeg.

'Dau blismon i'ch gweld chi, Mr Ellis,' yw cyflwyniad Katie, yna mae'n troi heb edrych arna i na Taliesin ac yn gadael yr ystafell, gan gau'r drws y tu ôl iddi.

'Beth y'ch chi isie?' daw'r llais di-gorff o'r gadair eto. 'Siarades i gyda'r rhai ddaeth gynne, sdim mwy gyda fi i ddweud.'

Dwi'n cerdded ar draws yr ystafell ac at y gadair. Alla i weld pam ei bod hi â'i chefn at yr ystafell. Efallai fod y cartre yma ymhell o fod yn llety pum seren, ond mae'r olygfa'n hyfryd. O'n blaenau mae Bae Ceredigion, y môr a'r awyr yn ymestyn at y gorwel pell. Wrth sefyll yn agos at y ffenest ac edrych i'r chwith mae modd gweld darn eithaf sylweddol o draeth Tan-y-bwlch rhyw ddau ganllath i ffwrdd. Mae'r babell fforensig wedi mynd erbyn hyn, ond mae yna gar heddlu wedi parcio yno o hyd.

Dwi'n troi i edrych ar y dyn yn y gadair. Go brin fod Richard

Ellis yn fwy na saith stôn, ac er ei fod yn eistedd, mi fyswn i'n dweud ei fod yn agosáu at chwe troedfedd o daldra. Wedi ei lapio mewn gŵn llofft trwchus, hen flanced wlân dros ei goesau, mae'r dwylo sy'n gorwedd yn ei gôl yn crynu'n ysgafn, ei groen wedi melynu ac amlinelliad yr esgyrn yn glir oddi tano. Cribwyd yr hyn o wallt seimllyd sydd ar ôl dros ei ben mewn ymdrech i guddio'r moelni. Mae'r bibell blastig glaear o'r tanc ocsigen yn eistedd o dan ei drwyn, ond ar yr wyneb crebachlyd, gwelw, ei lygaid sy'n dal fy sylw. Maen nhw'n llawer rhy fawr i'w benglog ac yn llosgi'n ffyrnig wrth syllu arna i.

'Richard Ellis?' gofynnaf.

'Pwy sy'n gofyn?' Daw'r ateb mileinig yn syth.

'Ditectif Morgan-Jones, Heddlu Dyfed-Powys. Dyma Ditectif MacLeavy.' Mae Taliesin wedi aros tu ôl i'r gadair ac yn edrych trwy'r llyfrau ar yr unig silff yn yr ystafell. Dwi'n dal ei sylw ac yn amneidio arno i ddod draw at y ffenest. Mae Richard Ellis yn edrych arno gyda'r un atgasedd, ond mae Taliesin yn dal ei lygad, chwilfrydedd ar ei wyneb. Dydy'r naill na'r llall yn siarad a Richard Ellis sy'n edrych i ffwrdd gyntaf.

'Beth chi mo'yn?' mae'n gofyn. 'Dyw hyn ddim yn iawn, poeni hen ddyn fel fi drwy'r dydd. Fi 'di dweud, dwi'n gwybod dim am honna ar y traeth, na'r un arall yna.'

'Yma i siarad 'da chi am eich mab y'n ni, Mr Ellis,' atebaf.

Mae'r llygaid mawr yn troi ata i eto, gydag elfen o syndod y tro yma.

'Geraint? Beth ma'r heddlu eisie gyda fe? Sdim digon o asgwrn cefn gyda hwnna i dorri'r gyfraith.'

'Pam fyddech chi'n meddwl hynny, Mr Ellis?' Edrychaf o 'nghwmpas am rywle i eistedd ond does unman heblaw am y gwely, felly dwi'n aros ar fy nhraed.

'Pam? Achos taw fi yw ei dad e wrth gwrs. Ma'r llipryn 'na 'di bod yn siom ers y dydd y cafodd e'i eni.'

'Ym mha ffordd?' gofynnaf.

'Pob ffordd,' mae Richard Ellis yn poeri, gan syllu drwy'r ffenest. 'Pob ffordd. Mab annwyl ei fam fuodd e erioed. Pan adawodd y bitsh yna 'nes i drio ei galedi fe, ei baratoi e am sut ma'r byd yn gweithio. Ond 'na'i gyd fydde fe'n neud oedd llefen.'

Mae'r hen ddyn yn cael pwl sydyn o beswch caled, sy'n parhau am hanner munud cyfan cyn iddo dawelu a dechrau tynnu'n galed ar y biben ocsigen. Mae'n edrych arna i.

'Cancr. Ysgyfaint,' mae'n dweud yn grug. 'Fi ar y ffordd mas.'

''Chi'n marw, Mr Ellis?' gofynna Taliesin, ei gefn at yr hen ddyn wrth iddo edrych drwy'r ffenest, ei drwyn bron â chyffwrdd y gwydr.

'O, ma llais gyda fe. Odw, boi bach, fi'n marw.' Daw'r ateb sarrug.

'Ydy eich mab yn gwbod?' mae Taliesin yn gofyn yn syth.

Mae Richard Ellis yn edrych arno'n amheus, y cwestiwn yn amlwg yn un annisgwyl.

'Dim bod hynny'n fusnes i ti, ond ody, ma Geraint yn gwbod. Ddwedes i wrtho fe wthnos dwetha. Mis ar y mwya, dyna wedon nhw yn yr ysbyty. Dechreuodd e ffysan, dweud y dylen ni ga'l *second opinion*. Llefen mowr, y babi ag e.' O dôn llais yr hen ddyn, mae'n amlwg fod yr ymateb heb blesio. 'Wedes i wrtho fe i dyfu lan, bod yn ddyn am unwaith.'

Edrychaf ar Taliesin. Mae yntau'n dal i syllu trwy'r ffenest, ond dwi'n dal ei lygaid yn yr adlewyrchiad ar y gwydr ac yn deall ei fod e'n meddwl yr un peth â fi – y newyddion hyn oedd y trawma, y digwyddiad wnaeth chwalu meddylfryd bregus Geraint Ellis a'i droi'n llofrudd. Ai dyna ei ffordd o ddangos i'w dad ei fod e'n ddyn, cyn ei bod hi'n rhy hwyr?

'Beth am wraig eich mab, Mr Ellis? Lle mae hi erbyn hyn?' Taliesin sy'n gofyn y cwestiwn, yn newid trywydd y sgwrs.

'Gwraig?' mae'r hen ddyn yn ateb. 'Sdim gwraig 'da Geraint. Dim bod hynny'n sioc – pa fenyw fydde isie rhywun fel'na?'

'Beth am Amy Wyn?'

'Amy Wyn? Ha! Ddeallodd honna beth oedd Geraint yn iawn. Oedd, oedd e isie'i phriodi hi – gofynnodd e sawl gwaith, a hithe'n dweud "na" bob tro, ac alla i ddim ei beio hi chwaith. Dyma fe'n ca'l rhyw syniad dwl am gymryd ei henw hi, galw'i hunan yn Geraint Ellis Wyn – glywoch chi 'rioed shwd nonsens?'

'A beth ddigwyddodd i Amy Wyn?'

'Ddiflannodd hi 'da rhyw foi, fel ma'r bitshys i gyd yn neud. Addo'r byd, wedyn bant â hi'r funud nesa... Pishyn cofiwch, gwallt hir coch a chorff deche 'fyd – 'nes i erioed ddeall beth welodd hi yn Geraint ni.'

Amy Wyn felly oedd y ddynes bengoch yn y lluniau eraill yn 37, Station Terrace.

'Gafodd eich mab berthynas arall?' gofynnaf. Oedd yr hen ddyn yn gwybod am Abbey Holt tybed?

'Dim bo fe 'di dweud wrtha i.' Mae Richard Ellis yn gwenu. 'Ond falle fydde fe ddim. Wnes i'm gadael iddo fe anghofio Amy am sbel.' Daw chwerthiniad creulon o waelod ei ysgyfaint wrth gofio hynny.

'Mr Ellis, ni wedi bod yn ceisio dod o hyd i Geraint ond does dim sôn amdano'n unman. Aethon ni i'r tŷ yn Llambed ond doedd dim golwg ohono – oes syniad gyda chi lle arall alle fe fod?'

'Aethoch chi i'r tŷ? I mewn i'r tŷ?' Mae'r wên yn diflannu ac yn sydyn mae'r ffyrnigrwydd 'nôl yn y llais gwan. 'Sdim hawl gyda chi!'

'Ma'n ddrwg gen i, Mr Ellis, ond ni'n ymchwilio i achos

difrifol iawn a ma'n bwysig i ni ddod o hyd i'ch mab cyn gynted â phosib. O's unrhyw…' Cyn i mi orffen, mae Taliesin yn torri ar fy nhraws.

'Yn y tŷ, roedd yna lun yn y stafell gefn. Llun priodas, ar y teledu?'

Mae Taliesin yn troi i wynebu Richard Ellis.

'Pwy ddiawl chi'n meddwl y'ch chi'n mynd trwy…?' mae'r hen ddyn yn cychwyn.

'Llun priodas.' Mae Taliesin yn ei anwybyddu ac yn parhau i siarad. 'Wyneb y briodferch wedi ei grafu ohono. Pam oedd hynny?'

Mae Richard Ellis yn gandryll, ei ddwylo'n crynu yn fwy nag erioed.

'Catherine, fy nghyn-wraig, os oes rhaid i chi wbod. Y bitsh ddiawl. Redodd hi bant 'da rhyw foi arall a 'ngadel i'n styc gyda Geraint. Un noswaith feddwes i, tynnu'r llun o'r ffrâm a'i chrafu hi mas gyda chyllell y gegin – 'nath hynny i fi deimlo'n well ar y pryd. Erbyn y bore wedyn oedd y llun 'nôl yn y ffrâm, ar ben y teledu. Rhaid bod Geraint wedi ei dacluso fe. Ond roedd ei gweld hi wedi ei chrafu o'i phriodas ei hun yn ddoniol, neud i fi chwerthin, felly 'nes i adael y llun lle roedd e. Ody hynny yn erbyn y gyfraith, gwedwch?'

'A beth am weddill y llunie?' gofynnaf, gan anwybyddu ei gwestiwn.

'Beth amdanyn nhw?'

'Chi grafodd yr wynebau hynny hefyd?' Alla i weld yn syth bod y cwestiwn yma wedi drysu'r hen ddyn yn llwyr.

'E? Beth 'chi'n siarad? Dim ond un wyneb oedd wedi ei grafu o'r llun y tro diwetha fues i yn y tŷ.'

'A pryd oedd hynny, Mr Ellis? Pryd wnaethoch chi symud o'r tŷ?'

'Bron i ddwy flynedd 'nôl nawr. Geraint yn rhy ddiog i edrych ar fy ôl i – ar ôl popeth wnes i iddo fe!'

Mae'r dôn anniddig yn ei lais yn corddi fy ngwaed, a dwi'n ystyried rhannu fy marn am yr hyn wnaeth Richard Ellis i'w fab wyneb yn wyneb â'r hen ddyn, ond dwi'n cnoi fy nhafod ac yn gofyn un cwestiwn olaf.

"Chi'n gwbod lle ma'ch mab chi, Mr Ellis?'

Mae ei lygaid yn sgleinio'n herfeiddiol.

'Nagw. Ond tasen i'n gwbod, fydden i ddim yn dweud 'thoch chi. Sdim mwy 'da fi i weud. Cerwch o'ma, gadewch fi fod.'

Ar hynny mae'n troi ei ben i edrych drwy'r ffenest, yn arwydd clir bod y sgwrs ar ben.

Geraint

Does gen i'm syniad pa mor hir dwi wedi bod yn gorwedd yma. Mae'n gyfforddus a does unman arall i fi fod, felly does gen i ddim bwriad symud am y tro.

Wedi dod lan i'r ystafell wely i newid o'n i, i wisgo fy nghrys Cymru. Wnes i ei olchi a'i smwddio'n barod ar gyfer y gêm heno, ond mae'r cloc ar ochr y gwely yn dweud bod yna awr a hanner eto tan y chwiban cyntaf. Trueni fod dim teledu fan hyn i fi gael gwylio'r gêm, ond dydy'r signal ddim digon cryf. Gwrando ar y radio fydda i eto, fel wnes i adeg y gêm yn erbyn Gogledd Iwerddon ddydd Sadwrn. Mae bron i wythnos wedi pasio ers hynny, ond dwi'n falch o'r hyn dwi wedi ei gyflawni yn y cyfamser.

Mae fy ffôn symudol yn fy llaw o hyd. Dwi'n falch 'mod i heb ei daflu, dim ond tynnu'r cerdyn SIM a'i dorri'n ddarnau bach, bach. Mae fy mysedd yn tynhau o gwmpas y metel oer, yn mwytho'r ochrau llyfn yn dyner. Mae'r lluniau dynnais i werth y byd i gyd i fi. Mae'r batri wedi rhedeg mas ers sbel, y bar bach gwyrdd yn troi'n felyn ac yna'n goch, cyn i'r sgrin ddiffodd yn llwyr wrth i fi fynd trwy'r lluniau, o Bet ac Abbey, un ar ôl y llall. Fe wnes i syllu ar y sgrin dywyll am yn hir wedyn, yn cofio pob manylyn bach.

Dydy'r rhai o Bet ddim cystal. Doedd fflach y camera ddim yn ddigon i dorri trwy'r tywyllwch ar y twyni. Mae'r rhai o Abbey'n llawer gwell. Ges i amser a llonydd i'w dal hi'n berffaith. Fydd yn rhaid i fi eu printio a'u fframio nhw, eu rhoi nhw ar y wal. Yna fydda i'n gallu gorwedd fan hyn ac edrych arnyn nhw am byth.

Taliesin

'Ffycin hel,' mae MJ'n rhegi wrth i ni gerdded i lawr y grisiau a thrwy brif fynedfa Brig-y-don. 'Do'n i ddim yn meddwl bod unrhyw un yn haeddu treulio'i ddyddie diwetha mewn dymp fel hyn, ond ma'n ddigon da iddo fe. Bydd eisie i ni gael rhywun i gadw llygad ar y lle 'ma rhag ofn y bydd Geraint Ellis yn dod 'nôl i'w weld e. Os nag yw e wedi diflannu'n barod.'

'Dwi'n siŵr ei fod e o gwmpas o hyd,' atebaf. 'Mae ei dad ar ei wely angau. Os dwi'n deall eu perthynas nhw'n iawn, fe wneith e aros yn eitha agos tan y diwedd.'

'Ond dy'n ni damed nes i wbod lle ma fe, na beth yw ei gynllunie fe. A dyw'r hen ffycer 'na ddim yn mynd i'n helpu ni, hyd yn oed petai e'n gwbod.'

Dwi'n pwyso yn erbyn y car, fy mysedd yn cydio yn nolen y drws.

'Mae 'na rywbeth arall. Mae'n rhaid bod Geraint Ellis wedi mynd ag Abbey Holt i rywle i'w lladd hi cyn dod â'i chorff hi i Aberystwyth. Fe fyddai hi wedi gwaedu lot, ond doedd dim arwydd o hynny yn Station Terrace nac yn ei thŷ hi, a doedd dim golwg bod y naill le na'r llall wedi cael eu glanhau'n ddiweddar chwaith.'

'Tŷ arall, ti'n meddwl? Doedd dim byd am hynny yn y papure fuest ti'n pori trwyddyn nhw pnawn 'ma.'

'Does dim rhaid ei fod e'n dŷ – fe allai fod yn garej neu sied yn rhywle, neu efallai ei fod e wedi ci lladd hi tu allan, os oedd e'n siŵr na fyddai neb yn dod ar ei draws. Ond na, doedd dim sôn am le arall yn y gwaith papur.'

'Dal 'mlaen,' meddai MJ. ''Nath Ruth Manning sôn bod Abbey Holt wedi treulio noson neu ddwy yn nhŷ Geraint Ellis, rhywle yn lleol oedd hi'n amau. Fyddet ti'n dweud bod y tŷ yn Station Terrace yn lleol i Lanelli?'

'Mae'n awr o daith o leia, ddweden i. A beth bynnag, dwi'n siŵr na fydde fe eisiau iddi weld yr holl luniau 'na ar y wal, fydden nhw'n codi cwestiynau lletchwith a dweud y lleia... sy'n awgrymu bod gan Geraint Ellis rywle i fynd heblaw am y tŷ yn Station Terrace.'

'Iawn – dyna'n blaenoriaeth ni, 'te, dod o hyd i'w guddfan,' meddai MJ, wrth agor drws y car. 'Ewn ni trwy bopeth – ei gyfrif banc, y gofrestr bleidleisio – mae'n rhaid fod 'na rywbeth yn rhywle i'n harwain ni ato fe. Falle fod werth i ni fynd trwy gofnodion Brownleigh Carter hefyd, rhag ofn... Ti'n gwrando?'

Taliesin

Wrth ddringo i'r car estynnaf y ffôn o 'mhoced, gan gofio 'mod i wedi diffodd y sŵn cyn mynd i siarad â Richard Ellis. Mae'r sgrin yn dangos un alwad heb ei hateb a *voicemail* yn fy nisgwyl. Dwi'n deialu'r rhif i glywed y neges ac yn rhoi'r ffôn wrth fy nghlust i wrando arni tra bod MJ'n dal i siarad. Dwi'n gwrando'n dawel am funud ncu ddau. Mae MJ'n disgwyl yn ddiamynedd, yna'n cychwyn yr injan a dechrau gyrru heb aros i mi wisgo fy ngwregys. Dwi'n troi at MJ.

'Mae'n rhaid i ni fynd, nawr. Penymynydd, tu allan i Lanelli.'

'Pam? Beth sydd?' mae'n gofyn.

'Ffonies i Ditectif Harries yn Llanelli cyn gadael yr orsaf...'

'Y coc oen yna? Pam, Taliesin?' Mae MJ'n torri ar fy nhraws, yn amlwg yn flin 'mod i wedi tynnu'r ditectif 'nôl i'r achos.

'Am i chi ddweud bod gwraig Geraint Ellis – neu ddarpar wraig, neu beth bynnag oedd Amy Wyn – yn dod o ardal Llanelli. Feddyliais i falle y byddai Ditectif Harries yn gallu edrych mewn i'w hanes hi'n lleol. Fel ffafr.'

'Ffafr? Ac fe gytunodd e i dy helpu di?' gofynna MJ'n amheus.

'Wel... naddo. Ddwedodd e ddylen i fynd a...' Fedra i ddim ailadrodd awgrym Ditectif Harries. 'Wel, beth bynnag, do'n i'm yn disgwyl clywed 'nôl oddi wrtho fe. Ond fe adawodd e'r neges hon tra'n bod ni'n siarad â Richard Ellis...'

Dwi'n gwasgu'r botwm i ailchwarae'r neges ar uchelseinydd y ffôn. Mae'r llais mecanyddol yn adrodd y rhif a'r amser y gadawyd y neges, yna mae llais cyfarwydd y ditectif yn siarad.

'Ie, helô – neges i Taliesin MacLeavy, Iwan Harries sy 'ma. Gwranda, sori am gynne, do'n i ddim yn... Wel, beth bynnag, wnes i edrych ar hanes Amy Wyn fel ofynnest ti a sdim lot ar ei record hi a dweud y gwir. Gafodd hi ei dal yn dwyn o siop ddillad yn un ar bymtheg oed, a chael ei rhybuddio am smocio mariwana rhyw ddwy flynedd wedyn, ond dim byd ers 'ny. Ond wedyn dyma fi'n gofyn o gwmpas, ac o'dd un o'r ditectifs arall yn ei chofio hi. Ma fe'n perthyn o bell i'w mam, fel ma'n digwydd. Yn ôl beth ddwedodd e, o'dd hi'n un eitha gwyllt yn ei harddegau – ei thad ddim o gwmpas a'i mam yn diodde â'i hiechyd – a wnaeth hi symud 'nôl a 'mla'n o un teulu maeth a chartre plant i'r llall. Erbyn iddi gyrra'dd ei hugeiniau fe dawelodd pethe ac a'th Amy'n arlunydd – tirwedde lleol a stwff fel'na. Ma gan y boi 'ma siarades i ag e un o'i llunie hi yn ei stafell fyw. O'dd hi ddim yn llwyddiant mawr, ond yn gwneud digon o arian i fyw.

'Ac yna, rhyw ddwy flynedd 'nôl, fe ddiflannodd hi, heb air wrth neb. O'dd y ditectif 'ma wedi ei chlywed hi'n dweud yn aml fod hi eisie symud ffwrdd – i Gaerdydd, Llundain neu dramor – i beintio llefydd gwahanol, ac o'dd ei ffrindie hi'n dweud yr un peth. Ei chariad hi o'dd yn ei chadw hi yma, medde rhai ohonyn nhw, ond yna na'th Amy gwrdd â rhyw arlunydd arall – dechre perthynas gyda fe – a dyma'i ffrindie hi'n cymryd bod y ddau 'di penderfynu rhedeg bant 'da'i gilydd. Un fel'na o'dd hi yn ôl y sôn, bach yn benchwiban. Do'dd y peth ddim yn anodd i'w gredu. Aeth y ditectif i weld y cariad hyd yn oed. O'dd e'n ypset, fel byddech chi'n disgwyl, ond yn adrodd yr un stori â phawb arall, gyrhaeddodd e adre un dydd ac o'dd hi wedi pacio ei bag a diflannu. Do'dd y ditectif ddim yn siŵr, ond gan fod pawb yn cytuno iddi ddiflannu o'i gwirfodd, fe anghofiodd e am y peth.

'Nawr, beth sy'n od yw hyn, 'ma fe'n dweud wrtha i lle'r o'dd hi'n byw ar y pryd – bwthyn o'r enw...' clywir sŵn papur yn symud o gwmpas. '...a ie, bwthyn o'r enw Heulfan, Penymynydd. Nawr, wedi i fi edrych i mewn i'r peth, mae ei henw hi ar bopeth o hyd – y biliau i gyd, hyd yn oed treth y cyngor. Od, ontefe? Wna i edrych yn ddyfnach i bethe, beth bynnag. Ffonia os wyt ti isie. Ta-ra am nawr.'

A dyna sŵn yr alwad yn gorffen.

'Lle ddiawl ma Penymynydd?' gofynna MJ.

Dwi'n agor y map ar y ffôn.

'Rhyw ddeng munud y tu allan i Lanelli. Mae'n rhaid taw dyna'i guddfan e – mae Geraint Ellis wedi bod yn defnyddio'r tŷ ers iddi ddiflannu, a chadw'r cwbl yn ei henw hi.'

Caeaf fy llygaid a dal yn dynn wrth i MJ ruo injan y car a sgrialu i ffwrdd, gyda Brig-y-don a Richard Ellis yn diflannu y tu ôl i ni.

Geraint

Mae rhywun wrth y drws.

MJ

Unwaith i ni adael y dref mae'r traffig yn boenus o drwm, fel petai pawb o Aberystwyth a'r cyffiniau wedi penderfynu teithio i gyfeiriad Llanelli ar yr un pryd, gan gynnwys pob perchennog tractor a lorri yn y canolbarth. Mae'r ffyrdd yn rhy gul, a'r traffig yn rhy drwm ar ochr arall y ffordd i mi basio mwy na rhyw hanner dwsin o geir, ac ennill munud neu ddwy o ffordd glir cyn i'r rhwystr nesaf ymddangos o'n blaenau.

Mae Taliesin yn ceisio ffonio Ditectif Harries i weld a ddaeth mwy o wybodaeth i'r golwg, ond mae ei ffôn symudol yn canu heb ateb. Mae'r cwnstabl wrth ddesg gorsaf yr heddlu yn Llanelli yn dweud bod y ditectif wedi mynd adre am y dydd, ac yn awgrymu i ni ffonio ei ffôn symudol.

'Prat diog,' dwi'n mwmian o dan fy anadl, wrth i Taliesin adrodd y newyddion. 'Ma gêm Cymru yn dechre cyn bo hir, 'di gadael i'w gwylio hi ma fe, siŵr i ti.'

Llanrhystud... Tal-sarn... Llanwnnen... mae'r arwyddion yn pasio heibio, a'r daith yn teimlo ddwywaith mor hir â'r troeon diwethaf. Mae yna ddamwain y tu allan i Lanybydder, a phawb o'n blaenau yn arafu i edrych ar y car sydd wedi mynd i'r clawdd. Mae'r gyrrwr yn eistedd ar y gwair ar ochr y ffordd yn siarad ar ei ffôn, yn aros yn ddiamynedd i rywun ddod i'w helpu.

Dwi'n dechrau amau'r penderfyniad i beidio cysylltu â heddlu Llanelli a gofyn iddyn nhw anfon car i'r tŷ o'n blaenau. Ond na – peidio â rhoi rhybudd o flaen llaw i Geraint Ellis ocdd y bwriad, peidio â rhoi cyfle iddo ddianc, neu greu stori yn ei ben cyn i ni gyrraedd. Fe fydd yr ymweliad annisgwyl o'n plaid o'r foment gyntaf.

Geraint

Rownd a rownd, drosodd a throsodd. Wedi i mi wneud yn siŵr fod digon o dâp parsel yn dal y garddyrnau yn dynn at fraich y gadair, dwi'n cnoi'r stribed a'i dorri'n rhydd o'r rholyn, ac yn camu 'nôl i werthfawrogi fy ngwaith. Mae'r tâp yn dal y ddau bigwrn a'r ddau arddwrn i'r gadair, a honno'n un gadarn. Dim fod ei angen e am y tro, wrth gwrs. Mae'r corff yn ddiymadferth o hyd, y briw ar gefn y pen yn gwaedu lle wnes i ei daro â'r morthwyl. Mae curiad calon o hyd, felly gobeithio y bydd y corff yn dadebru cyn hir, ac yn barod i siarad. Dwi'n mwytho cysur y gyllell yn fy mhoced.

Tra 'mod i'n aros, a chan sylwi ar yr amser, dwi'n troi at y radio ac yn tynnu cadair arall yn nes. Eisteddaf i lawr i wrando ar y cyflwynwyr yn trafod peryglon tîm Gwlad Belg.

Taliesin

Dydy'r bwthyn ddim yn lle hawdd i ddod o hyd iddo. Er taw lle bach ydy Penymynydd, bu'n rhaid stopio a gofyn i sawl un cyn dod o hyd i rywun, o'r diwedd, oedd yn gyfarwydd â Heulfan.

'O, ie, y bwthyn bach? Rhyw filltir ffor'na...' Mae'r hen ddynes yn pwyntio i lawr y ffordd sy'n arwain o'r pentref. 'Fe welwch chi fwlch yn y clawdd, a ma 'na drac bach yn mynd â chi'n syth at y bwthyn.'

Rydyn ni'n diolch iddi, ond cyn i ni adael dyma hi'n galw ar ein holau.

'Ond dwi ddim yn meddwl bod unrhyw un yn byw yna erbyn hyn, ddim ers blynydde nawr.'

Mae MJ'n codi llaw arni, ac yn gyrru'n gyflym allan o'r pentref.

Bu bron i ni fethu'r bwlch yn y clawdd, dim ond ar ôl ei basio y gwnes i sylwi arno. Mae MJ'n gwasgu ar y brêc a rifyrsio 'nôl, yna'n troi o'r ffordd i'r hen drac pridd. Tra'n bod ni'n gyrru'n araf i fyny'r llethr, fedra i weld pam y byddai Amy Wyn, fel arlunydd, yn dewis byw yn rhywle mor unig. Wrth i ni ddringo mae'r golygfeydd yn agor allan i bob cyfeiriad – clytwaith o gaeau, a'r gwyrddni gwahanol yn toddi i'w gilydd, afon yn gwau ei ffordd yn ddiog trwyddyn nhw, a nerth y bryniau tu hwnt yn codi'n gadarn yn y cefndir. Byddai gan rywun â'i bryd ar baentio tirweddau ddigon o ddefnydd i'w cadw i fynd am byth.

Yn sydyn, daw'r syniad i fy mhen y byddai'r bwthyn unig

hefyd yn gartre perffaith i lofrudd – does neb ar gael am filltiroedd i glywed sŵn sgrechian. Wrth i ni ddringo dros y bryncyn diwethaf daw'r bwthyn i'r golwg rhyw dri chan llath i ffwrdd. Hen fwthyn bugail fyddwn i'n amau, y waliau cerrig wedi eu paentio'n wyn, a'r ffenestri'n ddim mwy na thyllau bychain. Lle syml ond cysurus yr olwg.

Mae MJ'n stopio'r car ac yn diffodd yr injan.

'Wnawn ni gerdded o fan hyn,' meddai. 'Os yw e gartre, dy'n ni ddim eisie sŵn car yn ei rybuddio ein bod ni yma.'

Wrth ddringo allan i'r awel fain sy'n chwipio dros y bryn, dwi'n craffu ar y tŷ. Mae yna gar wedi ei barcio o'i flaen, ond nid car estate golau fel y disgrifiodd yr hen ddyn ar draeth Tan-y-bwlch, ac fel y gwelais i yn yr adroddiad heddlu. Mae hwn yn llai, yn fwy tywyll ac wrth i ni agosáu dros y tir anwastad, mae'n dod yn fwy cyfarwydd. Dwi'n gafael ym mraich MJ.

'Y car yna,' sibrydaf, er ein bod ni'n rhy bell o lawer o'r tŷ i unrhyw un ein clywed. 'Car Ditectif Harries yw hwnna.'

Mae MJ'n troi i edrych, yna troi 'nôl ata i.

'Ti'n siŵr?'

'Ydw, eitha siŵr. Ford Focus du, dyna'r car ges i lifft i'r garej ynddo bore 'ma.'

Mae MJ'n rhegi, yn hir ac yn lliwgar.

'Beth ffyc ma fe'n neud 'ma?' meddai yn y diwedd.

'Rhaid ei fod e wedi dod i weld y lle. Dyna oedd e'n feddwl pan ddwedodd e ei fod e'n edrych i mewn i bethe.'

'Ar ei ben ei hun? Heb ddweud wrth neb?' Mae MJ'n ysgwyd ei ben, ond fedra i glywed y gofid yn ei lais. 'OK – dere, 'te. Yn dawel.'

Rydyn ni'n agosáu yn araf at y tŷ. Does dim arwydd o fywyd, dim golau yn y ffenestri, dim golwg o neb yn symud y tu mewn. Mae symudiad bach ym mhen pella'r bwthyn yn dal fy llygad, fel cysgod yn symud. Dwi'n craffu, ac yn gweld bod bag sbwriel wedi ei osod dros un o'r ffenestri, ac mae'n symud yn yr awel. Rhaid fod y ffenest wedi torri, a'r bag yno i warchod rhag y gwynt a'r glaw. Ond fedra i ddim peidio â chofio straeon Taid, a dychmygu ei fod yn glogyn gwrach, gwrach sy'n ceisio dianc trwy'r ffenest, neu'n waeth fyth, yn llercian yn y bwthyn, yn aros amdanon ni.

Erbyn i ni agosáu dwi'n gweld trwyn car arall, wedi ei barcio yr ochr bella i'r bwthyn. Car llwyd golau, ac wrth i ni gario 'mlaen i gerdded, daw gweddill corff y car i'r golwg – hen Volvo Estate, yn union fel y disgrifiodd yr hen ŵr yn Nhan-y-bwlch, ac yn union fel yr un a gafodd ei ddal ar y camera cyflymder. Dwi'n tapio ysgwydd MJ ac yn pwyntio ato. Mae yntau'n nodio'i ben i ddangos ei fod wedi ei weld yn barod.

Wrth i ni agosáu at ddrws y bwthyn, fedra i glywed sŵn trwy ffenest agored. Dwi'n stopio i wrando. Mae'n swnio fel sgwrs i gychwyn, ond yna clywaf sŵn torf yn gweiddi yn y cefndir, a rhywbeth rhyfedd am y lleisiau. Yna dwi'n sylweddoli – mae radio 'mlaen yn y tŷ. Pwy bynnag sydd yno, maen nhw'n gwrando ar gêm Cymru. Does dim dianc rhag y peth ar hyn o bryd.

Mae MJ'n agosáu at y drws a, gan edrych arna i, mae'n troi'r ddolen yn araf ac yn gwthio. Mae'r drws yn agor gyda gwich uchel, swnllyd.

Geraint

Dwi ar goll yn y sylwebaeth ar y radio, ond wrth glywed sŵn y drws dwi'n neidio ar fy nhraed a thynnu'r gyllell mewn un symudiad. Mae fy nghalon yn curo, a'm hanadl yn fyr. Dwi'n crynu â chymysgedd o ofn a chyffro wrth dynnu'r llafn o'r wain, a'i wasgu i wddf y corff diymadferth yn y gadair. Ro'n i'n amau y byddai mwy ar eu ffordd yn hwyr neu'n hwyrach.

'Dewch mewn,' galwaf.

MJ

Gyda gwich y drws yn cyhoeddi ein presenoldeb dwi'n camu'n gyflym i'r bwthyn. Daw llais o'r ystafell ar y chwith ac yn betrusgar, gan sicrhau fod Taliesin y tu ôl i mi, dwi'n gwthio'r drws ar agor.

Yno o fy mlaen mae'r dyn o'r lluniau yn Station Terrace, yr un â'i fraich o gwmpas y merched, pob un â'u hwynebau wedi'u difa. Mae'n sefyll ar ei draed, gwên ansicr ar ei wyneb. Mae'n dal cyllell fileinig yr olwg wrth wddf Ditectif Harries, sy'n hanner-eistedd, hanner-gorwedd mewn sedd bren, ei ddwylo a'i draed wedi eu clymu i'r gadair. Alla i weld ei frest yn codi ac yn disgyn fymryn bach, felly mae'n fyw o hyd, ond am ba hyd? Mae ei ben yn hongian 'nôl ar gefn ei ysgwyddau, ei lygaid ynghau, a gwaed yn diferu'n araf o friw rhywle ar gefn ei ben i bwll sy'n cronni ar y llawr oddi tano. Am ryw reswm, y peth sy'n fy synnu fwyaf am yr olygfa yw fod yr un sy'n dal y gyllell ac sy'n gwenu arna i yn gwisgo crys pêl-droed Cymru.

'Geraint Ellis?' gofynnaf mewn llais yr hoffwn petai'n swnio'n fwy awdurdodol.

'Geraint Ellis Wyn,' mae'n fy nghywiro mewn llais dwfn, tawel. 'Pwy y'ch chi?'

'Ditectif Morgan-Jones, Heddlu Dyfed-Powys.'

'Ditectif MacLeavy.' Daw llais Taliesin wrth iddo gamu i'r ystafell hefyd. Dwi'n cymryd cam tuag at y llofrudd, fy nwylo'n agored.

'Peidiwch â symud!' daw'r gorchymyn. 'Arhoswch lle'r

y'ch chi, y ddau 'noch chi, neu wna i dorri ei wddf e. Fi o ddifri.'

Dwi'n camu 'nôl.

'OK, Geraint, OK. Ni 'di dod yma i siarad â ti, 'na'i gyd. Ond fydde fe'n haws i ni gael sgwrs petaset ti'n rhoi'r gyllell 'na i lawr – alli di neud hynny?'

Mae'n tuchan yn ddiamynedd, ond yn gwrthod edrych i fy llygaid. Yn rhyfedd, er gwaetha'r sefyllfa, mae yna rywbeth swil, lletchwith amdano.

'Na,' mae'n ateb yn syml. 'Am beth chi mo'yn siarad?'

Dwi'n canolbwyntio ar gadw fy llais yn llyfn, yn siriol.

'Dwi'n meddwl bo ti'n gwbod hynny, Geraint. Am Bet Goldsmith, ac am Abbey Holt. Y merched wnest ti ladd.'

'Ac Amy Wyn.' Daw llais Taliesin.

Mae Geraint Ellis yn ei lygadu am y tro cyntaf, ond yn edrych i ffwrdd yn gyflym, ei lygaid ar y llawr.

'Beth chi'n wbod am Amy?'

'Digon, Geraint. Fe gafon ni sgwrs gyda dy dad a...'

Cyn i mi orffen y frawddeg mae Geraint yn codi ei lais ac yn edrych yn syth ata i, ei lygaid yn fflachio.

'Beth? Aethoch chi i weld Dad? Ma Dad yn sâl iawn – os y'ch chi wedi ypseto fe...'

Mae ei ddwylo'n ysgwyd nawr, y cyhyrau yn ei freichiau'n tynhau. Mae yna ddiferyn o waed yn ymlwybro'n araf i lawr gwddf Ditectif Harries cyn cael ei amsugno yn ei goler wen.

Geraint

Os y'n nhw wedi ypseto Dad yna fe'u lladda i nhw i gyd, heddlu neu beidio. Fe dorra i yddfau'r tri ohonyn nhw, gan gychwyn â'r un yn y sedd. Un symudiad bach a fydd min y gyllell yn cnoi ei groen, yn torri'r gwythiennau ac yn agor ei gorn gwddf. Fe fydd y gwaed yn byrlymu mas, yn tasgu drosta i, fel yn achos Bet ac Abbey. Un symudiad bach, dyna'i gyd.

'Mae dy dad yn ddyn da,' mae'r ditectif ifanc yn ei ddweud mewn llais tawel. Dwi'n oedi, ac yn syllu arno am dipyn. Alla i ddim cofio'r tro diwethaf i rywun ddweud rhywbeth da am dad. Mae'r eiliadau'n tipian heibio. Y sylwebaeth bêl-droed ar y radio yw'r unig sŵn yn yr ystafell. Mae'r gohebydd yn dweud taw'r sgôr yw 1–0 i Wlad Belg. Rhaid 'mod i wedi methu'r gôl.

'Odi,' atebaf o'r diwedd. 'Ma Dad yn ddyn da. Dyn dewr.'

'Ond yn ddyn sâl hefyd erbyn hyn,' daw'r ateb.

Dwi'n edrych ar y ditectif ifanc yn ofalus. Mae'n edrych 'nôl i fy llygaid i, yn anwybyddu'r gyllell.

'Odi. Ei ysgyfaint e.'

'Mae e'n marw.'

Dwi'n llyncu'n galed wrth glywed hyn. Mor foel, mor syml. Dwi'n cofio pan ddwedodd dad wrtha i ei hun, wythnos ddiwethaf. O'n i wedi bod yn hanner disgwyl y peth ers tipyn, wrth gwrs, wedi ei weld yn gwanhau ers misoedd. A dwi'n gwybod yn iawn pwy sydd ar fai. Mam. Y bitsh. Yn ein gadael ni'n dau, yn chwalu'n bywydau yn deilchion. Pa ddewis oedd gan Dad ond chwilio am rywfaint o gysur, i anghofio amdani trwy yfed a smygu? Dwi'n cofio eistedd yn y stafell uffernol yna, dim ond fi a fe, y bibell ocsigen yn ei drwyn, a theimlo yn gymaint o fethiant 'mod i ffaelu ei helpu e. Methu dial ar Mam hyd yn oed. Ond yna... yna, yn hwyrach y noswaith honno, daeth y syniad. Y syniad o ddial ar ran Dad. Dial ar ferched eraill, fel Mam, y rhai sy'n chwalu bywydau, yn lladd pobol heb boeni am ddim byd ond am gael bach o hwyl.

Am ryw reswm, dwi angen i'r ditectif ifanc, sy'n dal i syllu i fy llygaid, yn aros am ateb, gael gweld Dad fel oedd e. Nid yr hen ddyn yn ymladd am anadl mewn cartre hen bobol – y dyn cryf, dewr oedd e gynt.

MJ

Mae Geraint Ellis yn dawel am dipyn. Dwi ddim yn siŵr ai atgofion o'r gorffennol neu'r sylwebaeth ar y radio sy'n dal ei sylw.

'Roedd gan Dad lun,' meddai ar ôl munud neu ddwy o dawelwch, gan siarad yn uniongyrchol â Taliesin. 'Llun o'i briodas e a Mam. O'dd e'n cadw fe ar y teledu. Un noson, ar ôl iddi ein gadael ni, fe dynnodd e'r llun o'r ffrâm a chrafu wyneb Mam mas 'no fe – ei hwyneb 'di mynd, wedi'i ddileu am byth. Fi'n cofio dod o hyd i'r llun ar y llawr a meddwl mor hyfryd o'dd e nawr.' Mae Geraint yn gwenu nawr, ei lais yn llawn edmygedd.

'O'dd e ddim am daflu'r llun, ti'n gweld. Na, bydde hynny'n rhy hawdd, jyst derbyn y peth a maddau iddi. Gadael i Mam ennill fydde hynny. Ma Dad yn ddewrach. Felly, dyma ni'n cadw'r llun, ond heb ei hwyneb hi. Dileu ei hwyneb, ei chofio hi fel dim byd, gwacter, rhywbeth wedi ei grafu i ffwrdd. O'dd angen gyts i neud 'ny. Dyna'r math o berson yw Dad.'

Mae Geraint Ellis fel petai wedi anghofio 'mod i yna o gwbl. Mae'n canolbwyntio'n gyfan gwbl ar Taliesin, a hwnnw'n rhoi'r un fath o sylw 'nôl iddo. Dwi'n pwyso a mesur y sefyllfa. Er nad yw'r gyllell yn gwasgu mor galed yn erbyn gwddf Ditectif Harries erbyn hyn, mae'r min yn dal i gyffwrdd y croen. Petawn i'n hyrddio fy hun ato a fyddwn i'n ei gyrraedd cyn iddo ymateb?

Taliesin

Mae Ditectif Harries yn mwmian yn y gadair, yn dechrau dadebru. Mae Geraint yn siarad mor dawel, mae'r sŵn sydyn yn gwneud i mi neidio. Fedra i weld ei afael ar y gyllell yn tynhau wrth iddo syllu ar y ditectif, fel petai'n ei weld am y tro cyntaf, cyn troi ata i.

'Wnaeth Dad sôn amdana i?' gofynna Geraint. 'Am Abbey? 'Nes i adael y corff ar bwys y cartre iddo fe. Wedodd e rywbeth?'

'Naddo, mae'n ddrwg gen i, Geraint,' atebaf.

'Na. Na, OK.'

Mae yna siom yn yr ymateb.

Geraint

O'n i wedi gobeithio y byddai Dad wedi deall pan glywodd e am gorff Abbey. Dim Bet, roedd hynna'n rhy bell i ffwrdd, ond Abbey falle.

Dwi'n edrych ar y ditectif yn y gadair, ei fywyd yn fy nwylo. Fe fyddai mor hawdd i fi ei ladd e.

Roedd lladd Bet yn fwy anodd. Do'n i heb gynllunio hynny, ond unwaith i mi ei chlywed hi a Shelley yn siarad am yr affêr yn y dafarn, a dechrau meddwl am Amy a Mam ac Abbey, pawb yn chwerthin am ein pennau ni – fi a Dad – yna o'n i'n gwybod beth oedd angen ei wneud.

Es i i nôl y car, a dilyn y criw o un dafarn i'r llall, gan aros am gyfle. Roedd fy nghalon i'n curo mor galed, a 'nwylo i'n ysgwyd. Unwaith welais i Bet yn gadael y dafarn wnes i gynnig lifft iddi. Wnaeth hi ddim gofyn pam 'mod i yna, a finnau wedi gadael ers oriau, roedd hi wedi meddwi'n rhacs. Ar ôl ei chael hi yn y car roedd popeth yn eithaf hawdd, dangos y gyllell i'w thawelu, ei chlymu hi a gyrru i'r twyni roedd Abbey mor hoff ohonyn nhw. Byddai hynny'n wers iddi hi hefyd, yn dangos iddi beth sy'n digwydd i ferched fel hi. Cymerodd hi oes i Bet ddringo'r twyni â'i dwylo wedi'u clymu. Disgynnodd hi'n fflat ar ei hwyneb sawl gwaith. Erbyn i ni gyrraedd y top roedd ei hanadl hi'n brin, rhwng y dringo a'r crio, ond roedd hi'n erfyn arna i tan y diwedd, i feddwl am ei merch a'i gŵr. Dyna pryd lladdes i hi. Allwn i ddim gwrando arni ddim mwy, yn gofyn i mi ystyried ei theulu tra'i bod hi'n neidio i'r gwely gyda'r boi yn y swyddfa

242

lan stâr ers misoedd. Dyna fel maen nhw i gyd, y merched yma, yn edrych am rywbeth gwell.

Ar ôl y sgrechian a'r crio roedd y tawelwch ar ôl torri ei gwddf yn hyfryd. Wnes i eistedd yna, hithau'n gorwedd ar fy mhwys i, yn gwrando ar y môr yn y pellter. Yna ddechreuais i ar yr wyneb.

Taliesin

Dwi'n aros yn dawel, yn dal i edrych i lygaid Geraint Ellis, er fedra i weld bod eu ffocws nhw yn bell, bell i ffwrdd. Fedra i ddim dychmygu beth sy'n mynd trwy ei feddwl nawr.

Mae sŵn cefndir cyson y sylwebaeth bêl-droed yn uwch yn sydyn, y gohebydd yn gweiddi mewn cyffro. O beth fedra i glywed dros sŵn y dorf, mae Cymru wedi sgorio.

Dwi'n dal i ganolbwyntio ar lygaid Geraint Ellis.

Geraint

O'n i'n meddwl y byddai Bet yn ddigon, ond doedd hi ddim. Roedd Abbey o gwmpas o hyd gyda'r boi yna, Deio, yn chwerthin arna i, a Dad yn marw yn yr hen le afiach 'na. Doedd dim byd wedi newid. Fuodd hi mor garedig pan 'nes i gwrdd â hi yn yr ysbyty, yn mynd â Dad am ei brofion. Yn dlws ac yn ddiniwed. Ond dyna fel maen nhw, yn cich twyllo chi cyn cael eu crafangau yn rhywun arall. Fe fydd hi wedi blino ar y mecanic yna, Deio, ac yn symud 'mlaen eto, gan dorri ei galon e.

I fan hyn y des i â hi neithiwr. I'r ystafell hon. Wnaeth hi ddim pledio a chrio fel Bet o leiaf, jyst siarad am sut fyddai popeth yn OK, a sut fedrai hi fy helpu i. Roedd hi ar ganol brawddeg, a finnau tu ôl iddi. Yn sydyn deimlais i fod Dad yma, yn y stafell, yn dweud wrtha i am ei thawelu hi, er mwyn dysgu gwers iddi. Fe gydiais i yn ei gwallt a thynnu ei phen yn ôl, ac am eiliad ro'n i'n edrych yn syth i'w llygaid hi. Yna torrais ei gwddf hi. Wnes i ei gorwedd hi ar y llawr wedyn, er mwyn cerfio ei hwyneb hi. Fe bwysais i drosti, a phlannu un gusan olaf, cyn gafael yn y gyllell a hollti ei gwefusau hi.

Roedd gwaed ym mhob man. Fues i'n glanhau am oriau. Ond doedd dim ots, achos roedd Dad yn hapus, fi'n siŵr o 'ny.

MJ

Mae Ditectif Harries yn mwmian eto a'i lygaid yn dechrau agor, ond dydy Geraint ddim yn talu sylw. Mae'r gyllell wedi symud o'r gwddf erbyn hyn, ac mae'r llaw sy'n ei dal yn pwyso yn erbyn ysgwydd y ditectif.

'Chi'n gwbod popeth, 'te?' gofynna i Taliesin yn sydyn.

'Am Abbey a Bet, ydyn. Rydyn ni wedi deall hynny erbyn hyn. Ond dim cymaint am Amy Wyn. Lle mae hi?'

'Allan fan'na.' Mae Geraint yn pwyntio drwy'r ffenest. 'Hi a'r boi 'na. Nes i eu dal nhw fan hyn, gyda'i gilydd, yn y gwely. Wnaethon nhw ddim clywed fi'n dod i mewn. Gymrodd hi dipyn o amser iddyn nhw sylweddoli bo fi yn y stafell gyda nhw, ond o'dd hi'n rhy hwyr erbyn hynny. O'dd hi bron â'm perswadio fi fod rhai merched yn gallu bod yn OK hefyd. 'Nes i ddim...' – mae'n gwneud siâp cris-groes ar ei wyneb â'i fys – '... Dim ond wedyn 'ny 'nes i feddwl am hynny. Gladdes i hi a fe mas fan'na, tu ôl i'r tŷ.'

'Geraint,' meddaf, yn ailymuno yn y sgwrs. 'Beth am i ti roi'r gyllell lawr nawr?'

Mae'r geiriau'n torri ar ei gysylltiad â Taliesin ac mae'n troi ata i, golwg flin yn ei lygaid.

'Pam? Pam ddylen i?'

'Creda fi, alla i ddeall beth ti'n...'

'Deall? Beth yn gwmws 'yt ti'n ddeall?'

'Drych, Geraint,' atebaf, gan anadlu'n ddwfn. 'Dwi wedi bod yn dy sefyllfa di. Ddim yn gwmws yr un peth ond... wel, wnaeth fy ngwraig fy ngad'el i am rywun arall hefyd.

Rhywun o'n i'n ei ystyried yn ffrind. Un dydd ddes i adre a dyna hi, wedi mynd, gyda'r plant, i ddechre bywyd newydd. Dwi heb weld fy mhlant ers misoedd. Chwe mis oedd hi'n cario 'mlaen cyn iddi adael. Chwe mis, o fynd tu ôl i 'nghefen i.'

Dwi'n camu'n nes, ac mae Geraint yn codi'r gyllell yn fygythiol, ond yn dal i wrando.

'Ddwedodd hi 'mod i'n gweithio gormod, 'mod i byth yna iddi hi a'r plant. Ond iddi hi a'r plant o'n i'n gweithio, i roi bywyd gwell iddyn nhw. O'n i'n ei charu hi a'r plant yn fwy nag unrhyw beth, ond doedd dim iws siarad â hi.'

Camaf yn nes eto ac estyn fy mraich yn araf. Dwi bron o fewn cyrraedd i'r gyllell.

'Felly odw, wy'n gwbod beth yw cael fy nghalon wedi'i thorri, cael dy fradychu, rhywun yn chwerthin tu ôl i dy gefn di. Dinistrio dy fywyd di. Wy'n deall yn iawn.'

Mae Geraint Ellis yn syllu arna i, ei lygaid yn llawn penbleth, ei law yn llithro i lawr dros frest Ditectif Harries cyn disgyn i'w ochr.

Geraint

Dwi'n deall mewn fflach, fel mellten tu ôl i fy llygaid. Mae'n fy syfrdanu bo fi heb weld y peth o'r blaen.

Hwn o fy 'mlaen, yn crio ac yn udo am ei wraig, yn erfyn arni i ddod 'nôl, yn meddwl ei fod yn uniaethu â fi. Does dim syndod iddi adael e. Yr un peth ag Osian, gŵr Bet – glywais i'r sibrwd yn y swyddfa, am ei broblem â'r botel, am yr yfed a gyrru. Gwelais i'r embaras achosodd e iddi hi yn y parti Nadolig llynedd, yn rhegi a gweiddi ac yn dechrau ffrae gyda Mr Carter. Pa syndod iddi chwilio am gysur ym mreichiau rhywun arall? Fe fyddai rhywun – unrhyw un – yn well na methiannau fel Osian Goldsmith, a'r hen lipryn o dditectif yma.

Mae dwy ochr i bob ceiniog ac mae dynion fel hwn, dynion gwan, hunanol, diog yr un mor gyfrifol am y loes a'r poen a'r dioddef. Mae angen iddyn nhw dalu'r pris hefyd. Mae angen dial arnyn nhw. Dynion fel hwn, ac Osian Goldsmith – a dynion fel Dad.

Yn sydyn, yn hytrach na'r ditectif o 'mlaen i dwi'n gweld Dad. Y dyn sydd wedi fy mychanu i trwy 'mywyd. Y dyn ddwedodd wrtha i i ladd Abbey. Mae'n dod yn agosach, yn paratoi i fy nghuro, neu fy nghosbi i eto, i wneud i mi ddioddef ar ei ran. Ond mae'n wahanol nawr. Dwi ddim yn fach, yn wan nac yn ofnus. Ac mae gen i gyllell yn fy llaw.

Taliesin

Mae popeth yn digwydd mor gyflym, mae'n anodd dweud pwy symudodd gyntaf.

Mae Ditectif Harries yn dechrau griddfan yn uchel, wedi dadebru'n llwyr. Mae'r sŵn yn denu sylw MJ ac ar yr un pryd mae Geraint Ellis yn rhuo ac yn codi'r gyllell unwaith eto. Cyn i mi symud mae'n cymryd cam yn ei flaen ac yn gwthio'r gyllell hyd y carn i stumog MJ. Mae yntau'n gwegian, yn gafael ar ysgwyddau ei ymosodwr rhag iddo ddisgyn i'r llawr. Daw'r gyllell allan, yna caiff ei gyrru i'w stumog eto, yn fwy ffyrnig y tro hwn.

Dwi ddim yn cofio sylwi ar y morthwyl gwaedlyd wrth draed Ditectif Harries o'r blaen. O fewn eiliad dwi wedi ei godi, ac wrth i Geraint Ellis dynnu ei gyllell a pharatoi i drywanu MJ am y trydydd tro, dwi'n taro'r morthwyl ar ochr ei ben â fy holl nerth. Dydy Geraint Ellis ddim yn gwegian na simsanu cyn disgyn i'r llawr, dim ond cwympo'n syth ac yn drwm, mewn un pentwr blêr.

Dwi'n hanner dal MJ wrth iddo yntau ddisgyn hefyd a'i roi i orwedd mor ofalus â phosib. Mae'r gwaed yn llifo o'r ddau anaf yn ei stumog ac mae ei groen yn welw a'i lygaid yn syllu'n ddiffocws. Dwi'n diosg fy nghot a fy siaced, ac yn defnyddio un i geisio stopio llif y gwaed a ffurfio'r llall yn glustog i'w ben.

O fewn eiliadau mae'r siaced yn wlyb drwyddi â gwaed. Estynnaf fy ffôn o 'mhoced a ffonio am ambiwlans, gan weiddi'r cyfeiriad a rhegi arnyn nhw i ddod ar frys.

Dwi'n pwyso cto ar y siaced i geisio arafu'r llif gwaed sy'n casglu mewn pwll coch ar y llawr. Mae MJ'n griddfan yn wan.

'MJ?' gofynnaf, yn ceisio cadw fy llais yn esmwyth rhag iddo amlygu'r panig sy'n fy llenwi. 'Ben? Wyt ti'n fy nghlywed i? Dal 'mlaen, wnei di? Jyst dal 'mlaen. Mae'r ambiwlans ar ei ffordd, mae e ar ei ffordd nawr. Aros gyda fi, Ben, jyst plis, aros gyda fi.'

Ar rhyw bwynt mae Ditectif Harries yn gofyn i mi ei ollwng yn rhydd o'r gadair, a dwi'n defnyddio'r gyllell i dorri'r tâp am ei ddwylo, heb stopio siarad gyda MJ am eiliad. Mae'n cadw llygad barcud ar Geraint Ellis, ond dydy hwnnw ddim yn symud.

Cariaf 'mlaen i siarad, am unrhyw beth a phopeth. Dwi'n siarad am yr achos, am Taid a Nain, am Nhad a Gwion, am y pêl-droed ar y radio. Dwi'n meddwl am yr holl bobol sy'n hoelio'u sylw ar y gêm, canolbwynt eu byd am naw deg munud, wrth i mi wylio MJ'n gwelwi a mynd yn llipa yn fy mreichiau.

Dwi ddim yn gwybod pa mor hir mae'n cymryd i'r ambiwlans gyrraedd. Fe allai fod yn funudau neu'n oriau. I mi, yr unig fesur o daith amser yn yr ystafell hon, wrth benlinio wrth ochr fy ffrind yn y bwthyn bach ymhell o bobman, ydy'r pwll coch tywyll sy'n araf ledaenu dros y llawr.

MJ

Alla i glywed llais Taliesin, a theimlo'r boen, ac mae popeth arall yn dywyll.

Ac yna, alla i ddim clywed llais Taliesin.

Na theimlo'r boen.

Yr unig beth sydd ar ôl yw'r tywyllwch.

Hefyd o'r Lolfa:

£9.99

Mae Gower yn ffrwydro ar y sin nofelau trosedd
Cymraeg gyda hanes gwallgof a gwaedlyd
sy'n gafael o'r cychwyn. **ALUN COB**

JON
GOWER

Y DÜWCH

*yl**L**olfa*

£8.99

'Trais. Trosedd. Twyll. Stori sy'n cydio o'r dudalen gyntaf.
Mae un o awduron trosedd gorau Cymru'n ôl i'n tywys ar antur
sy'n ymweld ag astyd tywyll a chymhleth' OWAIN SCHIAVONE

DIGON I'R DIWRNOD
GERAINT EVANS

£8.99

£7.99

Am restr gyflawn o lyfrau'r Lolfa, mynnwch
gopi am ddim o'n catalog
neu hwyliwch i mewn i'n gwefan

www.ylolfa.com

lle gallwch archebu llyfrau ar-lein.

*y*Lolfa

TALYBONT CEREDIGION CYMRU SY24 5HE
ebost ylolfa@ylolfa.com
gwefan www.ylolfa.com
ffôn 01970 832 304
ffacs 832 782